嫡策

5

風文創 194

董無淵 著

目錄

第八十一章

定京城的春天不長，盛春將至，行景要回京裡來的信已經傳遍了。

邢氏和歡宜兩婆媳進宮問安，行昭見到歡宜時，驚了驚，銀紅夾棉薄襖，綜裙也加得厚，繡鞋也是厚點軟面的，再一看人，臉上膚容白皙，人是當真胖了，從往日的嫻靜淑德變成了儀態大方，原來做姑娘家得靠臉蛋和皮膚撐起來，現在渾身靠的是雍容和氣勢。

同方皇后問安，歡宜腰微微向下彎了彎，沒像往常似的行個大禮。

行昭心頭一動，果不其然就聽方皇后賜坐端茶，緊接著就問：「歡宜身子骨可還好？」

邢氏笑起來。「皇后娘娘眼見精明，還沒過三個月，可不敢向外說。」

當真是有了！

行昭高興起來，難得地還坐得住，歡宜嫁過去了兩年多，一直沒消息，時人是恨不得媳婦兒十五歲嫁進門，十六歲就能生個大孫子出來——這一年的飯才沒白餵！方家家訓男兒得過了四十兒才能納妾呢，外邊看上去是風輕雲淡得很，可行昭卻曉得方祈是有點著急，統共就這麼一個兒子，方家全靠桓哥兒，不敢問方皇后，偷摸問行昭。

「我瞧那些個長公主們要不沒生過孩子，要不就只生女兒，行八那位長公主是，那位欣榮長公主不也是？」一滿臉落腮鬍的西北大漢一臉憂愁，卻不知這種話也是好問自個兒外甥女的嗎？

行昭轉個身就把方祈給賣了，方皇后名正言順地教訓起自個兒哥哥來。「生兒子？在外頭拉個女人來都會生兒子，可生下來的子嗣是什麼德行，母親品性不好，孩子從根上就是壞的，哥哥自個兒心裡頭沒數？大周的公主一向子嗣少，是因為有公主府的長史官睜著一雙綠眼睛死死盯著，歡宜連公主府都不進，雨花巷和東郊兩邊跑，長史官盯梢都沒地盯去。哥哥慢慢等著，總會有好消息的。」

方祈如今怕是高興壞了吧！

方皇后笑開了，行昭也跟著笑起來。

歡宜膚色比往常更白了，一張臉肉肉的像個大白團，聽邢氏這樣說，斂了頷羞得很。當真是大事！

方皇后連忙讓蔣明英再加個軟墊來給歡宜靠著，又是將茶給撤了，又是上燕窩湯來，想一想讓蔣明英把燕窩都給裝好。「得每天都喝！溫養溫養，斷一天就沒那功效了。」又問：「什麼時候發現的？是喜歡吃酸的還是吃辣的？過會兒支使兩個膳房的人跟著妳回去，人哪，得嘴裡、脾胃裡舒暢了，身子才能舒暢。」想一想又怕叫人看出端倪來。「算了，等過了三個月再讓六司挑幾個可靠的人來，咱們慢慢挑，慢慢挑。」

時人不怕家財無萬貫，只怕陋室無人繼。方家到底是有後了。

歡宜腳下一鬆，往後靠了靠，腰肢後背立馬陷入了軟綿，舒服得直想喟嘆一聲。

自曉得了有孕便有種如釋重負之感，就像交了差，連開堂祭祖都能將頭揚得高高的，怎麼說呢，有一種自豪感，一種長房宗婦能夠為自己心愛的男人傳宗接代的自豪感。

她總算明白作為一個母親的心了。哪怕平日裡是一隻溫馴的鹿，為了維護自己的骨血，也會露出猙獰面目。

「年後吧，上回用完宴，身子便有些不舒服。正月裡瞧大夫不吉利，便拖到了二月才召了太醫，這才確定……辣的也喜歡，酸的也喜歡……」歡宜邊笑說邊看向邢氏。

酸兒辣女，歡宜不曉得該怎麼回。

邢氏笑盈盈地接其後話。「咱們家既缺小娘子也缺小郎君，生下小娘子就是先開花再結果，往後她弟弟幫長姊出頭，生下小郎君就是有個穩穩重重的長兄庇護著。」

方皇后笑著連連點頭，直稱是。

邢氏笑著笑著，笑容便斂了斂，遲疑半晌方道：「前幾日，賀太夫人讓人送了一車年禮來，滿滿當當的，沒什麼貴重東西，無外乎幾壺好酒陳釀，幾張成色極好的白狐皮，還有說是『自家莊子上結的果子，又脆又甜』，來人是太夫人身邊的張嬤嬤，神情很熟絡，臣婦沒讓那車年禮進府，讓她拉回去，她不拉，便把車上的東西分給了東邊市集上的攤販。哪曉得第二天，她又送了一車一模一樣的年禮來。」

「可是收下了？」

邢氏搖搖頭。「也沒有，又分給西邊市集的攤販了。聽著景哥兒要回來了，賀太夫人是想同方家把面子給糊全。」

賀太夫人哪兒是想把面子情糊全啊，分明是要表明立場！

皇帝不惜捧起賀老三，也想讓賀家站在二皇子的陣營裡，賀太夫人這是破釜沈舟，在和方家示好了。和方家示好是什麼意思？是明確表示要站在六皇子立場上。

想想也是，行昭指給六皇子，賀老三一向和這個姪女兒沒多大的情分在，可賀太夫人和賀琰不同，只要六皇子上位，賀琰就是國丈了！論他賀老三、賀老二，賀家的根本還在長房的手上。

賀太夫人把賀琰屁股後頭的一攤子爛事清理得妥妥帖帖的，不可能看不出來皇帝是屬意老二即位的，如今卻甘願在這搖搖欲墜之時，目的明確地搖旗吶喊要和方家和老六站在同一立場上，助老六登基一臂之力。妳要破釜沈舟，就不怕皇帝來個釜底抽薪，明目張膽捧賀老三？

賀太夫人立身端不端，心善不善，這另論。必須承認，這老太太膽子真心大。

「第三天呢？」方皇后輕聲問。

「侯爺收了。」邢氏擰了擰眉。「只收了幾壺陳釀好酒，其他的都退回去了，也沒回禮，也沒請那張氏進來喝口茶，過後賀家就沒再送禮來了。侯爺拿這酒招待了同僚，還特意點出來這酒是賀家送來的，臣婦怎麼勸也勸不聽，旁人甭以為咱們家和賀家言歸於好了吧？到時候景哥兒回來了，面皮被糊上了，再撕開又得疼一回……」

「不擔心，景哥兒哪兒也不去，雨花巷不回，九井胡同也不回去，他和同僚住在驛館裡頭，住幾天還得回福建去。」方皇后語氣鬆了下來。「哥哥這樣做有他的道理……」又是一笑。「到底平不下心氣來，這時候都要再擺賀太夫人一道。」

賀太夫人先是拿行景的前程優劣來求和，如今再加大籌碼，要以賀家的明確儲君態度來求和。方家再加上一個賀家，總能推六皇子上位了吧？到時候兩邊都是大贏家，都贏得個盆滿缽滿的。

可惜方家這都沒領情，這頭收了酒，那頭就拿出來宴客，滿定京到處說，這不是在皇帝跟前給賀家長房上眼藥（注）嗎？

賀家長房本就惹了皇帝的厭棄，這回不安分地想勾上六皇子那根線，結果被方家捅了出來，皇帝要不抓緊捧賀老三的節奏，要不抓緊打壓長房，最好是打壓得行昭背後除了方家再沒其他的勢力支撐，皇帝這才能放心。

歡宜是孕婦，容易餓，見氣氛鬆緩下來便捂著肚子說餓了，行昭抿嘴笑，領著歡宜去找吃的。膳房麻溜地揉麵、剁菜、勾芡，上頭臥了個單面煎得金黃的荷包蛋。

歡宜拿著小勺，小口小口地吃，行昭手腳麻利地剝了個橘子，將白色經絡如數挑出，一瓣一瓣像月牙似的擺在甜瓷小碟裡頭，素手推了過去。

歡宜一小碗麵吃完，心安理得地吃起橘子來，覺得不酸，勉強吃了一瓣又問小廚房要了一碟茯苓糕，一邊吃一邊笑咪咪地說：「幾個硬氣人湊一塊兒去了，平西侯不領情，理所應當。哪曉得阿慎也不領情，聽我跟他說了這樁事，直說平西侯做得好，原話怎麼說來著？哦……『凡事皆在精不在多，二哥背後這樣多人捧，自個兒也沒這個意思，有什麼用？賀老太太處事太陰狠，賀琰是扶不起的阿斗，一黏手就甩不掉了，有他們支持還不如沒有來得痛快。難不成沒有，我就輸定了？』」

注：上眼藥，意指暗地使壞整人。

話的模樣。

行昭能夠想像得到，六皇子坐在大書桌後，單手執書卷，風輕雲淡卻意味十足說出這番

她的至親血脈們。

六皇子沒在她面前說起過賀家人，從來沒有。這是她頭一次聽見六皇子這樣評價他們，

很大一部分吧？

有賀家支援著上位，自然勝算更大，賀、方兩家，文武雙全。可方祈明目張膽地擺了賀家一道，老六卻一點遺憾都沒有，縱然有他看不上賀家的緣由在，可怕她為難的緣由也占了

山來得更重？

江山女人，希望不是她自作多情，她能不能奢想，在阿慎的心裡頭，親眷與摯愛，比江

「難不成沒有，我就輸定了？」

行昭心頭一顫，覺得那份感情已經從喜歡變成了，愛。

入了盛夏，行景策馬而歸，得先進宮來給皇帝請安，行昭便頂著烈陽候在順真門等他。

遠處原先有一個很小的點，慢慢疾馳而來，黃塵飛揚，駿馬仰首一嘶，馬蹄停了下來，

交叉踱步。

行昭仰起臉來，眉眼舒展，燦然一笑，朗聲喚道：「哥哥！」

烈陽如歌，激昂悠長。

行景撩袍翻身下馬，解下披風一把扔給身側侍立的宮人，眼睛亮得很，神情專注地靜靜地看著三年未見，俏生生立在眼前的胞妹。

三年的時間，足夠一個半大的小娘子長成如今這個模樣了。行昭穿著繡梅花天青色的上裳，流波水天碧的綜裙，頭髮結結實實地綰得很高，額頭便全露了出來，整個人顯得亭亭玉立。以前白白圓圓的包子臉，梳在兩邊的團子髻，笨笨又粗短的手腳全都在成長中慢慢地變成了少女的模樣。

行景是個憨小子，從來不曉得該如何表達，望著行昭悶聲悶氣地答了個「欸！」這是在回應行昭將才那聲哥哥。

行昭無聲地笑起來，什麼話也沒應，伸開雙臂，將行景一把抱住，十七、八歲的少年壯得像頭牛，身形又寬又高，行昭的頭剛好在行景的胸口，一抽一搭地哭，哭得把行景的衣裳都氤氳出了一大片水氣。

什麼男女七歲不同席的狗屁規矩！

聖人是沒有情感的，聖人眼裡只有天下蒼生。她是凡人，她的哥哥是凡人，她一家子都是凡人，他們屈從於比山川更恆久的情感，屈從於內心的柔軟與腰上的軟肋，屈從於旺盛的淚水與歡笑。

「哥哥！」行昭抽著氣又朗聲喚一聲。

行景抬頭掐了掐山根。這個被迫長大，流離闖蕩的爺們兒突然好想哭，又朗聲應了個欸，大掌遲疑少許，輕輕拍了拍小娘子後背，有些手足無措。「騎了三天馬，身上髒得很，仔細被泥沙迷了眼睛。」

實在是憨得很！行昭一邊哭一邊咧開嘴笑了起來。

到底還在順真門前，行昭痛痛快快哭過一通，把眼淚鼻涕全擦在了行景的衣服上，退了三步，仰頭看行景。

好傢伙，往前不過是身形像方祈，如今似乎臉貌都有些像了，壯實得像頭牛，曬得黑黝黝的，濃眉大眼的，唯一不同的就是沒鬍子。若說三年前行景的眼神像把出了鞘的刀，如今就像藏在水底下的無影劍，一點波瀾也沒有。

行景得先去儀元殿，行昭順道同他一起，兄妹倆沿著宮牆慢慢走。

行昭每回哭完，一張臉都是紅彤彤的，半天都沒緩過來，一肚子的話奈何嗓子既啞又在抽搭，說不個全。

行景瞅著妹子憨笑，邊笑邊比劃。「舅舅來信說有人在順真門接我，我以為是林公公或是向公公，哪曉得遠遠望過來卻是阿嫵。」

他想問行昭過得好不好，再一想，住在鳳儀殿姨母鐵定是將自家妹子護得牢牢實實的，再問是不是有點多餘？可他還能和小姑娘說什麼？行景有點緊張，指領營裡全是大老爺們兒，俏生生的小姑娘他甭說沒見過，連聲音都沒聽過——哦，就一回，出擊追海寇前天晚上有販貨的小姑娘乘船在海上吆喝問要不要甜糕……

行景猛地甩甩頭，怎麼就平白無故想到甜糕了！

「福建怎麼樣？吃得慣不慣？海面寬不寬？捉海寇是要行船去追嗎？馬能上船去嗎？」

見行景滿肚子搜刮話的窘迫樣子，行昭捂嘴笑，乾脆啞著嗓子率先開了話頭。

行景無端鬆了口氣，說起老本行便順溜多了。「很好的地方，山清水秀。離了岸之後，來往船隻就很多了，掛長帆、底廂起得很高的是富貴人家的船，精簡木料齊整的大多都是商船，也有捕魚船，都是三兩湊在一起，窮苦人家得互助，否則牽不起網，收不上大魚。」說著說著便笑起來。「當然要乘船去追，海寇嘛，靠的是海，吃的也是海。我一開始沒坐過船，第一次上船正好遇上海浪，顛得我喲，把前天吃的東西都吐出來了。之後就好了，就像騎馬一樣，頭幾次騎會腰疼腿疼，之後就覺出了樂趣來了。」

少年郎說起來，縱然有所按捺，但行昭還是看見了一絲眉飛色舞。

靜靜望著行景，無端笑起來。

前世的金絲雀，今生變成了翺翔天際的鷹，沒有什麼能再束縛住他的臂膀與心胸了，賀太夫人不能，賀琰更不能。

一路走到儀元殿，都沒遇著多少人，到了東廂，託向公公去通稟一聲，沒過多久，向公公便出來了，拂塵一搭，面上在笑。「今兒皇上身子骨有些不暢，揚名伯隔幾日再來可好？」

行昭偏頭一望，從內廂窗櫺的縫裡竄出來幾縷白煙，心下了然，抬頭望行景。

行景恭謹地跪在天臺上，朝正殿磕了三個響頭，再起身笑著朝向公公頷首示意，照例詢問幾句。「皇上可有大礙？明兒個再給皇上磕頭可好？」

「約是天熱起來，積了暑氣。」向公公樂呵呵地往回一望。「伯爺甭急，您磕的這三個響頭，奴才一準替您帶到聖前。」

沒明說時辰，行景心裡有了個譜，同向公公寒暄幾句，轉頭出了儀元殿，走得漸遠了才問行昭。「皇上如今還在上早朝嗎？」

行昭一驚，隨即笑起來。行景憨是憨，他是在自個兒人跟前憨實，哪有狼崽子是當真憨的？

「一個月裡頭，除卻沐休差不多得有十七、八天上著早朝。」行昭壓輕聲音，斟酌著用了個詞。「今時不同往日，皇上也快五十歲的人了。」

人老了，容易糊塗，在女色上犯糊塗，在定主意上犯糊塗，最怕的就是自己還以為自己不糊塗。

行景點點頭，沒再說話。

從順真門走到儀元殿，再從儀元殿往鳳儀殿，行昭養在深閨，鮮少頂著日頭走過這樣長的路，將走進廊間，蓮玉就很熨貼地遞上了鎮涼的酸梅湯，行昭轉手遞給行景，行景邊喝，行昭邊拿濕帕子幫行景麻利地把衣服上的灰撣下來，又從懷裡掏了張帕子讓行景把臉給擦一擦，邊附耳交代幾句。

「瀟娘嫁回了西北，歡宜公主有了孕，皇后娘娘抓緊火力在給你尋親事，今兒個怕主攻的就是這塊，哥哥自個兒想好話頭。羅家娘子當真不錯，長得也跟畫裡人似的，哥哥心裡頭先拿好主意，也甭在皇后娘娘跟前表明態度，是哥哥娶媳婦兒，哥哥得穩著點，咱看看先。」

方皇后和行昭想的不一樣。

方皇后看中的是羅家的家風和羅家嫡長女能撐起的門楣，而行昭考慮更多的是行景的喜好。當然能兩方都滿足，那就是頂好的了。

行昭說話慢條斯理的，行景聽得直點頭。

說實話，娶哪家姑娘，他都沒意見。既然方皇后覺得羅家好，那羅家肯定有可取之處，他的婚事和行昭的婚事不一樣，阿嫵是女兒家，只要做兄長強起來，娘家硬氣了，她才能過得好。想一想母親，也就衝舅舅不在，姨母失寵的時候，旁人才敢亂動心眼。

蔣明英掀簾出來，笑吟吟地先給行景深福一個禮。「皇后娘娘候了您許久。」

行昭站在前頭伸開手，幫行景打簾。

方皇后情緒一向內斂，又約是嬌養女、嚴養兒的緣故，等行景鄭重地行了大禮後，這才溫聲說話。「回京幾天？」

「十五天。」行景舒朗抬頭，神情歡快起來。「補足往年沐休和年假，去雨花巷看看，再看看阿嫵，等皇上的聖旨下來就再回福建去。您知道的，福建鬧海寇也不是一天、兩天了，小打小鬧，但是遭殃的是那些窮人家的漁民，花了三年大力氣才平定下來，還得鞏固幾年。」

方皇后也笑，揮揮袖子。「官場經說給我聽，我也不懂，留著給你舅舅說去。」看了眼行昭，又道：「聽說你妹子的指婚了？」

行景眉心一擰。「一早聽說了，怕信被攔，只在信裡提了兩句，沒深說……」愁得很。

「怎麼定了六皇子？往前見過那傢伙一次，眉清目秀的，臉白手更白，一看就不是良配！」

行昭就著帕子，捂嘴輕咳了兩聲。

方皇后是想拿行昭的婚事做個鋪墊，再平順地過渡到行景婚事的重要性上，一聽行景的反應這麼大，頓時樂不可支。

壯漢都瞧不起小白臉，行昭頹然地想。

「若是皇上一廂情願地生拉硬拽，亂點鴛鴦譜，咱們得再想想辦法。」行景想得很認真。「皇家的親事不好退，可阿嫵一輩子不能折在那種人身上，仙人跳、放白鴿這樣的招數放在皇子身上，有點行不通……」

行昭臉都快僵了，不愧是方祈帶出來的，思路都一樣！

「是兩廂情願。」方皇后邊擺手邊笑著往後仰，直說：「你先別管你妹子的事，先管管自個兒的事。你舅母急得沒辦法，羅家好容易給了信，後天騰出空檔子來，要應酬要吃喝都緊著這兩天搞完，後天陪你妹子去雨花巷聽戲，你舅母要宴客。」

宴客？自然是宴請羅家人。

羅家一聽行景要回京了，趕忙遞信去雨花巷，說是得瞧上一瞧，邢氏精神一振，自家小郎君就沒有拿不出手的！

行景自然笑得一臉憨實。

行昭看了看渾身上下都健碩的自家兄長，心頭默默祈禱。

宴請定在六月初五，日頭極好，定京城裡難得見到這樣蔚藍得好像一整塊翡翠的天際。

方皇后前夜裡是交代了又交代。「不許往別處跑，更若是老六沒長眼又在馬車裡堵妳，妳只管拿茶壺敲那小子的腦袋；咱未出閣的小娘子金貴著呢，就甭慣著他。」

行昭很淡定地應了個是，轉身便意有所指地給其婉通了口氣。「明兒個哥哥和舅舅都在，六皇子要不怕死，只管來。舅舅耍刀耍得好，哥哥騎射都在行。」

直接把茶壺換成了大刀。

其婉也老實，行昭怎麼交代，她就怎麼說，六皇子一口茶還沒嚥下肚，險些嗆在胸口堵著，這都上哪兒來的一家人啊！

驃悍，太驃悍。

到了第二天一大早，行昭便乘著青幃小車出了順真門，馬車裡頭有些悶熱，行昭靠在涼竹蓆墊上有一搭沒一搭搧風，青色幃布罩在窗櫺上，隱隱約約偷漏進來幾道明暗不一的光。

「妳說……羅家為什麼先遞帖子來方家？」行昭的團扇停了停。實在沒道理，羅家遲疑兩年，一聽行景回來就忙忙慌慌地同意了？

蓮玉笑吟吟地給自家姑娘上了盅茶。「您甭掛心，咱們家急的是男兒漢，羅家人急的是閨女。羅大姑娘比您長兩歲，算起來如今得有十五歲了吧？皇后娘娘沒遞話頭，羅家還能裝作不曉得。遞了話頭，他們家能當面給皇后娘娘難堪？」

行昭笑著搖頭，抿了抿嘴，所以這就是權勢，讓人著迷，讓人能站在頂端俯視別人的權勢。方皇后是做不出強買強賣的事，可只要她透了點意思出來，誰也不敢悖逆。羅家人當真能稱得上是清流世家了，沒一口應下來，甚至還想來看一看。

如果羅家當真沒瞧上行景呢？

行昭趕緊搖搖頭，把這個念頭甩出腦子外頭去，自家哥哥既壯碩又老實。實乃居家出行之必備良品，既能領軍上陣殺敵，又能瞇眼扮乖裝憨。嫁給行景雖然是風險大了點，可嫁給定京城那些養花逗蟲的紈袴們，得要容忍一妾二妾和外室伶人，一輩子就過得不可憐？

行昭手握在扇柄上，狹長筆直的白玉扇柄冰得沁人。好吧，風險不止大了那麼一點點，嫁給行景，需要應付賀家複雜的家世，承擔奪嫡爭儲失敗的風險，行差踏錯一步，便是粉身碎骨，萬劫不復。

若她並不喜歡老六，也未必不會屈從於與旁人一樣，在深宅大院和不同的女人為爭管事權勾心鬥角；雞毛蒜皮的生活，同樣讓人絕望，可勝在平安穩妥。

羅家會怎麼選？

今天應當就會有答案。

第八十二章

行昭到的時候，時辰還早，歡宜自從有了孕後便住在了雨花巷。一副居家打扮，烏壓壓的一頭青絲蓬蓬鬆鬆地低低綰在腦後，絳紫色的綾裙，沒畫眉點唇的一張素臉，雙手撐在後腰，小腹就有些顯出來了。

紫藤花枝落下來，光影下銜接。行昭無端想起了賜婚聖旨還沒下，歡宜懶洋洋地靠在窗櫺前的貴妃榻時的模樣。時光走得多快啊，快得明朗少女眨眼間都快當娘了。

行昭繞過拱門，歡宜一眼就瞅見了，撐著腰招手笑言：「怎麼來得這樣早，正盯著僕從們擺置花草。餓了嗎？小廚房還有碗乳酪蛋羹。」

行昭笑著搖頭，身子往裡探了探，努努嘴。「哥哥還沒來？」

「哪兒能啊，昨兒個住這兒來著，一早拉著阿桓去後院晨練了。」

行昭點點頭，隨手吩咐了個小丫鬟。「去後院瞧瞧，甭讓他們練得個滿頭大汗，叫客人瞧見不好看。」話一頓，那丫鬟應了諾，就埋頭往前走。

行昭腦子裡過了過，趕緊提了聲量喚住她。「先別去！」又道：「打好熱水，備幾身短褐衣裳，過會兒羅夫人來，叫他們換上衣裳，再抹把臉就過來。」

歡宜瞅著行昭笑，斂了斂裙裾往前走，輕笑。「這樁親事，難得妳這樣積極。」

婆媳、姑嫂天生的敵人。前者是怕有了媳婦兒忘了娘，後頭也差不多。沒娶媳婦兒之前，就是妹子一個人的哥哥，娶了媳婦兒，得先是別人的丈夫、父親，這才輪到妹子。

行昭笑笑，伸手去攙歡宜。

雨花巷和羅府離得遠，下得帖子是用午膳，下午聽戲，雖不太跟著定京城裡的規矩走，但歸根究柢是為女方家著想。怕晚了，九城營衛司盤問得嚴，都是女眷，就算是跟著僕從，走夜路難免也怕。

就在邢氏手頭捏把汗做最後準備的時候，羅夫人來了，身後還跟了兩個一般打扮的小娘子，秋杏杭綢的衣裳，繡了三道雲紋邊的綜裙，戴著一模一樣的赤金翡翠項圈，只是一個身量高挑，一個看起來太稚氣了。

高些的那個便是羅家嫡長女，後一個是？羅夫人統共三子一女，也沒聽說過羅家長房還有庶女……

羅夫人把兩個小娘子推出來，溫聲細語。「大的是我們家大姑娘阿荇，小的這個是我們家二姑娘，二叔家的女兒，將滿八歲。」

原來是二房的女兒。

今日名為宴請，實為相看，帶著羅二姑娘來？若不是羅家二姑娘的年歲實在太小了些，行昭險些以為羅夫人是要拿二房的姑娘替自家閨女的苦差。

兩個小娘子規規矩矩行過安，邢氏只備了一份禮，一看情形，笑呵呵地從腕上褪下一對水頭極好的老坑玻璃種手鐲子，順勢挽上羅大姑娘的手腕上。

羅二姑娘年歲小戴不住，便呆呆愣愣地接過來，一雙小肉手捧著鐲子，仰起一張包子臉，聲細如蚊蚋地說：「平西侯夫人，平西侯沒有在府裡嗎？」

問得沒頭沒腦的，軟軟的聲音加上眨巴眨巴的一雙大眼，歡宜揪著行昭的袖口，感覺自個兒一顆心都快化了。

羅夫人趕緊把羅二姑娘往裡攬了攬，一邊解釋。「小丫頭從小就喜歡聽話本子，一直崇敬方都督驍勇英武，一聽今兒個來平西侯府，非得鬧著來，誰攔都攔不住。最後還是老太太發話，這才一併領著來，平西侯夫人千萬勿怪……」

邢氏哪裡會怪？揚聲讓人上茶上糕點，東拉西扯從西市集的柿餅好吃，再到東邊胡同口的凍皮好吃。

反正拉家常的時候，不曉得什麼該說，便說吃食，百試百靈，屢試不爽。

行昭眉梢一抬，朝歡宜默默比了個六的手勢，歡宜隨即斂眉低笑。

羅家答應這門親事，至少有六成把握了。

裡廂的女人們說著話，外頭突然變得鬧鬧嚷嚷的。邢氏一面打發人去瞧，一面笑說：「鐵定是家裡兩個小郎君晨練完了，臭氣烘烘的，您甭怪罪。」

羅夫人眼往窗櫺瞅了瞅，擺擺手。「小郎君可是日日都晨練？」

「逢天晴就跑操，逢天陰就蹲馬步，晨練完了就去書齋背書，哪個時候背完，哪個時候才准吃飯。」邢氏一笑。「景哥兒是哥哥，侯爺練他比練桓哥兒還狠，咱們武將人家出身，哪天讓侯爺領著兩小子去給羅閣老請安，請羅閣老好生教一教這兩個皮小子。」

羅夫人還沒來得及說話，外間就有小丫頭通稟，邢氏讓兩人進來。

兩個身量都極高，穿著短褐、還冒著熱氣的郎君一進來，怎麼說呢，感覺很壯觀。結結實實的身形，不疾不徐的步調，黝黑的面容，還有一雙極亮又憨沈的眼神。壯漢就是壯漢，一進來，感覺將門口的光都給擋住了。

行景目不斜視，先行一步，撩袍給邢氏和羅夫人行禮。「阿景給舅母、羅夫人問安。」聲如洪鐘，音卻壓得不低不高。

要看一個人從他的眼神就能看出來，躲躲閃閃的定藏著壞心眼，眼神往上勾的大多都目中無人，不敢和別人直視的常常是膽小如鼠。

行景眼神收斂，卻沒有平靜無波，定在黃花梨木把手之上，顯得很恭謹卻不恭順。

羅夫人很滿意行景的表現，羅大姑娘也很滿意，咳咳，她滿意的是撲面而來的濃烈男子漢氣息……

簡而言之，行景一身壯實的肌肉。

行昭比了個八的手勢給歡宜看。

定京城裡的公子哥兒油頭粉面，眉畫得比柳葉兒還彎，唇勾得比春色還媚，行景這樣的爺們兒多難得啊；更何況，羅家也挺喜歡方家的，否則小娘子家的怎麼就像崇敬英雄豪傑一樣，崇敬著方祈？

照邢氏的意思，本來是安排著要不去遊湖，要不垂釣，可遊湖人太雜，垂釣太安靜，都不能好好說上話。

好不容易克服障礙，請來了一個新進京的三泰班來唱戲聽，羅夫人聽得津津有味，行昭眼神卻放在了臺上揮水袖的那名青衣身上，眼色一抬，蓮玉知機而退。

聽到一半，羅夫人轉了頭湊過來和邢氏小聲說話。「揚名伯往後就住在雨花巷了？不回九井胡同了？」

邢氏眼神從戲臺轉向了臺下。「哪兒能啊，統共十五天，十五天一完又得回福建去，外放的官沒那麼容易調回京當堂官。九井胡同那處的爵位是不想爭的，同您說句掏心窩子話，有了後娘就有了後爹，嫡子？嫡子算什麼？填房生的照舊有嫡子的名分在。」

也就是說要自立門戶，在福建先過渡，再不回賀家了！

沒有正經婆婆，相貌堂堂，一身本事，脾性看起來也好得很，奪嫡立儲之爭，放了也未必會輸！

羅夫人再看了眼邢氏風輕雲淡的模樣，心裡頭有了決斷。

行昭看在眼裡，抬了抬頷，九成，哦不，十成把握。

既然有了十成把握，行昭便喜氣洋洋地回了鳳儀殿交差，一五一十全說給方皇后聽，說到行景進來請安的時候，小娘子嘴快咧到了耳朵根，眼睛瞪得大大地。

「哥哥一進屋來，羅家大姑娘想抬眼看又不敢光明正大地瞧，只好端著茶盅，藉著喝水的工夫抬眼瞅瞅，不瞅不要緊，一瞅完，整張臉唰地一下就紅透了。阿嫵當時就覺得有戲，定京城裡規矩一般宴請不都是留用一頓飯就算是禮節了嗎？臨到天黑了，羅夫人一雙眼都在戲臺上沒提要走，舅母便樂得合不攏嘴地吩咐僕從將藏了幾年的美釀老窖都給拿出來待客。到最後的時候，怕路上遇見九城營衛司的盤查，還拿了舅舅的名帖給羅夫人，又派了幾個護院跟著。」

留用兩頓飯那是通家之好的禮數，拿了名帖……名帖是隨便好拿的？那可就當成一家人來待了！

一個冒冒失失地拿了出來，偏偏另一個也接了。

八字有了一撇，不對，這八字啊，撇捺都快寫完嘍。

方皇后喜上眉梢，連聲喚來林公公。「現在正好夏天，好捉大雁，明兒個就吩咐圍場的人留個心。」一想圍場是顧先令在管，頓了頓。「算了，別讓顧家人經手，他們家人一屋子的掃把星，心眼長在臉上，沒得壞了咱們家的大喜事。明兒個讓人去雨花巷給平西侯知會一聲，讓他吩咐人留點心。大雁是忠貞之鳥，得用一對活的才算體面。」

鳳儀殿正殿的案首長年點著紅燭，一對紅燭罩在菱花玻璃罩子裡，玻璃薄厚不均，暖光便四下搖曳，聚不到一個點上。

方皇后歡喜極了，桓哥兒娶得好，瀟娘也嫁得如意，行昭那樁親事雖不盡如人意，但好歹情與理占全了，風險既然已經擔在了肩上，又何必在意是多了五兩還是少了八錢？

好說歹說，方家上一輩的女兒將苦都受盡了，下一輩便只剩下甜了，是該歡喜。

她咂摸著別人的好，心下再苦倒是也能覺出幾分甜來。

行昭仰頭看了看方皇后的如釋重負，身子向前一傾，輕聲出言：「既然是女方先遞的信，咱們總要請媒人去說親吧？母親去了，臨安侯卻還在，總不能讓舅舅去見羅閣老吧？聘禮誰出？誰去送？迎親誰去？認親誰去？」

方皇后的笑態暫斂了斂，手在空中頓住。

林公公躬身而立，伺機退出正殿。身形將拐過走廊，便迎面撞見雙手端了黑漆描金托盤的蔣明英，伸手攔了攔，壓低聲音。「您可先等等，裡頭正鬧不舒暢呢。」

蔣明英一愣，隨即笑開，眼神看了看托盤上的那盅湯。「您也甭逗我！皇后娘娘能同縣主鬧不舒暢？」

「可不是同縣主鬧騰！」林公公眼神飛快地往裡間一掃，腰桿越漸彎下去，聲音更低。「明兒個怕是要走一趟九井胡同了。」

蔣明英張了張口，瞬間反應過來了。

到底避不過！

方皇后能作主賜婚、能把人接進宮來教養，可她能代替賀家人去幫賀行景下聘禮、談婚事嗎？

絕無可能！行景姓賀，不可能所有事宜都由方家出面，生父宗族尚在，先前鑽了外放的空子不回九井胡同去住。如今總不能讓媳婦兒從娘家出門，一抬轎子再抬到福建去吧！

婚姻大事若還是舅家出面，意味著什麼？意味著賀家不要賀行景了，時人重宗族，三綱五常，父父子子，當一個人連以同宗血緣作為維繫宗族紐帶的家族都不要他了，別人會怎麼想？在仕途上平步青雲？想都不要想！

蔣明英手心出汗。

方家是能給賀行景最寬實的庇護，可禮法宗族，卻繞不過去。

林公公拖長音調喟嘆一聲，臨安侯家太夫人處事說話滴水不漏，人老成精，無論前幾十年積澱下的是善是惡，謀定而後動這樁本事倒學得好極了，要沒她善後擦屁股，臨安侯賀琰如今還活得了？

怪不得她上回來過鳳儀殿之後便再沒了動靜，合著是在這兒等著方家呢！

皇后娘娘會妥協嗎？

他們不知道，他們甚至想不出除了妥協還有沒有更好的辦法。

賀太夫人與方皇后的博弈，他們做下人的迷迷糊糊看得懂點，可當真摸不透方皇后在這事上的態度。

至少第二天一大清晨，林公公一語成讖，領了命，搭著拂塵往九井胡同去，沒等多長時間，賀太夫人便穿戴妥當拄著枴杖出來了。林公公拿眼瞧，照舊是大周朝一等勛貴人家老封君的派頭，一品夫人的纏枝紋仙鶴龜常服，金冠正釵，雖是拄著枴杖，一步一步卻走得穩當極了。

林公公笑著行了禮。「太夫人氣色倒比往前看起來好得多。」

「人逢喜事精神爽。」賀太夫人雙眼雖不清明，可一雙渾濁的眼望過來氣勢也沒墮。「老身的孫兒到了娶媳婦兒的年歲，喜氣一沖，我這一腳踏進棺材的人也該拿出點精神頭來了。」

您是得拿出精神頭來，等到您那三兒子，哦，對了，您那庶子一回京，怕是整個九井胡同，就得他們當家了。

林公公面上帶笑沒再接著答話，伸出手讓賀太夫人攙著上馬車，哪曉得人枴杖一拄，便踩在木踏上，上了馬車。

廉頗已老，就算還能吃下三碗飯，到最後不也沒披甲掛帥？何必呢？拿摧枯拉朽得已經不成形的脊背去頂這麼個空殼，何必呢？

林公公笑上一笑，邊搖頭邊撣了撣袖口，這九井胡同的灰比皇城都多，浮在空中的是沈積幾十年、幾百年的塵埃，讓人嗆得慌。

馬車停在順真門，是碧玉來接的，走在前面走得飛快，賀太夫人也不慌，拄著枴杖慢慢走在宮道裡，著灰衣素臉的小宮人們遠遠瞧見便側過身將臉對著紅牆。

她等了這麼久，不急這一時。

方家總有要求她的時候，方家在乎行景，她不能比他們更在乎，誰投入得越多便會越傷心，現在可不是講情分親近的時候，得趁這個時候把行景攬過來。是身在曹營心在漢，還是口是心非，她都不在乎了，只要能讓別人看看，賀家還有正統的嫡支呢，賀家長房還沒垮呢，她便心安了。

人老了，也就這點好，磨啊磨，就看能不能磨得過時光。爭了一輩子，狠了一輩子，她做下的錯事數不勝數，老侯爺、賀現的生母、不計其數的浪蕩上進的丫頭，她倒是從來沒想過，臨到要死了，手上還攤了一條人命——她的嫡親兒媳婦。

報應，都是報應。

所有的孽障都應在她身上吧，下阿鼻地獄割舌下油鍋，她都忍了。她只想求求佛祖，別讓她苦苦支撐的賀家家業落到老三那匹狼崽子的手裡，別讓晚秋那個小賤蹄子在黃泉下頭笑她。

到鳳儀殿的時候，正好行早禮過去，沒人候在門口接，算是怠慢到了極致。左右都撕破了臉，又何必粉飾太平？

碧玉七拐八拐，拐到東廂房前，朱門掩得死死的，碧玉看了眼賀太夫人，輕輕叩了叩隔板。「皇后娘娘，臨安侯太夫人到了。」

「帶進來吧。」

門「嘎吱」一聲從內往外開，賀太夫人脊背挺得筆直，枴杖杵在青磚地上，「砰砰」作響，幾步走到殿前，身形倚在枴杖上，福了福身道：「老身見過皇后娘娘。」

方皇后抿嘴一笑。「上回見太夫人都還未曾拄枴，當真是老了。」

「人都是會老的，人活一輩子永遠都在養老送終裡，原先是給長一輩的人養老送終，等自己老了，就等著兒子、孫子給自個兒養老送終，天道因果，人倫迴圈。」賀太夫人神色很安詳。

「還有兩個兒媳婦，太夫人不打算算進去？」方皇后一笑。

不算死了的方福，兩個兒媳婦，都是庶子媳婦。

方禮這算是妥協的姿態？

賀太夫人眉梢一抬，心間一凜，正想說話，卻見方皇后手一抬，蔣明英佝身上茶。

賀太夫人止了止話頭，順勢落坐，單手接過茶盅，輕啜一口，笑問：「怎總不見阿嫵？

昨兒個去舅舅家也不曉得回九井胡同來一趟，老身原想讓人去接，可再一想阿嫵到底是養在皇后娘娘身邊的小娘子，又不是要回來待嫁，不同您說一聲到底失了體面。」

方皇后吃口茶，等著賀太夫人說下去。

「說起阿嫵，倒想起景哥兒來，孩子大了不落家，那皮小子也是。都是要娶親的年歲了，也不曉得懂事，男兒漢大多都是成了家娶了媳婦兒便收心了。皇后娘娘是姨母，正好同您商量著來辦，瞧您的意思是屬意羅家娘子的吧？羅家也好，書香世家，手上沒太大的權柄，可勝在清白，聽著是挺好的小姑娘。老身沒見著面，到底不放心，景哥兒是長房嫡孫，往後跪宗祠是要排在頭一個的，一進門就得是宗婦，管的是一大家子人，管事、莊頭、僕從……」

賀太夫人坐地起價。

方皇后是能下懿旨賜婚，可到最後，聘禮禮數都得是賀家來辦！

方禮心疼外甥，可她卻心狠得起來。

事情若不順遂，大不了都別想娶嫁，要娶嫁必須回賀家老宅去！否則一拖三、五年，羅家能甘心？阿嫵能過得了六皇子的門？老皇帝身體漸弱，到時候是誰著急還不知道。

賀太夫人沒說話了，鳳儀殿便靜了下來，方皇后神色十分端肅地開了腔。

「阿福去了快五年了吧？臨安侯也不準備續弦了？本宮瞧了瞧，覺得馮駙馬家還有個胞妹，十七、八的年歲，因守孝錯過了正當嫁人的年華，聽說人品相貌都好得很，和臨安侯倒也配，太夫人您說好不好？」

方禮拿賀琰的婚事威脅她?!

馮安東的胞妹……讓她說好不好?!

賀太夫人表示自己一口老血堵在胸口裡半天都吐不出來。

螳螂捕蟬，黃雀在後。

賀太夫人要以行景的親事做拿捏，那方皇后憑什麼不能拿賀琰的親事做文章？方皇后的弱點顯而易見，賀太夫人的弱點就是她的兒子和她辛苦鑽營來的賀家。反正兩個女人手上都握著對方的弱點，妳要坐地起價藉婚事的由頭讓景哥兒回老宅，我便拿出籌碼來還價，最後看看誰虧誰贏。

賀太夫人不是沒有認認真真地尋過親事，四十好幾的侯爺要尋一門正經親事著實不算太難，正經大家貴族的小娘子尋不到，那稍稍矮一點的門第家的女兒總能說到吧？

一樹梨花壓海棠，自古皆有。

四十歲的男人還有希望生兒子，憑什麼就不娶了？頭一個嫡子被得罪得家都不回了，不加把勁再生個嫡子出來，難不成當真要看著賀現登堂入室？

賀太夫人先頭是在定京城裡尋親事，託了黎太夫人四處瞧瞧，勛貴人家家裡沒有合適的小娘子，那就問問文官家裡頭，三品大員家的姑娘是不用想的，矮一點，四、五品京官家的閨女呢？可惜也沒尋到，文官清流重名聲，能結交賀家自然心裡是巴望的，可面上呢？把自家如花似玉、荳蔻年華的姑娘送去給四十好幾的男人當填房，是想被別人指著脊梁骨罵吧！

官宦重名聲仕途，商賈之家倒不是很看重，無利不起早，說的便是那些人。

萬姨娘家裡頭一聽消息，便全家活動起來了，送了幾十隻股到定京來，統共加起來算一算得有一百萬兩銀子，又是拿河北府的幾家鹽商鋪子收買了賀老二，老二有奶便是娘，竟然有臉在早禮上提。

士農工商，商是最下賤的，賀家還沒可憐到這個程度，要拿妾室的銀錢來撐臉面！賀家既不可能和商賈做親家，也不可能將妾室扶正，更不可能讓萬氏當家——她本身就不清白！

賀太夫人胸口一窒，神色未動，照舊慈眉善目得像尊救苦救難的觀世音菩薩。「馮駙馬的胞妹？論公，您是皇后娘娘，母儀天下，掛心臣子親事是應當的。可論私，您是臨安侯的大姨姊，大姨姊關心妹夫的婚事……」賀太夫人一頓，再一笑。「怕是不太妥當了。」

「阿福已逝，本宮與你們賀家的關係，只有論公，哪裡來的論私？」方皇后緊接其話。「賀太夫人要論公論私，本宮卻只知道天地君親師，天家所言如重擲投地，豈容他人置喙！」

打嘴仗，過的就是個癮。

行昭在內間一面聽，一面看書。論嘴皮子利索，德妃是宮裡頭頂厲害的，常常一句話嗆得惠妃想立馬跳絳河裡去，女人堆裡掙扎了這麼幾十年，方皇后弱得了？

要是讓行昭頂上去，她鐵定不行，所以她只能當個狗頭軍師，主意是她出，堵炮臺的人選是方皇后找。

賀太夫人不接茬了。方禮要拿天家威嚴來壓她，她一句話也反駁不了。

大殿又陷入了難耐的沈默，方皇后神清氣爽，賀太夫人面色沒動，到底在什麼時候賀太夫人才會變一變臉色呢？賀琰死了？賀家敗了？還是賀現出頭了？

「太夫人能作主景哥兒的婚事順遂還是不順遂，本宮卻能作主臨安侯的後半生康泰還是不康泰。馮家娘子許是久未出嫁的緣故，流言蜚語絡繹不絕，別人要欺負到頭上來，只有自己自強起來，馮家娘子大約是自強過了頭，既能下地耕田，又能扛牛宰羊，扠腰罵起人來從來不怯場，若有個賊不長眼打了馮姑娘的主意，怕是第二天兩條胳膊就被馮家娘子卸了下來了。賀家風雨飄搖，更缺這樣潑辣霸道的女主人，人家身世背景也好。一個嫂嫂是往前梁將軍……哦，梁庶人的妹妹，一個嫂嫂是嫡長公主，皇親國戚，水靈靈的大姑娘到底便宜臨安侯了。」

他們家什麼時候缺能殺虎宰牛的宗婦了?!

一個方皇后指婚撐腰的母夜叉，方禮是想將賀家攪得天翻地覆嗎？

賀太夫人輕斂下眼瞼，說得很輕。「當真要鬥得兩敗俱傷？鷸蚌相爭，最後得利的只有作壁上觀的漁翁。」漁翁是誰？虎視眈眈的陳家，還有賀現那個小婦養的孽種！

方皇后展顏一笑，身形往身畔軟榻一靠，顯得極放鬆。「鬥，也是你們先挑起來的。方家人沒別的本事，只一條，記仇得很，睚眥必報。阿福一條命，你們尚且還沒還乾淨，竟然還敢得寸進尺？如今還想來掌景哥兒的主意，讓景哥兒留在老宅？」話越說越重。「兩敗俱傷？太夫人，妳未免也太看得起賀家了！當一方完全強過另一方時，叫兩敗俱傷？不，這叫做碾壓。」

神情一振，身子坐直，語氣不容置喙。「聘禮、納吉禮的錢財，我們方家出。同理，阿嫵的嫁妝也是我們一手操辦，賀家只需要讓賀琰醒醒酒，再派幾個管事出面應酬便可。景哥兒到底是嫡長子，娶親認親還是在九井胡同辦，高堂宗祠還是拜你們賀家的，賀家人不許往上湊。景哥兒脾氣不好，一條馬鞭抽過去，你們賀家人受不起。大婚禮一完再歇個幾天，小倆口立馬啟程回福建去。這個局面，皇帝願意看見，本宮也樂見其成，帝后皆歡喜，臨安侯太夫人難道要觸天家逆鱗？」

賀太夫人手攥成拳，低聲吶問：「那臨安侯與老身百年之後呢？景哥兒也不回來?!」

方皇后異常冷靜。「太夫人不是還有兩個兒子嗎？兄終弟及，不是也說得過去？」

賀太夫人感覺自己憋在胸口的那口老血可以噴出來了。

她算是看明白了，就算如今方家底氣落下來了，方禮也不打算讓賀家過舒坦了。

賀太夫人被逼到牆角，指尖直顫，眼角摺紋抖得停不住，眼神死死盯在腳下的三寸之地，皇宮大內的青磚地裡摻著金箔粉，東廂房關得死死的，根本沒有點燈，可她分明在地上看見了光亮。

太刺眼了，刺眼得她再也不想把眼睛睜開。

緊緊合了眼，為了個兒子，她把一輩子都賠上了……阿琰已經是棄子了，再娶納個凶神惡煞的姑娘，情形還能壞到哪裡去？最多雞飛狗跳幾十年，左右她還沒死，還能壓得住個媳婦兒。

可等她死了呢？她已經六十好幾了，還能有幾年活頭？那馮安東的胞妹若頂著個臨安侯夫人的名聲敗壞賀家幾百年的名譽，若再乘勢欺負阿琰……她死都死不瞑目！阿琰是賀家的棄子，可是她的兒子啊，是她期望了一輩子的兒子啊！

賀行景必須回去，她擊殺這麼多人，一手的血腥味，不是為了讓賀家分崩離析的！

賀太夫人眼睛慢慢痛苦地合上，方皇后如願看見了她不再淡定平靜的神色。

「方禮。」老人的聲音就像夕陽時分，緩緩從西邊降下的遲暮。

方皇后輕抬頷，靜靜看著賀太夫人。

「如果我用一個秘密來換呢？我只求在我與阿琰百年之後，景哥兒能回來，就在九井胡同，重振賀家……那時候我與賀琰已經過世了，景哥兒的恨、阿嫵的恨、方家的恨，已經還乾淨了吧？」

方皇后不置可否。

這是一個爭了一輩子的女人最後的執念。

如今的賀太夫人看起來很可憐，就算穿著華服錦衣，戴著金冠玉釵，雍容慈藹，她的眼神、表情、聲音無一不是可憐的。

「你們只需要讓一步，景哥兒提親、納吉，過庚帖，我親自掌眼去辦，絕不准別人插手，把景哥兒原先住的宅子拓寬再刷漆粉牆當作新房，景哥兒成完親住一夜，願意留幾天就留幾天，願意第二天就帶著新娘子回福建我也不插手了。在我、在阿琰有生之年，景哥兒和阿嫵願意來九井胡同就來，不願意來，我親自下手彈壓輿論，絕對不叫兩個孩子為難。

「我只求一件事，景哥兒要和賀現爭，把賀家的家產家業都爭到手，成為賀家名正言順的繼承人，把著賀家的命門，再重振賀家。」

賀太夫人邊說邊老淚縱橫，拳頭慢慢伸開，青筋突起的手背隨意搭在椅凳扶手之上。

「什麼秘密？」方皇后打斷賀太夫人後話。

「事關方福之死。」

行昭拿書的手一抖，麻繩串起來的書冊順勢從炕上砸到地上「砰」的一聲，書頁一角飛捲起來，恰好擋住了下面的字。

螳螂捕蟬，黃雀在後。黃雀的後面呢？會不會還藏著一條蛇？

大殿裡氣氛陡然一窒，內廂裡書砸下去的聲音便顯得很清晰，賀太夫人眼神往裡間一掃，卻聽方皇后開口道：「應邑主謀，賀琰從犯，可若是沒有太夫人睜一隻眼閉一隻眼地縱容賀琰，阿福如何會死？已然各得其所，太夫人是想來誆騙本宮？」

「各得其所？」賀太夫人扯開嘴角笑，笑裡頭是苦的。「不是所有人都得到了報應的。您說方家人記仇，這仇還沒報完，方福在黃泉下閉不了眼，您也忍心？」

「不忍心。」

是少女溫糯的聲音。

裡廂珠簾一撩，磨得圓滑的珠翠碰在一起泠泠作響。

方皇后扭身去望，嘆了口氣，這般倔氣也不曉得是隨了誰。

賀太夫人眼淚又掉了下來，手撐在椅背上，不由自主地提了聲量，聲音在發顫，帶了些不確定。「阿嫵……」緊接著第二聲。「阿嫵！」

行昭遙遙地看了賀太夫人一眼，手在雲袖中攥得緊緊的，指甲扣在掌心的肉裡，真疼。

「母親的死……還有什麼蹊蹺？」行昭喉頭發酸，強拉起唇角笑。「您的要求，阿嫵代替哥哥答應了，您應當知道阿嫵能作哥哥的主、當哥哥的家，立身於世，言既出，再難回。」

她一手教養大的孫女，正在一本正經地同她物物相易。

賀太夫人以為全身會發軟，可渾身上下一點也沒動。也是，她是狠，可她還不蠢，沒蠢到現在還在奢望她的小阿嫵會像六、七歲時那樣靠過來軟軟地喚她、靠著她、枕著她。

早知今日，又何必當初！

賀太夫人想笑，面上的神情卻比哭還難看。「方福喝下毒藥後，阿嫵用鵝毛已經催吐過了，人當時是救過來了的，可大夫卻在給方福送服解毒的那碗湯藥裡發現了芫花汁……」心尖絞得像有刀在割，輕輕頓了頓，艱難地下嚥再道：「那個時候方福已經將那碗湯藥喝完了，阿琰那時候已經不在正殿了，更不知道方福已經被救活過來，應邑勢力還沒大到在正院裡安插親信的程度，那芫花汁是誰放的？這個秘密值不值？」

行昭眼前一白，全身如雷劈中。

隨即仰身倒地。

睡著了就好了，睡著了就能見到母親了。

第八十三章

皇城從來不會因為一個人的缺席而變得乏善可陳，行昭纏綿病榻數日，除卻鳳儀殿忙翻了天，六宮之中照樣如往常一般，平靜無波。

或者說是，平靜的海面下藏著波濤洶湧的暗潮。

淑妃親自過來瞧自家準兒媳婦兒，一掀珠簾，卻見行昭手上拿了卷書，眼神卻瞅著窗櫺外，淑妃順著行昭的視線望過去，正好看見屋簷下有黑白分明的燕子進進出出地飛個不停，有雛燕在巢裡嘰嘰喳喳地仰著小腦袋叫喚。

分明是盛夏的模樣，偏偏顯出了幾分生意盎然的初春意味。

淑妃笑一笑，顯得溫柔極了。「燕子築巢的人家都是福氣重、心地善的好人家。春來冬去，南來北往，明年鐵定還到阿嫵這兒來。」

音線清新得像山間被風吹亂的葉子。

行昭半臥在床上，身後墊著寶相花軟緞墊子，聽淑妃開口，這才回過神來，連忙撐起身子要起來，卻被淑妃攔下。

「身子不舒坦，在乎這些虛禮做什麼？快躺下來！」

淑妃大概就是時人眼中出挑的名門淑女，個性和軟，溫柔內斂，知書達禮卻從不問東問西，唯一的缺點或許就是沒太大主見。

嗯……這也不算缺點，女子無才便是德，聽男人們的更是德中之德。

那母親呢？

母親什麼都聽從賀琰，賀琰偏寵萬姨娘，母親連重話也不太敢在萬姨娘跟前說，最後落得個什麼下場！

行昭胸口悶得像是天壓了下來。

失望不可怕，可當曾經有過希望，最後得到的失望就會變成絕望。她明明將母親挽救過來了的，不是毒發身亡，也不是餘毒未清，只能歸結於她與她的母親都沒有別人玩得精。

螳螂捕蟬，黃雀在後，終究是個死。

算計一次不放心，還能有個第二次，招招逼人，環環相扣，不讓母親死都不放心。

應邑是將她一輩子的心智都用在了逼殺母親這一件事情了吧？

淑妃轉身接過蓮玉手上的藥碗，轉頭回來便看見小娘子又在發呆，病來如山倒，病去如抽絲，好好一個小姑娘陡然變得心事重重又憔悴。

心頭嘆口氣，家事是最難斷的，長輩的名頭壓在那兒，任她做了什麼事，小輩們都得只好受著，否則就是不孝。

賀家那樁事，她是不怎麼清楚的，篤定老六知道，便去問老六，哪曉得老六也是個護媳婦兒的，吭吭哧哧地一個字也沒說。

老六不說，其實猜也能猜得著，世家豪門恩怨無非幾樣，權財相爭，臨安侯夫人方氏在方祈生死未卜的時候突然暴斃而亡，任誰也會說一句賀家吃相太難看。

可過去了的，再想起來，憋著難受的也只有自個兒，旁人醃臢事都做出來了，您還指望著他能難受、難受？怕是門兒都沒有。

「小娘子病一場也好，發熱是長高，可也得每天好好喝藥才能漸好起來。」淑妃又拿了個軟墊給行昭墊高點，舀勺藥吹一吹再送到行昭口邊。「再不好起來，揚名伯就得回福建去了，再見到的時候，怕就得等到明年開春了吧？雖說外放官是三年敘職一次，可小郎君成親娶媳婦兒總還是得開個恩吧？」

淑妃說著便笑起來，眉眼溫和極了。

淑妃是想告訴她，日子在慢慢變好吧？

賀太夫人從鳳儀殿出去的第二天便派人去和羅家通氣了，緊接著就是提親納吉，行景守孝早已守滿三年，如今也已是十八歲了，羅家大姑娘也是十五歲了，兩邊都拖不起，早定早好，婚期定在明年開春三月分，一時間賀家與羅家結親的消息傳遍了定京城，沸沸揚揚的，說什麼的都有。

別人是看熱鬧，憂心著、掛心著的自然是實實在在的高興。

行昭抬了抬頭，看著淑妃的模樣，很安靜平淡的樣子，鼻頭陡然一酸。

是方皇后特意請淑妃來勸慰她的吧？畢竟方皇后與邢氏都不是習慣溫聲勸慰的人。

當另一個秘密被揭開，她撐了這麼幾年，硬撐著與方皇后相互鼓氣地活著，卻陡然告訴她，她曾經是有過希望的……

可這個希望也被人棋高一著地徹底戳滅了。

「啪」地一下，全破了。

就像拿皂水吹出幾個泡泡來，還沒來得及飛起來，便被針唰地一下刺破。

蓮玉這樣勸慰過她——「太夫人處事重結果，輕過程，為了達到讓大郎君回老宅的目的，隨口編一個驚天的秘密出來也未可知。太夫人既說不出來證據，也不能說明白那幕後黑手究竟是誰，老大夫也過世了，口說無憑的，您又何必暗自攢著一口氣，反倒把自個兒身子給傷了，得不償失。」

聽聽，「得不償失」四個字都說出來了。

行昭心裡卻很清楚，得失之間，什麼最重。賀太夫人終於說出這件事情，以取得了更大的利益，這樁生意沒虧，賀太夫人十拿九穩這件事情，那至少證明這不是空穴來風。

「哥哥後日回福建，阿嫵病再重，也要去送上一送的。」行昭一笑，臉上總算是生動了起來。

淑妃摸了摸行昭的額頭，動作十分輕緩，一滴沒漏地將藥餵完又揀了幾顆梅子餵給行昭吃，陪著說了一會兒話。

行昭正發著熱，沒精神頭說話，一個晌午大都是淑妃在說，行昭靠在床沿上靜靜地聽。這樣的婆母真是打著燈籠都難找，上天是把她兩世和她母親的運氣都拖到這個時候再饋還給她嗎？

淑妃走的時候天已經暗下來了，淑妃一走，方太醫便過來，方皇后跟著過來，一聽熱退了什麼心都放下了，讓人繳了行昭的書，只說了這樣的話——

「老老實實待嫁，什麼事都讓我來查，太夫人說的是真是假都還不知道，自個兒先暈倒在鳳儀殿的磚面上了，出息呢？被狗吃了？鳳儀殿的地是那麼好躺的嗎？真不是姨母唸叨妳，妳說說妳就這麼針尖大點的出息，被人氣得能立馬倒地，妳是屬狗的，不是屬羊的！被人咬了，就咬回去，不丟人！」

瞅瞅，這才不放心得請淑妃過來安撫她，將好點這就訓上了。

明明在心疼，偏偏還要挑刺。

行昭躺在床上看方皇后，手伸出被子，稍稍一抬高便搆到了方皇后的手，輕輕一握。

方皇后話一頓，心便頓時軟得像蒸爛了的茄子似的。若阿嫵沒定老六，她巴不得將自家女兒抱在懷裡頭疼著、愛著，哪裡會厲聲訓斥一句話？她方禮養大的女兒，就算跋扈些也是該的。可好死不死，定了老六，明明是一朵玉蘭花，偏偏要讓她長成牡丹。

方皇后回握了握行昭，又吩咐黃嬤嬤幾聲，在瑰意閣四處走了走，放下了心這才回正殿去，臨走時候特意吩咐其婉。「發了熱得通風，屋子裡不敢擱冰塊，就將院子裡的東南角打開。」

行昭迷迷糊糊地睡，夢裡頭什麼都有，偏偏卻什麼也抓不住，睡到一半渾身發汗，腦門上和褻衣裡都濕透了，便搖鈴說口渴了，蓮玉起來倒了盞溫水，行昭捧著水杯模模糊糊隔著桃花紙糊成的窗戶看見有光亮，又怕是自個兒被燒糊塗了，皺著眉頭問蓮玉。「那外面是有光吧？今兒個當值的是誰？怎地還沒睡？」

蓮玉抬頭睃了眼，埋頭低聲說：「是六皇子。皇后娘娘不是叮囑說今兒個東南角的小門甭關嗎？六皇子將才就爬進來了……」

爬進來?!

行昭發了通汗，好像把蒙在腦子裡的那層讓人迷糊癱軟的水氣都發了出來，渾身上下沒氣力，但是腦子裡很清楚。

清楚的腦子現在正在想著一樁事——豐神清朗的端王殿下鑽過一尺高的小門，從草裡泥裡打了個滾，再撒個歡……

打住，不能再想下去了。

行昭撩開被子想下床，卻發現使不上勁，再看看這副打扮實在沒臉見人，便問蓮玉。

「他來做什麼？」

「來看看您就走……昨兒個是從西角的角門鑽進來的，估摸著是遭皇后娘娘發現了，今兒個特意留了個大點兒的角門……」蓮玉回得也很窘迫。

一個一尺高，一個一尺一高，是好到哪兒去了啊？

方皇后不過是給六皇子表示——你鑽地洞的事，本宮已經知道了，僅此一次，下不再犯。

哪曉得六皇子那個二愣子，反倒順杆爬，今兒個倒從新開的角門進來了。

方皇后的臉會被氣青吧。

蓮玉接著後話。「好在昨兒個六皇子還知道分寸，明白姑娘家的閨房不好闖，沒硬要進來瞧您，只是問問其婉您好點了沒，再喝盞茶坐一坐，就鑽地洞走了。」

還敢喝茶！行昭哭笑不得。上輩子怎麼就沒看出來六皇子膽子這麼大？

「您今兒個要見見他嗎？」

行昭搖頭，想了想隨即點點頭。「我這個樣子怎麼出去？妳出去讓他著手去查那個過世的老大夫生前和誰都有過接觸？」

蓮玉應聲出去，沒到半刻便進來回話。「六皇子這兩日已經讓人著手去查了，死人口不能言，不太好查舊時舊事。他說，與其費精力去查那個老大夫，還不如把眼睛放在臨安侯府裡，內奸外賊，有賊心賊膽的肯定是浮在水面上的。」

六皇子已經查了那個老大夫了？

賀太夫人來鳳儀殿所謂何事，六皇子隔幾天就打聽到了，行昭一點也不吃驚。鳳儀殿是被方皇后經營成為了一個鐵桶，可鐵桶也是有縫隙的，既然選擇了支持六皇子，或者說別人已經幫忙分好了陣營，按照方皇后的個性，便是傾力相幫。

再是銅牆鐵壁，只要主人家主動打開一個角門，就有人立馬順杆爬上來了。

行昭默了默，接過帕子擦了把臉，換了衣裳，一把撩開簾子，便看見羊角宮燈之上，迷光搖曳，有男子手背在身後，背對來人，站得筆直。

嗯，如果外袍衣角邊上沒黏著幾根雜草，鐵定玉樹臨風得更有說服力。

行昭輕咳一聲。

六皇子一轉過身，便看見小娘子素著一張臉，胡亂套著件絳紅的外袍，大約是病了一場的緣故，整張臉好像都小了一圈。

「母妃說妳身子骨是好全了，就是心緒不大好。頭還疼嗎？」

行昭抿嘴一笑，搖頭。「不疼了，原先也不疼，就是燒得厲害有點暈，今兒個也不暈了。」邊說邊讓蓮玉去外頭的門廊巷口裡守著。「你也不怕皇后娘娘過來，立馬將你拖下去打上四十大板。」

還有心思說笑，到底是走出來了。

六皇子放了心，熟門熟路翻開扣在托盤裡的茶杯，斟滿了給行昭遞過去，也笑。「不是茶，銀耳紅糖湯，特意吩咐人煮的。」

吩咐人……煮的……

在她的地盤，吩咐她的人，煮湯給她喝？

行昭覺得自個兒要再病下去，這瑰意閣怕是快姓周了，不對，本來就姓周。

行昭小口小口地抿銀耳湯，六皇子靜靜地看著，看著看著便笑了，笑著笑著又將臉慢慢斂了起來。

皇城錦繡繁榮，本是天底下最尊貴的地方，可世間好奇怪，尊貴常常與骯髒生死相隨。著綾羅錦緞的王公貴族，怕是還沒有天橋下賣場雜耍的手藝人來得乾淨。

別人是靠手藝汗水吃飯，得的銅板，賺的吆喝，都是汗水換來的，出賣的是自己，可世家貴族們大多都是出賣的別人。

「那個老大夫我查了，身家清白，為人坦蕩，定京回春堂的坐館大夫醫術嚴明，仁醫之德，救死扶傷之心，素來受人愛戴。」

六皇子甩甩頭，將剛才的想法拋到九霄雲外，輕輕開口。「在先臨安侯夫人死後不久，老大夫舊病復發，暴斃而亡。我派人去問他家人，沒有人與他在事後有接觸，唯一奇怪的是，出診臨安侯府的那一次拿的診金，足夠他們上上下下十幾口人在定京城裡舒舒服服過上幾輩子了。」

這是老大夫的封口費，也是賣命錢。

夜已深，四周都靜悄悄的，六皇子的聲音聞所未聞的輕柔。

「本就是杏林世家，診出的死因是陡受驚嚇，心肺爆跌，暴斃而亡。死因有異，老大夫的家人卻沒有接著查下去，而是選擇了緘口不言……」六皇子輕聲一笑，聽起來譏諷之意很濃。「我的人去探查的時候，他們家人原先一個字也不肯說，後來拿出宮中的印章，又拿了五百銀兩，才勉勉強強說了出來，就這麼多，他們應當也只知道這麼多了。」

行昭悶頭喝完一盞銀耳湯，見慣了人罪孽，聽起來反而覺得不那麼震驚了。

「老大夫是太夫人身邊得力的管事嬤嬤去請來的，當初沒去請宮中的太醫，因為太醫是朝廷命官，賀家不敢殺人滅口，太夫人一開始就打著要過河拆橋、卸磨殺驢的主意！」

宗婦嫡媳被毒殺，這等豪門秘辛絕不能流傳出去，可只要死人才不會說話！

行昭皺眉努力回想。

當舊事一點一點地被揭開，泛黃的絹布，沈朽的味道，還有難以掩埋的真相，也隨之一點一點地再現人世。

「母親將毒藥吐了出來，那天亂烘烘的，我與蓮玉原先被困在偏廂，後來臨安侯推門出來，我與蓮玉便衝了過去，正院的人自顧不暇，沒有看管。後來太夫人便過來了，大夫也到了，把了脈說母親已無大礙了，太夫人一到，我便放了心，就是這樣的掉以輕心，才讓我追悔莫及。」

這是一段不願意回想的過去，行昭輕輕閉了眼，面上很平靜，可渾身上下都在發抖，突然肩頭溫熱，行昭睜眼抬頭，是六皇子將手虛放在她的肩上，再仰頭望上去，六皇子嘴抿得緊緊的，薄唇抿成了一條線，可眼神卻是暖的。

六皇子這個時候倒曉得恪守禮數，掌心其實並沒有挨到肩膀，可無端地給予了行昭太多溫暖。

「後來我剛出廂房，便聽見了母親過世的消息，算算時辰正好是喝下剛熬好的藥湯之後……」行昭後話說得飛快。「我也想過會不會是太夫人下的手，特意支開我在那個時候下手。其實無論母親是死是活，臨安侯逼迫母親喝下毒藥已成事實，死仇結下，就算母親被救活了，方家也不會善罷甘休。」

還不如，禍已釀成，反倒將罪名做全，賭也就賭上這一把了。

這與太夫人的個性不相符，可當時情形，要為賀琰擦屁股，這是最果決的辦法。

「那她為什麼要把這個秘密再次放在妳的眼前？」六皇子沈吟良久。「可以說是兵行險招，可以說是禍水東引。她的目的在於想讓賀行景回老宅，可如果妳重新關注此事，將真相揭開後，矛盾加大，賀行景還有可能回去嗎？這一招太險了。照賀太夫人陳氏的個性，她絕不可能把自己和賀家放到水深火熱之中，從此斷了後路。」

如今的太夫人尚有顧忌，是絕不可能把自己當成籌碼去拚一把。

行昭緊緊握住杯盞，手指摳在鏨金絲鏤空紋路裡，緊扣的時間久了，手指就有些發白。

「熬藥是在正院裡熬的，方子、藥材還有人手都是正院裡的人。太夫人說藥裡有問題，那肯定是在拿藥、熬藥和端藥的過程中被人動了手腳。」腦子燒久了，就有點鏽了，可到底狗頭軍師練得久了，立馬從善如流地變換了思路。「那日人多又雜，賀琰帶著外院的人進來了，太夫人也帶了人進來，正院出了這麼一大樁事，二房會派人來看，得臉的僕從們也會四處問……」

「誰能進正院？」行昭埋頭悶聲問。

「藥是月巧熬的，賀太夫人身邊的張嬤嬤給端過去的，月巧後來被打發到了莊子裡，沒過幾天就病死了，死無對證又時過境遷，熬藥中間出現過什麼事、什麼人，根本沒有人能回答。」

六皇子探查得很用心。

如果這就是行昭的心病與糾結一生的心結，那他一定竭盡全力去解開，只有當這件事完完全全塵埃落定、水落石出的時候，行昭才能真正放下。

這個世間只要能用錢與權辦成的，從來都不是難事，賀家用的幾乎都是經年的家僕，可用久了，人多了，難免有些心眼就大了，人最怕心大，心一大，嘴巴就跟著大。

皇子打探外臣家事容易引起誤會和猜忌，但被猜忌和她的心結相比，算得了什麼？

那個時候，在她哭著尖叫著看著自己母親死在眼前的時候，他沒有在她的身邊，那現在他一定要在她身邊。

一個人太孤單了，兩個人一起，連手帶心都是暖和的。

六皇子眉眼放得柔和極了，可惜一腔柔情做給了瞎子看——狗頭軍師思考的時候，一向認真極了，什麼也看不見。

行昭總覺得有事沒想到，擰緊眉心，話頭沈得很低，眼神定在不遠處高几上的文心蘭葉上。

既然不是方子的問題，那就是藥湯被人加了東西。

熬藥中、端藥中，甚至餵藥，都有可能出現問題，而這些都是在正院完成的。

誰能進正院？除了剛剛想到的人，世家老宅裡還能有什麼人?!

僕從、主子……

等等！還有介於僕從與主子之間的存在。

姨娘……妾室！

她們算是主子，因為她們睡在男主人的枕邊，可她們又不是主子，因為她們還需要服侍女主人，就像丫鬟一樣。

萬姨娘……萬姨娘！

她住在東廂，離正院很近，又是長房的人，進出是小門，萬姨娘出身首富商賈之家，出手大方闊綽，守門的丫鬟婆子幾乎全都受過她的好處。

要查就要進內宅，可賀家的內宅不是什麼人都能進的。

「我回臨安侯府好不好？」行昭仰頭與六皇子商量。

「不好。」六皇子回答得很快也很平靜，臉上一冷。「這個沒得商量，賀太夫人這樣一鬧，妳回去了，妳哥哥也回去了。『老謀深算』四個字，說的就是她。」

行昭看著他沒說話。

六皇子最受不了行昭這樣看他，從小就受不了，不自在地扭過頭去。「想都別想回賀家，萬氏已經在查了，妳的庶妹庶弟也在查，賀家掌事的僕婦也沒落下。」話一頓，沒再接著說下去。

其實太夫人不可能沒查出來幕後黑手是誰吧？可她偏偏要在行昭面前只掀起一個角，然後讓行昭親手把謎底查出來。謎底，只可能有利於她自己。

六皇子其實心裡頭已經有了答案，腰一彎，克制住想揉小娘子頭髮的慾望，嘴角一勾。「燒糊塗了，也笨了，笨點好，我聽……」想一想又一笑，後話便湮沒在沈迷的夜色中。

少年的側臉很清俊，高挺的鼻梁，白淨的膚色，茶色的眼睛，全都無一遺漏地在暖光之下。

行昭真是燒傻了，癡癡愣愣地抬起頭來，弱聲弱氣問句話。「我可以信任你嗎？阿慎。」

「妳可以像信任方皇后一樣信任著我。」

月涼如水般輕薄，少年郎卻鄭重其事地做著事關一生的承諾。

行景回京十五天，猛漢出馬一個頂兩個，手腳麻利地搞定了媳婦兒，又帶走了方祈身邊的幾個幕僚，還沒娶媳婦兒的那條老光棍毛百戶打頭陣跟著行景回福建去，正正經經地算是預備著成家立業了。

離開那天，天難得陰了下來，沒一會兒就有大雨淅淅瀝瀝地落，砸在定京城外的官道大路上，雨水在地上匯成了幾道小流彎彎曲曲地往低窪處漫去。

幾輛馬車停在驛站不遠處，方祈手背在身後，眼神極亮又認真地看著不遠處的兄妹兩個，神色顯得很慈愛，嗯……要是方大都督的眼神別一直往身後那輛深藍緞面的馬車瞥，話裡頭別那麼嫌棄，場面一定顯得更慈和了。

「這小白臉非親非故也來送，阿嫵還沒嫁過去呢，這就以妹婿自居了？想得倒美，看老子過會兒不……」

邢氏眼神一瞥，方祈話一哽，再不敢說下去。

官道長得很，送君千里終須別，行昭撐著把油紙傘，提著裙裾順著水流走，卻覺得這條路太短了。

行景走在自家胞妹後頭三步，看行昭走一步停兩步的模樣，心下覺得好笑，又有點酸楚。

那場交易他第二天就知道了，母親的死還藏著秘密，這帶給他的震撼和痛苦，遠遠沒有聽見阿嫵當場暈倒來得強烈。

武將見慣了生死，活著的人永遠都比已經死了的更重要。

「查得出來就查，查不出來……斯人已逝，活著的人總要將日子好好過下去。」雨聲迷濛中，行景的聲音放得很輕。

行昭抬頭看了看他，手握緊了傘柄，望著自家哥哥，慢慢笑了起來。

行景是她兩世加在一起見過，最豁達也是心思最少的人，擔心方祈便策馬奔去西北，不想面對賀家人就乾脆避出去。看到海寇害人便氣得連家也不回了，索性拿出不滅匈奴誓不歸的氣勢來。

「哥哥甭擔心，查得出來的。人死了，總得有人陪葬才能使可憐人安心。」這事行景別管，行昭轉了話頭。「回去福建，也別和官僚士紳攢勁地爭，你是過江龍，他們是地頭蛇，外患未平，內憂再起，您要顧哪頭好？可千萬記得別太拚命，往前阿嫵還沒嫂嫂，如今有了嫂嫂，您得為自個兒家想一想，顧惜著自個兒點。」

行景一向聽得進去自家妹妹的話，神色放得很耐心，時不時點頭稱是。

相聚的時光那麼短，分離的日子又顯得特別長。

沒過一會兒，就有軍士打扮的人過來催。

行昭的話卻還沒說完，行景笑著揉了揉小娘子的頭，從懷裡掏了一個包袱出來，塞到行昭手裡，長話短說。「哥哥給妳攢的嫁妝。方家的家業是桓哥兒的，咱不搶不爭。小娘子出嫁要風風光光的，等妳出嫁的時候，哥哥也該幫妳把嫁妝置辦齊了……」一準震死那小白臉。

後話沒敢說，好容易給噓了回去，又揉了揉行昭的頭，俐落地收傘，上了馬車，在馬車上朝方祈揚手，方祈輕抬頷已作示意。

馬車往南邊走，車軲轆滾起積水裡，濺起來的水花打在樹幹上，氤氳出一團深重的水跡，怕是好久都乾不了了。

行昭單手撐傘靜靜地看，就算心頭還掛憂著重重心事，卻陡然覺得平靜了下來。

深藍軟緞面馬車的車窗簾子動了動，自個兒捨不得去揉小媳婦兒的頭，卻被媳婦兒的長兄一連狠狠揉了兩次。

算了，以後的頭，賀行景就是想揉也揉不了了。

六皇子知足常樂，鬆口氣，這樣安慰自個兒。

送完行景，眾目睽睽之下，特別是有方祈在場，六皇子膽子再大也不太敢把小娘子半道攔截到自個兒馬車上。老六爬角門的第二天，方皇后一聽那小兔崽子還敢順杆爬，偏偏自家小娘子又敢出面見，當下氣得一佛升天，二佛出世！

當下就藉鳳儀殿裡進野狗的名頭，不僅把正殿的角門、小門和各種狗洞給封了，還把瑰意閣的各大角門給封了，連柴房的窗戶紙破了都趕天趕地地給補了起來。

其實行昭特別想給方皇后說，六皇子那麼大個人從柴房窗戶上的縫隙，實在也是鑽不進來啊。

見到面卻說不上話，六皇子只好派了一個小宮人在黃昏時分送了個口信來。

「賀行曉。」

短短三個字，行昭聽得目瞪口呆，想哭哭不出來，渾身上下的怒氣滔天卻慢慢平靜了下來，怒氣就像今晨官道上的雨水一點一點地分流再匯聚，一半變成了悲哀，另一半變成了悔恨。

來的小宮人大概是六皇子的親信暗棋，明明是司膳房的丫頭，卻也會鸚鵡學舌地重複著話。

「賀行曉在事發之前一直病著，每天都在熬藥，偏偏在先臨安侯夫人出事之前停了熬藥，是為了避嫌也是為了避人耳目。畢竟那些芫花汁就是夾雜在她的藥方子裡進了賀府的。芫花是一味常見藥材，可其根有毒，沒有醫囑，一般人家不敢貿然使用，所以大家貴族也只會在開的方子有芫花的時候，才進行採買和購置。賀行曉是庶女，生了病開了方子卻根本沒有引起採買辦的注意，所以買辦庫房裡不會有這類藥。

「月巧已死，熬藥途中誰進去過已經無跡可尋，不過據守門的婆子說，賀行曉端著熱湯說是要到正院裡來陪妳，妳們兩姊妹一向不親近，那婆子還詫異了很久。」

不只這樣，賀行曉的異樣根本不只這麼點。

她蠢，她是真蠢！明明什麼都感覺到了，以為讓人看住賀行曉便可萬事大吉，哪兒會有這麼簡單啊？

賀行曉的病，那張寫著嫁衣、應邑這些奇怪詞的紙，頻繁地接觸那些道婆神棍，她明明全部都察覺到的，自以為仗著熟知後事，以為這個卑微而愚蠢的庶女只要有人看住了，便再也翻不起什麼浪來……

太天真，死過一次的人竟還這樣天真而無能。

蓮玉頭一次見到行昭這個模樣，一雙手掐得僵直，身形倒是挺得筆直，可眼神裡半點光都沒有，嘴巴抿得死死的，臉色鐵青，整個人像是一尊毫無生機的塑像。

蓮玉抬了抬手，其婉領著那小宮人下去。

門「嘎吱」一闔，內廂裡的光亮好像弱了弱，接著就如常振奮起來。

六皇子動用定京內外的所有勢力去查，隔了這樣三、四天查出個大概來，其實不難。是了，只要有權有勢，沒有什麼是挖不出來的，秘辛可以，醜事可以，真相更可以。

「母親出事那天，太多人來探聽消息，萬姨娘是妾室，身分資格不夠，可賀行曉的身分卻方便得多，是進正院來也好，是去在藥裡加東西也好，都很容易。」

行昭笑得像哭。她的愚蠢與自以為是，成為害死母親最後的那支箭。

「姑娘……」蓮玉艱難開口。

「那張紙，她的那個夢，嫁衣、應邑、母親，和我作的那個夢一模一樣，大千世界無奇不有，是預示未來，還是歸結過去，我們無從知曉，可是賀行曉卻敢猜，從蛛絲馬跡中找到存在的端倪。如果應邑留了後手，那肯定是賀行曉和萬姨娘。」

這次是六皇子當先鋒兵，一馬當先查出是賀行曉與萬氏有鬼，行昭卻擅於把前後聯繫起來想，把自己當成那個下套的人，一步一步推算下去。

首先賀行曉是因為那個夢相信了應邑會取代方福成為賀家女主人，想在新嫡母面前討好賣乖一回？還是只是想乘亂謀害方福，以圖讓萬姨娘上位？

如果是後者，那賀行曉與萬氏未免太蠢了，大家貴族重顏面，絕對不可能自降身價，將妾室扶正，她們母女倆不可能不知道。

如果是前者，賭注是不是太大了些？一個猜測、一個夢而已就能讓賀行曉與萬姨娘處心積慮布置下這樣一個局？

等等……

行昭眉目一凜，一定還有隱情。

萬氏與賀行曉只是別人的刀，而賀行曉深信不疑應邑會嫁進賀家的那個夢，只是推動了她們母女變成了別人手中的刀的一個工具。

如果要心甘情願地成為別人的後招，那一定需要鼓勵與事成之後的那個諾言。

行昭腦子裡有東西在飛快地掠過。

應邑、賀行曉……

這兩個人根本沒有交集，賀行曉是庶女，應邑是長公主，一個長在深閨無人識，一個金尊玉貴又心高氣傲。她們之間會有什麼關聯？或者說，她們之間還有什麼東西能夠讓她們產生關聯？

「請六皇子去查馬道婆。」行昭沈吟片刻。

能讓兩個女人有關聯的，能隨意進出各家府邸、行動自由的只有這些神棍了，而在行昭記憶中，那個譽滿京都的馬道婆是很受這些貴婦吹捧歡迎的人選，恰好，事發之前，馬道婆進出往來臨安侯府甚密。

蓮玉應聲而去，卻被行昭叫住，行昭的問話帶了些不確定。

「賀家，除了賀琰，還有誰和應邑有關係？」

蓮玉蹙眉想得很認真，隔了半晌才遲疑道：「您還記得賀三夫人的父親是應邑長公主府的長史嗎？」

埋藏在寒冰之下的，究竟是什麼呢？

冰封著四下搖曳的青荇草，隱密流動的水波，湊在冰窟窿下艱難存活的魚兒，還有塵封了幾百年未曾現世的秘密和真相。

秘密與真相常常如影隨行，能稱得上真相的幾乎都能算成是秘密。秘密這個詞，有褒有貶。無論好壞，人們總懷揣著好奇與渴望，她們想知道秘密，自己的、別人的，把秘密變成武器，保護自己，侵襲他人。

行昭一點一點地握住線頭，慢慢將線拽近，慢慢地看見了線的那頭，緊緊拴住的秘密。

第八十四章

閱歷不同，著眼點也不同。

「老六花了三天就探查到了賀家內宅的情形。」

方皇后語氣很沈穩，可嘴角卻自有主張地向上揚了起來。

「六司、市井胡同、戶部乃至邢部都有老六的人手，咬人的狗不叫，皇帝不給老六撐腰，老六自個兒給自個兒撐腰，默不作聲地收攏了這麼多人。」越說越笑。「平日裡藏得都還好，一遇見阿嫵便全招出來了，連暗樁也顧不得藏，全往外掏，就怕阿嫵受了委屈。」

看男人究竟喜不喜愛妳，得看他願意不願意為妳用心，用心分很多面，願意花錢，願意費時間，願意急妳之所急。用心也有可能不是因為愛妳，可如果不做這些，那男人心裡一定沒有妳。

「所以您什麼也不做，就看一看端王殿下與縣主能做到什麼程度。」蔣明英奉上熱茶，笑道：「一個有心，一個有意，兩個人相互扶持，日子總能慢慢過好。」

方皇后喟嘆一聲，她是沒有辦法去教誨別人該怎麼過日子的。

「阿嫵不是個願意找人幫忙的，什麼都樂意自個兒扛著，得十分親近的人她才好意思開這個口，如今卻願意同老六說道。」方皇后面上是笑，語氣拖得很長有了些感慨。

結果是什麼？其實說實話，她是不太在乎的，無論是那個妾室或那個庶女，反正是要收拾的，至於三房牽扯進去沒有，牽扯進去了多少，都不重要，存心想收拾一個人還需要在乎罪名是什麼嗎？

她看重的是兩個人齊心協力。

「人與人的情感是相處出來的，人是不能依賴感情活下去，可回想一下，如若沒有感情撐著，怕是也活不下去。」方皇后靜靜地看著高几上的碗蓮，碗蓮難栽難活，這個時節的花連瓣上都帶了些遲夏的孤零意味，方皇后扯開一絲笑。「其實女人當真好哄，一塊棗糕、一個眼神、一句話就能心花怒放，然後一輩子慢慢悠悠地守著回憶過。」

蔣明英張了張嘴沒答話。

方皇后轉了眼神，這回笑得很真心了。「這些話也只能同妳說說了。我可不能慢慢悠悠、無心無腸地過，只要阿嫵還沒嫁，還沒生兒子，還沒立穩腳跟，就得繼續鬥下去。」

午後的鳳儀殿緊緊關著門，整個屋子都顯得暗沈沈的，方皇后與蔣明英在裡頭說話，門廊陡然一亮，林公公掀開簾子快步進來，附耳輕語一番話。

方皇后輕挑眉頭，揮揮手，面上習慣性地含著輕笑，蔣明英服侍了一輩子，很清楚方皇后如今絕不是真的平靜無波。

「賀太夫人當真好手段。」方皇后冷聲一笑。「只可惜賀琰根本不像是從她肚子裡頭爬出來的！」

蔣明英飛快地看了林公公一眼，隨即聽見方皇后後言。

「把帖子送到瑰意閣裡去，讓行昭自己決定去是不去。」

這吩咐的是蔣明英。可帖子在林公公身上，這是讓林公公把事再給蔣明英說上一遍的意思。

蔣明英低頭稱是，隨即躬身告退，林公公跟著一道出來，將跨過門檻，沒等蔣明英問，林公公便極自覺地交代了個大概。

「六皇子在著手查，方家自然也在著手查下去，賀太夫人給了個方向，要順著藤蔓查下去自然就極為簡單了。」林公公習慣性地將手袖在袖中。「先臨安侯夫人過世之前，那萬氏與定京城裡有個喚作馬道婆的婆子來往得很近，三日裡有一日那馬道婆就會登賀家的門，妳猜猜另外兩日，她去了哪兒？」

「賀現府邸。」

瑰意閣靜悄悄的，歡宜說話的聲音就凸顯得很響亮，懷孕過了三個月，心放回了肚子裡，歡宜便時不時地進宮來給淑妃請安，算是回娘家。

方皇后要當王母娘娘，劃了條銀河，不許賀織女與周牛郎相見，六皇子布的暗棋總不能日日往瑰意閣跑，身懷六甲的歡宜公主便只好擔起了喜鵲搭橋的重任了，這回喜鵲帶來的不是情信，是真相。

「妳讓阿慎查馬道婆，阿慎險些沒將定京城翻過來找，定京城沒找著，逼問了同她要好的婆子，才問出她的蹤跡。馬道婆跑得快，跑到老家去躲著，到底沒捨得金銀財寶，老六人馬發現她的時候，她正好在買田買宅。」

行昭心下一鬆，還好還好。

怕是應邑殺手還沒下，下九流的人常常還保存著趨利避害的本性，提著包袱，腳底抹油，跑了！

歡宜手撐在後腰上，繼續要把自家胞弟交代的話給說清楚。

「那婆子吃得肥頭大耳的，禁不住刑，一五一十都招了。原先是臨安侯家的六姑娘，也就是賀行曉，犯了夢魘請她去鎮邪，一來二去就熟悉了。賀三爺的妻室何氏那時候才進京來，也請她算風水、定宅子，兩邊都姓賀，馬道婆又是個嘴上瞞不住的，便將魘著賀行曉的那個夢給賀三夫人說了出來，再後來她便只是傳話了，後頭的事都是賀三夫人直接與萬姨娘接觸了。」

一個深信不疑應邑會嫁入賀家成為主母，一個才回京城來能攀上的最高的人家就是應邑，瞌睡遇到了枕頭，中間人有了，先鋒兵有了，連後盾靠山都有了，萬姨娘還不得放心大膽地幹？

只一條，若應邑當真嫁給賀琰，賀琰的地位更穩固，賀現還有可能像現在這樣風光嗎？

「聽賀老三宅子裡的僕從說，妳母親過世後，賀老三除卻上早朝和去衙門當差，素日裡連門都不曾出過，等方皇后將妳接進宮後，應邑長公主賜婚馮大人，賀現這才重新應酬同僚，宴請上峰，好像是鬆了口氣。」

賀現是在賭一把！

方福死了，應邑如願嫁進賀府，那他們一家就是頭號功臣，巴著長房自然能毫不費力地站穩腳跟。如果事情出現了偏差，大不了是方祈回來，領著方家和賀家拚個你死我活，鷸蚌相爭，漁翁得利，賀家總還要人撐起來，賀老二不足為慮，他自然是最好的人選。

一顆紅心，兩手準備，無論如何他賀現都輸不了。

行昭有些明白，老侯爺為什麼想讓賀現承爵了，論心機手腕，他是比賀琰合適，至少是相比而言。

可惜賀太夫人棋高一著，偏偏在這個時候挑破，逼著行景要和賀現爭個高低死活，手裡頭的好牌別一下子出完，慢慢留存，賀太夫人硬生生地把一個死局盤活了。

「賀行曉、萬氏、賀現……」一個一個名字從行昭口裡迸了出來，賀家三房是中間人，賀行曉是殺人的刀，這些從來沒想過的人突然被串連了起來，進入了人的視線裡。

「賀行曉的病只是偽裝，熬藥也只是偽裝，賀現到底是賀家出去的，相熟的丫鬟僕從自然有，行事也方便。一個出謀劃策，一個利慾薰心，一個雙管齊下……」

如此縝密的包抄和策略，母親如何還活得了！

歡宜如今算是方家人，她卻沒體會過方福過世之後的那種切膚之痛，探身握了握行昭的手，輕聲道：「老六讓妳甭慌，放著他來，仔細講了自個兒手，過去的都過去了，往後沒人能再算計妳了。」

說實話這是她頭一次真切地看到自家胞弟的實力。從定京追到河北再追到山東，瞞過驛站，騙過城樓，京裡京外都有他的人手，小到營衛副將，大到僉事督察，他到底是什麼時候開始經營的？從遼東回來，還是那次江南遇險之後？

應該是下定決心要娶行昭之後吧，做一個與世無爭的閒王當然保不了家眷平樂。

行昭回握一下，還沒來得及說話，便聽見外廂有叩隔板的聲音，緊接著就是蔣明英的通稟聲，蓮玉將蔣明英請進屋來。

歡宜眼神尖，一眼見到了蔣明英手上捧著的繪著一枝綠萼出頭撒金帖子，便笑。「勞蔣姑姑親來送帖子，定是有頭有臉的人家。」

其婉連忙上前去接，蔣明英微不可見地繞過，將帖子親呈到行昭眼前。「臨安侯賀家送來的帖子，請縣主去賞冬宴，皇后娘娘來問您的意思。」

歡宜被驚得說不出來話了，賀家到底是以什麼樣的顏面來邀請行昭的?!

行昭臉上卻顯得很淡定，蟄伏三載，賀太夫人不出手則已，一出手便直奔要點。

她就是想讓自個兒慢慢地查，順藤摸瓜查出賀現和賀行曉，親自查出來的心情和別人告知的心情當然不同。

她現在想一耳光搧到賀行曉的臉上，而賀太夫人很貼心地把賀行曉的臉送了過來。

隆冬的光尚且帶著雪氣，透過老炕上鑲嵌的菱格玻璃，投射在黃花梨木雕花的案桌之上，光線是極亮的，照射到放置在案首的撒金墨綠色硬質紙帖上，上頭拿金粉畫的寥寥幾筆綠萼花顯得富貴極了。

瑰意閣長廊裡，浩浩蕩蕩的一行人往前走，行昭走在最前面，肩披深綠色蓮蓬墜珠緞面大氅，手攏貂毛纏枝蓮荷暖手，衣裙用的都是正色、大色，走得不疾不徐，可偏偏步步生風。

這一世，行昭鮮少拿這樣咄咄逼人的氣勢出來。

蓮玉、蓮蓉兩個大丫鬟一左一右跟在身後，蓮玉耳朵尖，陡聽後頭有小宮人特意壓低聲音的一聲驚呼，飛快轉了頭，卻見那小宮人腳步滯了滯，眼圈紅成一片。

蓮玉往前一睞，眉一挑，腳步卻慢了下來，那小宮人趕忙上前兩步，帶了哭腔附耳道：

「我一忙慌起來就忘了拿帖子了，還放在內廂的小案上！怎麼辦？賀家不能拿這事做文章吧？帖子從來都是筵席頂要緊的敲門磚，若縣主因此受了難……」

還以為是什麼不得了的大事。

蓮玉心頭一鬆，摸了摸小丫頭的頭，意味深長地望向前面那個氣勢逼人的背影。

「沒有人敢因為一個帖子為難姑娘。」蓮玉說得輕極了，說到後面一句話，小宮人甚至聽不清了。「因為那本來就是姑娘的地盤。」

九井胡同好像沒變。

老舊的磚，牆角邊化成一灘污水的融雪，一塵不染的灰瓦，威武鎮宅的那對石獅子，母獅腳下是小獅子，代表母獅教子，雄獅腳下踩球，意味著雄獅握權。

可惜，賀家已經顛倒過來了。

陰陽顛倒，母獅沒教好兒子，雄獅……

行昭將車簾一把放下，面上笑了笑。算了，賀琰不算獅子，他是鬣狗，食祖上留下的腐肉為生，卻偏偏雄心勃勃地躍躍欲試。

可他命好，有人給他收拾局面。

「進去吧。」

車裡傳來小娘子輕柔一聲，馬夫手腳驍勇一揚鞭，高聲吆喝，馬車便緩緩駛進了沈朽的九井胡同。

馬夫其實是方祈軍中的兵士，大材小用，一身好功夫，今兒個卻派來當馬夫。

方皇后放手讓行昭自己拿主意到底去不去這場鴻門宴，到底為人父母有操不完的心，等行昭拿了主意，方皇后轉身就布置了人手。

說是馬夫，其實是貼身近衛。

行昭穿什麼，方皇后要管，用什麼朱粉羅黛，方皇后也管，連馬車用什麼顏色，方皇后都要管。

美其名曰：「我看老六也是管家婆的個性，趁現在他還管不了，我不得使勁地過把癮？」

行昭憋了幾天的氣勢，險些被方皇后一打岔給全洩了氣。

行昭不想回九井胡同來，這裡的一磚一瓦她都不喜歡，這裡像一副棺材，裡面的人全身上下都發著霉，偏偏還在洋洋得意。

行昭坐在馬車上沒動，賀家的門房卻遠遠地便瞧見了這一輛富麗堂皇的馬車軲轆著過來，沒有姓氏也沒有宗族標識，可一看就是內造的架勢。

除卻那位主，誰還用得起內造的東西。

白總管一早便候在了門房了，冷風呼呼地吹，他感覺自個兒的一張臉都快被風吹得只剩下一張老皮了。

今兒個筵席的規制是照臨安侯府這麼幾百年來最高的來辦，請的都是勛貴大員家的家眷，兩個王府都下了帖子，二皇子的豫王府遞了准信說了要來，四皇子家的綏王妃也說要來，再加上這位出身賀家的端王妃。

這是賀家這麼幾年來頭一回能抬起頭來大喘氣。

白總管撐了撐腰，這幾年的賀家是一年不如一年，連中山侯劉家都敢和太夫人搶定國寺的頭香了，虎落平陽被犬欺，無論賀琰是變成一隻落水狗還是更貧賤些，他都是侯爺的奴才。

話雖如此，到底還是要嘆了口氣，虧得還有太夫人啊，阿彌陀佛，說句不吉利的話，要是太夫人現今兒立刻撒手人寰，方家、陳家、賀現一準像三頭餓狼撲過來，把賀家啃得連骨頭都不剩。

白總管候了半天，馬車上沒動靜，便捧了肚子探身去瞧，正巧裡頭簾子被一把掀開。原先的小姑娘如今已經長成了一個年少青春的荳蔻少女了，紅唇白齒的容光在雪氣的照耀下，白總管有點不敢看了，趕緊低下頭，連忙深行了個禮，使了眼色讓人去扶，扯開嗓門亮聲道：「小的見過溫陽縣主，縣主安康千福！」

行昭佝腰出了馬車，避開賀家僕從來扶的手，抬眼看了看白總管。這個曾經賀琰身邊的第一人，再看了看門房的陣勢，呵，如今也是第一人，不過變成了太夫人身邊的第一人了。

太夫人清算賀家也沒把他清算出去，白總管倒還站的穩。

「久不見白總管，近日可好？」行昭邊笑說，邊將手放在蓮玉胳膊上。

「託您的福！」白總管笑呵呵，半側開身將行昭往裡領，顯得很熟絡。「您是先回榮壽堂給太夫人請個安呢？還是去正院給侯爺問個禮呢？」

「先不慌。」行昭也笑，賀家打的什麼主意，她清楚得很。「如今時辰還早，可有哪家的女眷早來了？」

從二門走到九里長廊，長長一段路，行昭走過無數次了，如今時隔幾載，再走一次，恍如隔世。

「您最早來！豫王妃與綏王妃過會兒來，三姑娘也得回來，陳閣老家眷將才過來的，正在榮壽堂陪著太夫人說話，到底還是自家人頂捧場。」

白總管佝著腰停在路口，身形轉到左邊，腰桿愈漸往下佝，做了個請的手勢，說得恭謹到了極致。

往左邊拐，是去榮壽堂的路。

行昭順勢也停在了遊廊中間，拿手輕輕斂了斂披風。

要在外人面前表現一家和睦？表現賀行景、賀行昭終究是屈服在宗族禮法的束縛下？

她兩輩子最厭惡被人逼迫。

她今兒個是來見賀行曉的，太夫人算準了她的想法，聲勢浩大地辦一個花會，只不過是為了讓定京城上下都看見——賀行昭進賀家門了。

然後一切再從長計議。

行昭掃了眼白總管，笑了笑，抬腳斂了斂裙裾，笑道：「既然太夫人在和陳家夫人說話，那我怎麼好打擾，先去正院給侯爺請個安，再給母親上炷香吧。既然都是自家人，我也有眼力見，也甭在這正忙的時候往太夫人跟前湊了，早請安、晚請安，不差這麼一刻。」

給賀琰行禮？白總管嚇得一身冷汗快出來了，賀琰宿醉未醒，身邊還摟著兩個胡姬。太夫人對他絕望了，只要能保住一條命，也不太管他做些什麼了。

老爹醉醺醺地聲色犬馬，女兒去請安？白總管怎麼敢放行昭去見賀琰這副模樣！

「四姑娘一回來，就把她往榮壽堂領。」這是太夫人的囑咐，也是命令，白總管想起來太夫人說完這句話時臉上的神色，突然明白過來，太夫人明明知道行昭不可能乖乖去的。

一愣神，行昭已經往前頭走很遠了，白總管連忙跟上去。

一踏進正院，好像滿腔的心緒都噴湧而來，從猛烈慢慢變淡，最後淡得像杯盞裡的白開水。

再濃烈的情緒都會慢慢泯滅在漫漫長河裡，沒有什麼例外。

出乎意料的是，正院裡設了方福靈堂，香爐裡還鋪著一層厚厚的香灰，牌位立的是「臨安侯賀琰之妻方氏」。

行昭默了默，上了三炷香，剛起來突然聽見身後有個怯生生的、清清脆脆的聲音。

「姊姊？」

還能有誰會叫她姊姊？行昭扭過頭去，雪光之下，有個身量玲瓏的小姑娘，著青衣高腰襦裙，胸前繫了條鑲邊的絛子，俏生生地立在那處。

「六妹？」行昭也笑，招招手，喚她進來。「許久沒見妳了，來給母親上香？」

行曉手裡捧著一只黑漆托盤，裡頭盛著三支香，怯生生地斂笑，腳在地上蹭了兩下，想了想特意尋了香要來做場面的緣由，終究心一沈，往裡走。

一跨過門檻，朱門便「嘎」一聲闔攏了。

行曉一驚，連忙扭身回頭去看，轉身想走，卻硬生生地止住了步子，手緊緊攥在托盤扣上，面上扯出笑。「青天白日的，姊姊何必將門關得這樣嚴……」

「啪！」

很響亮的一聲，瞬間把賀行曉後頭的話給打飛了。

手掌挨到臉皮的肉上，行昭覺得心情陡然變得很舒暢、很舒暢了。

行昭面上是笑，輕聲解釋。「因為我想打妳，所以得關上門，否則對我名聲不太好。」

這一巴掌是行昭掄圓了手肘打下去的，使足了全身氣力，打出了精氣神。這是兩世加在一起行昭頭一次動手打人，手有點疼，但是心裡頭是舒爽的。

行昭笑著靜靜看著她，賀行曉木了半刻，左臉火辣辣地疼，全身都在抖。

托盤早就砸到了地上，香和錢紙撒了一地，行昭低頭看了看撒落一地的東西，再抬頭看她，仰了仰頭，推開門，身形一頓，轉過頭來輕聲道：「妳和妳生母只能活一個，回去給她說，芫花汁不好喝，砒霜好喝，讓她自己選吧。」

門被打開了一條縫，雪光見縫插針而入。

賀行曉愣在原地，血氣好像在急唰唰地往下落。

芫花汁？

什麼芫花汁！

什麼叫她與她生母只能活一個？

「賀行昭！」一見行昭欲離，賀行曉衝口而出。

無論如何，她要把賀行昭先攔下來，掙扎了不一定活得成，可不掙扎一定活不成！她不想死，她還沒嫁人，她還沒翻身，她不想死！

行昭腳上一停，轉過臉來，輕揚頷，靜靜地看向她。

賀行曉臉上疼得厲害，還是沒能將迷迷糊糊的腦子打清醒過來，前額裡像是有一根針在攪動一團漿糊，賀行昭到底知道什麼了？是知道她給大夫人下藥了？還是知道了她通過三房和應邑長公主接觸了？如果後者到底還能圓，如果是前者被揭穿……

穿堂風勁最大，尚還帶了冷氣的風見縫插針地從那條門縫灌了進來，賀行曉不由自主地打了個冷顫。

應邑長公主這樣的身分最後都以「暴斃身亡」的由頭死了，她的父親，臨安侯賀琰如今活得人不人、鬼不鬼的。最後那一碗芫花汁是她下的手，可是應邑長公主要求的啊！

「這個人情、這個忙妳願意幫就幫，不願意幫，長公主能找著無數個人去做，犯不著要賣給妳一個庶女臉面。」賀三夫人就算是說狠話的時候很平靜，可語氣卻充滿了誘惑。「大夫人去了，有了後娘就有了後爹。大夫人在的時候，賀行昭自然是長房頂尖的女兒，可她的娘親死了之後呢？到時候臨安侯夫人這個位置，坐的既不是妳的娘親，自然也不是她的娘親，妳們最終都是一樣的，長公主沒有女兒，自然會把妳當作女兒待。妳自個兒想想，尋親事、置嫁妝，妳能指望上大夫人嗎？可若是長公主進了門，妳一定能指望上長公主，這個人情大了去了，長公主忘不了。」

忘不了，她是忘不了，她在陰間忘不了！

那個夢只成真了一半，大夫人是去了，可應邑長公主穿著嫁衣是嫁到那個馮安東家裡去的！

她想不清楚到底是哪個步驟出了錯，可她知道她想活，她想活下去，如果一定要死一個人……能不能不是她？

「四姊……」賀行曉抬手捂了臉，又上前一步，眨了眨眼睛，發現在這生死關口，她竟然哭不出來了，艱難地噓了噓。「夫人過世的時候，我才多大？六、七歲的樣子，能曉得什麼？妹妹一向不聰明，受人蒙蔽一次，竟然要用一輩子來還……」話到此，喉嚨裡哽咽一下。

賀行曉越說越怕，她不太敢看眼前的賀行昭。她見過最尊貴的人就是太夫人，她尚且還敢偷偷拿眼瞅一瞅太夫人是什麼模樣，可現在應邑都死了，對付她與她的生母，賀行昭絕對有能力拈死她們！

禍水東引……要禍水東引！

賀行曉腦子裡的那團漿糊總算是化成了水，從眼睛裡流出來了，撲撲簌簌地掉淚，試探性地伸手去拉行昭的衣角。「姊姊，我們到底身上流著同樣的血……若沒有三夫人，妹妹也不至於……都是三夫人逼的，三夫人和應邑長公主相勾結。若妹妹不照做，妹妹與姨娘都活不成了！」

賀家人的腦子到底是什麼做的？她連芫花汁都說出來了，她都找到了賀行曉，賀行曉到底憑什麼確定她還沒將賀現那一家人挖出來？

是賀家人普遍不算聰明，還是注定了一輩裡邊只能出一個聰明人？

行昭沒看賀行曉的臉，婉和彎眉，斂了斂衣角，賀行曉的手指便僵在那處，撲了個空。

「妳還想再挨一耳光嗎？」行昭一邊輕聲說一邊抬頭，左側臉正巧映在雪光下。「多說無益，我給了妳選擇，妳死或者萬氏死，我都能接受。」話到此處便笑。「柿子要挑軟的捏，先收拾了妳，再去收拾別人，一步一步地來，妳甭慌。」

話一完，將門「啪」地一聲，一下子徹底打開，光一下子就由縫裡堂而皇之地直射入內。

行昭提起裙角，抬高頷，容光朝光，小步向外走。

開玩笑，仗勢欺人這種活兒，她上輩子做得是叫那一個輕車熟路，術業有專攻，應邑的跋扈專橫是凶狠，她的放肆恣意是為所欲為。

放在前輩子，賀行曉連被她親手打的資格都沒有。

囂張跋扈不好，可偶爾為之，當真是說不出的暢快。

「姑娘，如今是回宮呢？還是去榮壽堂拜見太夫人？」蓮玉緊隨其後，斂眉恭聲詢問，自家姑娘要造勢，下頭的僕從不得把臺子搭得又高又穩？

「回宮，我今兒個就是來打人的。」

行昭說得理直氣壯。「溫陽縣主來賞個綠蕚，卻被庶妹氣得拂袖而去，這個名頭夠不夠堵定京城的嘴？過會兒妳去榮壽堂院子裡磕三個頭，話說得含糊些，願意信的就信，不願意信的，還能衝到瑰意閣來為臨安侯府鳴不平？」

「自然是不能的。」

一個帶著笑意，很是俏生生的女聲打斷了行昭後話。

行昭眉目一挑，扭頭去看，眼見從朱漆落地柱後頭先是鵝黃裙襬被風吹起仰得高高的，然後是裙襬下的雙福墜東珠繡鞋，最後出現在眼前的是一張宜顰宜笑的臉。

行昭心尖尖上打了一個顫——

是陳婼。

第八十五章

陳婼身著鵝黃水綾鑲邊的高腰襦裙，蟠桃獻壽花樣的絛子，烏髮鬆鬆蓬蓬的，正好將光潔的額頭、撲閃撲閃的大眼亮了出來，嘴唇薄薄的，抿嘴笑的時候，兩排細細的牙齒便如同碎玉一般。

陳婼一向是個美人兒，不同於顧家人的柔媚，不同於方家女孩的英氣，也不同於賀家人靠精緻五官取勝的長相，是一種讓人很舒服的氣質，未語人先笑，很有些青春少艾的意味，是那種頭一次見面便能讓人引為知己與摯友的人。周平甯見慣風月，若不是陳婼自有風華在，又怎麼會死心塌地到底？

「溫陽縣主安好。」陳婼笑著從柱子後頭走出來，輕撚裙裾矮矮福了個身，隨即行雲流水地站了起來。

行昭偏頭笑了笑，眼神從陳婼的臉上慢慢地、一點一點地移向她撚著裙裾的手，修長的手指，圓潤的像珍珠一樣的指甲上染了層緋紅鳳仙花的汁液。

就是這雙手將她的歡哥兒推到了水裡嗎？

哦，當然不會，那個時候的陳婼已經貴為皇后，母儀天下了，要存下心來殺一個王爺的兒子，怎麼可能親自動手？

行昭偏頭去看陳婼身邊的丫鬟，那丫鬟是賀家的家僕，趕忙站出來福了個禮，急忙張嘴想要介紹，嘴還沒張開，便聽見陳婼輕輕綿綿的聲音。

「溫陽縣主是見過我的吧？陳家二姑娘，綏王妃的胞妹，我想一想，咱們在多少地方都見過面的呢，雨花巷宴客，鳳儀殿辦賞山茶宴……」陳婼說著說著便莞爾一笑，好像是想起了什麼。「哦，還有應邑長公主的大婚上，東郊的長公主府裡頭，您跟在皇后娘娘身邊，我和小娘子們在一塊兒，那時候年紀小不懂事，還敢爬在牆上偷看新郎官，虧得平西侯沒那個時候闖進來，要是箭的準頭出了偏差，我的一條小命怕都保不住了。」話裡滿滿的都是敵意。

人同人講究一個緣分，一見鍾情便生萬千歡喜，這是緣分，初初見面便相看生厭，這也是緣分。

陳婼覺得她與賀行昭之間的緣分，怕是後一種吧？頭一回見面是在應邑大婚的時候，這沒錯，她至今還記得賀行昭跟在方皇后身後，神色很平靜，眼神卻從來沒往她這處瞥過的場景。

賀行昭到底有什麼可狂的啊？

被自己家趕出來，寄人籬下的，縣主？呵，擔個縣主的名頭是能吃還是能穿啊？她靠在舅家身上能靠得住嗎，包括她那個哥哥，方祈又不是沒兒子，憑什麼把什麼東西都留給自家妹妹的兒子啊？

陳婼原先以為自個兒討厭賀行昭討厭得沒頭沒腦的，可越往後，她便越發地厭惡她。狗仗人勢，是她姨母風光，是她姨母有本事，關她屁事啊？姓賀卻被方家人教養，又被養在周家人的宮裡頭，一女三易，賀行昭還有什麼臉面裝出一副端良賢淑的樣子來？

定京城裡說來說去，小娘子多得是，可人們一說起來，無非只有幾家的姑娘算出眾的，一定有她陳婼，可和她相提並論的就是這個賀行昭。

要是她沒住在宮裡頭，要是她姨母不是方皇后，要是方皇后沒給她做臉面，看誰還會捧她賀行昭！人的本事是應當腳踏實地攢出來的，她四歲習字，六歲學琴，日日只睡三個時辰，天不亮起來，天黑了父親才放她用膳，她的名聲和本事是她自個兒努力得來的。賀行昭呢？安逸著就與她一併被人稱頌了。

等陳、方兩家被皇帝架起來對立了，她便覺得厭惡賀行昭這麼久，原來不是沒有道理的。

行昭厭恨陳婼是因為前世的糾葛，而陳婼厭惡行昭，理由卻簡單得很，兩個字歸納——嫉妒。

行昭當真沒想到，她沒去撩陳婼，陳婼反倒先來尋釁。

想想也對，朝堂官場決定後宅女眷的親疏關係，對立兩派官僚的親眷是不可能和睦相處的，可到底在外頭，面子情也得做好。

「是年歲小不懂事，往後人家成親，陳家姑娘千萬記得端著些姑娘家的派頭來，別再亂爬牆了。」行昭也笑。

這一世的糾葛尚且還沒算清，若再加上前世的恩怨情仇，她又不是缺心眼，還能好好地、放寬心地活下去？

陳婼被話一哽，臉色沒變，做了個請的手勢。「這是我頭一回來溫陽縣主家，早聞臨安侯府春有垂柳，夏有婉荷，秋有菊桂，冬有綠萼，今兒個是來賞綠萼的，可否煩勞縣主領著我遊上一遊？」

手勢是向東邊的巷口做的。

行昭順著手向東望去，正好能從門縫裡看見賀行曉滿臉是淚，還站在原處，再回過頭來，神情很淡漠。「那是家母的小靈堂，陳娘子想去家母靈堂裡遊上一遊？」

陳婼是聽見了她和賀行曉的談話吧？

敢做就要敢當，既然問心無愧，也沒必要半遮半掩。

行昭輕抬眼瞼。「陳娘子的嗜好當真奇怪，既喜歡爬牆樓，還喜歡去別家夫人的靈堂裡逛一逛。前者您爬的是應邑長公主府的牆頭，我管不著。可您想在家母的靈堂裡放肆，您信不信，我當下就能將您給叉出去。」

陳婼安安靜靜地等著行昭將話說完。

她出身名門世家，百年世家是怎麼個德行，她照樣清楚。每一個枯井裡都有幾條人命，每一個當家主母手上的指甲不是被鳳仙花染紅的，是被別人的血染紅的，如果心不夠狠，就只有用她自己的血去裝飾別人的夢。

就像賀行昭那個無能的母親一樣。

「縣主莫慌。」陳婼眼梢嘴角皆是笑，明豔得像雪地裡藏了一枝三月春光的花。「您是先臨安侯夫人的親閨女，自然能在自個兒母親的靈堂裡喊打喊殺，我到底是外人，做不出來這樣親暱隨意的事，您千萬放下一萬個心。是去後頭的九里長廊逛一逛，阿婼對先臨安侯夫人可沒半點不敬之意。」

原來從她要萬姨娘死就聽起了啊。

陳家夫人在榮壽堂，陳婼為何出現在正院裡？還蹲在門口聽了這麼一長串話？好奇？另有居心？還是他人精心安排下的？

行昭不怕別人聽見她在逼賀行曉，賀太夫人既然敢說出這件事，又敢給她下帖子，想必已經做好了放棄賀行曉和萬姨娘的準備了，既然賀太夫人要把賀行曉送到她的手上來，她不得領情？

「陳娘子是陳閣老的掌珠，說話辦事自然沾了陳閣老的習性和意味在。九轉十八彎不好，灘險港深，掌船人經驗不夠老道就該走平路。冒冒失失地拐彎，仔細落進水裡，吃虧的反倒是自己。」說實話，行昭確實不擅長和別人打嘴仗。

打嘴仗意味著要有急智，小娘子倒是很有自知之明，她沒有這急智，又何必以己之短去攻他人之長？

行昭笑著轉了話頭。「是喊打喊殺也好，是壞透心腸也罷，和您有一個銅板的關係嗎？讀書人不是有這麼句話嗎？事不關己，高高掛起。您一個未出閣的姑娘家好說歹說總牢牢記著陳家多年的聲望吧？賀家內宅路繞不好走，您仔細著腳下，別一不留神船槳沒撐好，反倒被浪捲進水裡了。」話一完，偏過身去頷首致意，便轉身而離。

她恨陳婼，這是毋庸置疑的。

歡哥兒是因為陳婼死的，可她到死都不明白，陳婼為什麼要對歡哥兒下手，一個王府的世子對陳家會造成威脅嗎？對陳婼會造成威脅嗎？陳婼與周平甯兩情相悅，害死周平甯的兒子，她能得到什麼？

恨來得很盲目，也很漏洞百出。

再來一世，她避開陳婼這麼些年，如今到底是繞不過去了，今兒算是兩個人正正經經地認識了吧？月老給有情人牽線，是誰來給宿敵牽線的呢？這一世她的紅線被月老牽到了六皇子的手上，那捆綁宿敵的那根線，還是掛在了陳婼身上嗎？

大約是吧，否則怎麼會頭一回見面，就能火光四射，針鋒相對？

這僅僅是序幕，真章還在後頭。

行昭一抬眼，正好滿眼都是九里長廊旁的綠萼花，綠得像翡翠，又像凝成一團的蠟，鵝黃花蕊被風吹得一顫一顫的，花枝從雪裡鑽出來，一叢挨著一叢，顯得十分熱鬧。

還是紅梅好看，烈火如歌，白雪有血。

行昭陡然產生了這樣的想法。

行昭要走，白總管挽留兩句，又差人去給賀太夫人通稟，反正目的達成，定京城上下都知道溫陽縣主終究踏進了九井胡同口裡就夠了，心急吃不了熱豆腐，從長計議，從長計議。

賀太夫人那頭給了准信，只說：「若是實在不舒坦，先回宮也好，只是被事拖著走不開，不能親自過去看一看。」太夫人以退為進，行昭偏偏不買帳，她不想去榮壽堂；如果說臨安侯府是一口陳腐的棺材，那榮壽堂就是棺材裡放著的定棺木。

應了聲是，轉身就上馬車出了賀家。

一出賀家，搖搖晃晃坐在馬車上，蓮玉一個沒憋住，探身過來幫行昭正了正髮簪，輕聲問：「既然萬姨娘和六姑娘都有分，您何必拋一個選擇給她們，放了一個，拘著另一個，打蛇已驚蛇，斬草卻未除根，反倒讓自個兒煩心。」

「我想讓她們痛苦，我想讓她們感受到和我一樣的痛苦。」

行昭低頭拿手抿了抿鬢間，低聲道：「太夫人陰狠了一輩子，卻拿親生兒子沒有辦法，賠上身家性命也要保住臨安侯。可顧太后呢？還沒危及自身，只提了提顧家的榮華富貴，她便毫不猶豫地拋棄了應邑。為母則強，母親卻偏偏懦弱可欺，可她卻有膽子喝下那一瓶藥，我不願意相信母親是因為感情而傷心，我寧願相信，母親是為了保護我與哥哥。

「權勢、地位、財富和生命，哪一樣讓人最看重，就奪走哪一樣，才能讓人最痛苦。萬姨娘和賀行曉，已經沒有什麼可失去的了，死是這個世間最容易的事情，無論生前有多痛苦，死了便什麼也感受不到了。死能當成重新活一回，死去的人解脫了，留下活著的人還在世上掙扎；可人往往會為了活著，無所不用其極。萬氏和賀行曉要想活，對方就得死，母親與女兒，骨血相連，誰死了，另一個都只能一輩子活在驚醒與痛苦中，永不安寧！」

話到最後，咬牙切齒。

這是這麼久，蓮玉頭一回見到自家姑娘這樣的神情，心頭一驚，趕緊拿手輕輕握了握。

行昭胸腔從劇烈地起伏緩緩平靜了下來，情緒也慢慢安定了，歪頭靠在車廂內壁上，靜靜地看著風吹起捲簾後的市集。

這是為母親做的最後一樁事，快了結了吧，真好。

回宮三天，方皇后沒來過問，倒是六皇子派人來問了問，沒提賀行曉，反而提起陳婼。

「這些時日，陳家二姑娘不僅僅去了臨安侯府，定京城的社交圈子一反常態地去得勤了，陳家沈不住氣了。」

陳婼是留著釣大魚的，好貨本來是得藏著的，陳家是沈不住氣了。

行昭點點頭，終究沈下心，同那來通氣的宮人輕聲交代。「陳家是當朝重臣，叫六皇子不要貿然冒這個險去讓人監探陳家，派人去看住平陽王府是一樣的。」

陳婼活躍了起來，至少代表陳家已經著手準備推她出來了。

陳婼是陳家留著做什麼的？

是陳家留著當皇后的！

一個早有情郎、心有所屬的姑娘，還能清清白白地被陳家推到鳳座上去嗎？

陳婼與周平甯年少初識，佳釀發酵要留足一個辰光，兩情相悅是同樣的道理，年少情懷之下，做了些什麼、說了些什麼常常都是悖離常理的，陳婼被陳顯帶在身邊教養多年，見識眼光自然不短，可少女情思，哪裡是理智攔得住的呢？

怪不得是男人們統領江山，女人太容易被蒙蔽得瞎了眼了。

行昭暗暗想。

離年節愈加近了，皇帝沒精神，除夕家宴自然不大辦，恰好在行昭忙著對帳冊、校名單的時候，林公公過來了，躬身福了禮，便將事一言簡之地說了明白。

「臨安侯府長房的萬姨娘死了，賀六姑娘病得起不了身。」

「怎麼死的？」行昭合上帳本。

林公公拂塵一搭，頭佝得更低。「投湖死的，是自盡。萬姨娘投湖的時候，聽說賀六姑娘就在旁邊的閣樓上看著，也沒讓人去救，等萬姨娘的屍身撈出來，賀六姑娘哭得就厥了過去。」

行昭沈默半晌，很平靜。

可有些人就顯得不那麼平靜了。

賀現遠在西北，萬姨娘過世的消息一傳過去，便一封接著一封的信寄回了定京。

大周地域寬廣，西包韃靼，南起安南，東起遼東，北距大磧，東南一萬一千七百五十里，南北一萬零九百四十里，平西關恰好在最西端，途經三十二個驛站，要快馬加鞭三天三夜，才能從平西關到達定京城。

而身在西北的賀現，在近一旬的時間裡，一連發了四封家信回京。

勞民傷財。

戶部頗有微詞，卻得掂量著賀現如今的地位，只好按下不發。

「賀現是真慌了神了。」方皇后抿了抿嘴，不太在意地說，一面說一面將手上那本厚實的冊子遞給行昭。「六司的管事名單年前背完，宮裡頭女人多，女人多的地方不用搭臺子就能唱戲，誰和誰交好，誰和誰又鬧翻了，都得記著。」

行昭一隻手捧著花名冊，一隻手去接那本冊子，冊子太厚，一個不小心險些砸到自個兒腳背上。

方皇后看著小娘子手忙腳亂的樣子，側過身去和蔣明英說笑。「還沒長大，就快嫁人了，叫我怎麼放心得下來喲！」

年關越近，方皇后越忙，不僅忙慌宮裡頭的事，還有行景的親事，邢氏表示很惆悵——明明自個兒這個舅母才是該扮演行景親娘這個角色的好吧，方皇后老老實實管著行昭不就行了，西北吃牛肉、喝羊奶長大的姑娘，要不要精力這麼旺盛地搶她的事做啊！

行昭也很惆悵，前一世方皇后是把她當成公主在養，這一世方皇后直接把她當作皇后在教養了，看帳冊、校名冊、背兵法……方皇后教她的時候，神色很平靜，教得也很用心，可行昭仍舊能看出來方皇后的遲疑。

悔教夫婿覓封侯。

普通人家唸出這句詩來是閨怨，可身在皇家是沒有閨怨的，有怨就有恨，有恨就會出人命。

一想，就想出了這些事，行昭捏了捏手上厚重的帳冊本子，輕嘆了口氣。

值得，是她自己在權衡利弊之後，親口說出來的話。

無論六皇子是功敗垂成，還是榮登大寶，她都不會後悔，自己選的路，自己選的人，既然選了，是苦是甜，都要嚥下去。六皇子敗了，她便隨他一起下地獄；六皇子若是勝了……

他定不會負她。

人心往往最難測，行昭偏偏相信他，就像信任方皇后一樣信任他。

年關將至，行景上了摺子說是請皇帝開個恩典，他要回來娶媳婦兒，行景都快十九歲了，這要求合情合理，皇帝沒有不批的。隔了三、五天，賀現的摺子也上來了，說是侄兒成親，做叔叔的要回來觀禮，皇帝糊裡糊塗地也覺得有道理，朱筆一揮也批了。

皇帝批示的第二天，邢氏就遞了帖子求見方皇后。

「賀三夫人前些時日來拜見我，我沒接她帖子，估摸著心裡頭是明白東窗事發了。那萬姨娘一死，賀家三房就坐不住了，就差沒蹦躂到天上捅一個洞出來！哪曉得選來選去，選了個最暈的招——回定京？呵，他以為離了西北，方家人就奈何不了他了？回定京城來，也得看看賀家那個太夫人放不放過他！老鼠都知道別在屋簷下打洞，後面有鷹，裡頭有貓，東南西北都是個死！」

邢氏說話一貫爽利，行昭跟聽相聲似的，抑揚頓挫的，顯得很有精氣神。

方皇后沒打算這時候收拾賀現，她還得留著賀現給賀太夫人添堵呢。

賀太夫人想把方家變成收拾賀現的刀，方家又不是腦子缺根筋！妳要看著我們鬥，我們憑什麼不能看著你們鬥得個死去活來的？算起來，論著急，賀太夫人鐵定比方家人更著急。

賀太夫人怕是一開始就知道誰是最後手上沾血的人，卻一直忍著，尋機揭開。

這個老太太，心太狠了。

方皇后沒打算在行昭面前再提這碼子事，萬姨娘身亡，還留下個庶女礙眼，庶女好解決得很，秘密賜條白綾也好，出手指給個荒唐人也好，都好說。

外頭的陽光這樣好，阿嫵沒必要一輩子都活在這個陰影之下。笑著轉了話頭。「不說這些鬧心事了。小娘子的名字還沒定？都快百日了！千萬別叫哥哥取名字，小娘子家的乳名叫阿練，算什麼道理？」

上一年深秋時節，歡宜產下長女，也是方家長房嫡系頭一個孫輩。

行昭沒出閣，洗三禮不好去，到底只生了女兒，方皇后也沒名頭去雨花巷看看，拖到現在方皇后與行昭也沒瞧見過小乖乖，只聽說歡宜難產，生了一天一夜才生下長女。歡宜生多久，桓哥兒就在產房外頭攥著拳頭等了多久，嬰孩的哭聲一出來，桓哥兒一個八尺高的男兒漢腳下一滑，在地上打了個趔趄，摔了個四仰八叉。

方祈原是希望能有個帶把兒的孫兒傳宗接代，可白胖的嫡親孫女一出來，看著一張白白糯糯的小臉蛋，便嚷嚷起來。「臭小子算個什麼！桓哥兒和景哥兒兩個小兔崽子，哪個過年過節的時候記起過老子？還是小娘子好！會笑會哭，還會給老子做鞋襪！」

大老粗得了個嬌滴滴的孫女兒，抱是不敢抱的，邢氏和歡宜也不敢讓他近小姑娘的身，滿臉鬍鬚扎著人怎麼辦？

方祈很委屈，方祈一委屈，倒楣的一定是毛百戶，人家毛百戶好歹有官職、有軍銜，可人已經在方宅裡掃了整整半個月的地了。

事傳到了方皇后耳朵裡頭，方皇后快被自家哥哥蠢哭了。

方皇后想了想又加上一句。「別叫毛百戶再掃地了，小心御史大夫再參哥哥一個為所欲為，哥哥哭都哭不出來。」

說起孫女兒，邢氏笑開了花。「鐵定不叫毛百戶再掃地了！」又笑道：「歡宜也是個憨的，非得請妳哥哥定名字，不僅是乳名，大名也請他定！您想想桓哥兒和瀟娘的名，全聽二舅公的，一個命裡缺木，一個命裡缺水，這倒好取名。我請定雲師太幫忙算了小娘子的命格，足足有八斤二兩重，五行缺的都少，取名字就得慎之又慎，得取個大氣的名，左右也壓得住。」

邢氏眼神落在行昭身上，嘖嘖稱奇。「到底是要出嫁的姑娘了，學得了文靜，話也不摻合了。瀟娘前些時候才來信說不回來了，只送禮給添妝，是想要頭面還是鋪子？舅母轉個身就回家備上，嫁妝鐵定一百二十抬置辦得手都插不進去，叫端王驚得說不出話來！」

「小富婆從七、八歲就在自個兒攢嫁妝了。」方皇后心情大好，樂呵呵地瞥了眼行昭。「發的分例，年前年後賞的東西，老六上繳的鋪子，出嫁的時候鐵定得繞著定京城東南西北都轉上一圈，得讓老六嚇得腿打軟。」

女人家思維跳躍得太快了，行昭覺得有點痛苦。

這不是在討論歡宜的長女嗎？怎麼就一說又說到了她腦袋上？人家淑妃也是土豪啊，甩銀票甩得盹兒都不打一個。

三句兩句的，又扯到了行景的婚事上，邢氏很興奮，方皇后聽得很認真，行昭便抬頭望著天花板走神。

其實行景的婚事，一早便定得很清楚了，那日臨安侯府賞綠萼，行昭在陳婼莫名其妙的敵意下提早退場，沒能去瞧一瞧賀家給行景準備的新房。

有點擔心太夫人會藉此事再起波瀾，可靜下心來想一想，便覺得不太可能了。

賀太夫人如今的眼中釘是賀現，若在行景的婚事上出事故作文章，豈非本末倒置？

回過頭來再想一想，行昭越發覺得陳婼的舉止很奇怪。就算在前一世她自作孽下嫁周平甯，陳婼與周平甯舊情未暴露之前，陳婼待她都是一派的大方與端和，可那日為何陡然尋釁撩撥她？

行昭想了很久，這一世她和陳婼有交集嗎？

陳家和方家鬥得不亦樂乎，這算是交集，可女眷的面子情也該做足了，陳婼被陳顯教導這樣久，不可能因為這個沈不住氣。

再想想，唯一的交集怕就是六皇子求娶陳家女那次了。

六皇子要聲東擊西，先和陳家示好，最後皇帝中計，反倒賜婚她與六皇子，過程來得很快，不過三兩日，陳家人當時沒反應過來，過後呢？她才不信陳顯沒有在皇帝跟前安插親信。

就因為這樁事？陳婼覺得顏面上掛不住，便將氣發在她身上？

行昭越想越覺得荒唐，姑娘家的心思猜不透，她便不去猜了，反正陳婼這張牌，陳家是會砸在手裡的。

過了年，行昭扳著指頭算日子，盼來盼去，總算是盼到自家長兄又英姿颯爽地回來了，這回沒去順真門口接風，只託六皇子給行景帶了個包裹，裡頭裝著她做的香囊和一封信。

行景對著未來妹夫將信立馬展開看，抖了抖信紙，語氣裡頭分明有得意洋洋。「阿嫵從小便這樣，自小就捨不得我，自個兒不好出宮，寫信都要把話給我帶到，嘖嘖嘖……」

大舅子欠揍，六皇子倒是很禮貌，不動聲色地抬眼往信上一瞥，隨即笑了起來，朝行景抬了抬頷，行景順著六皇子的眼神看過去，信上很簡潔，也就幾個字——

馬上把鬍子刮乾淨！

行景憋得一張老臉通紅，把信紙往懷裡一揣，揚起馬鞭絕塵而去。

第二天上早朝，六皇子看著當朝揚名伯光光生生的一張臉，風輕雲淡地頷首致意。

誰也不曉得端王殿下心裡頭正笑得在打滾。

第八十六章

三月正值草長鶯飛之季。

行景回來沒兩天，賀現也屁顛屁顛地回京了，一回來先去九井胡同老宅給賀太夫人請安，賀太夫人藉由身子不爽，沒見他。

賀現默了幾天，上朝的時候發現方祈照舊拿一雙斜眼居高臨下看他，一顆心反而落到了肚子裡去。俗話稱反常即為妖，方祈還願意鄙視他和無視他，就證明他還是撿回來一條命了。

賀三夫人何氏卻不這麼想。

何氏一張南瓜子臉，瘦成了葵瓜子臉，看著風塵僕僕的夫君，往日的眼波如水變成了一潭死水，語聲照舊很柔弱，可更多的是埋怨。

「我爹讓你別攤上這灘渾水，你偏不聽。以為躲在後面，別人便什麼都不知道了。只想到了應邑長公主嫁進來，我們三房該怎麼辦，從來沒想過要是東窗事發，我們會落入什麼樣的境地！我們好歹活了這樣久了，你叫晴姊兒和昀哥兒怎麼辦……」說著說著，忍著眼淚抽泣了兩聲，沒再說下去。

是她穿的線，可她膽子再大，她也只是個長在深閨的後宅女人啊！萬姨娘能是平白無故地墜河過世的嗎？明明事情都過了這麼幾年了，老早就被灰蓋住了，哪曉得又被莫名其妙地提了出來，惶惶不可終日了良久，一個人在定京城裡堅守著，還不能叫旁人們看出門道來，只有見到自家相公才能軟弱下來，眼淚才敢流出來。

她是真傻！以為十拿九穩，以為應邑的身分夠鎮得住場子，以為就算東窗事發，應邑也能收拾得了後場，即使應邑沒這個能耐，顧太后總有吧！

誰能料到，世事無常！

賀現嘆了口氣，探身輕捏了捏何氏的肩膀，話頭沈吟。「賭局，本來就是有輸有贏。妳還想過請個人、下個帖子都要低三下四地去求太夫人的日子嗎？若當時應邑如願嫁進來，賀家老宅的後院一定失火。城門失火，殃及池魚，我們三房就是從火海裡衝出來的人。若應邑敗了……」

賀現頓了頓。

如今他的地位就建立在應邑敗露的基礎上才得到的，賀琰惹了厭棄，皇帝無可用之人，只有從老牌世家裡選擇幾個沒有太大背景，素來不出聲不出氣，卻有幾分手段和本事的人。

這樣的人能有幾個？選來選去，不就選到了他嗎？在西北這麼幾年，勾心鬥角算計甚深，卻是他活得最快活的時光。看著一步一步蠶食掉嫡兄的權勢，掌住原本就該屬於他的權力與地位。

他該感謝應邑和賀琰，也該感謝方家，亂世出英雄，他蟄伏經年，不奢求成為得利最豐的那人，卻也想分得一杯羹。

「妳慌什麼慌，一連四封家信寄回來就是怕妳慌。別慌，咱們再苦再難的日子都過來了。」賀現聲音很溫柔，將何氏攬在身側，輕聲安撫。「仔細想想如今的形勢也不算太糟糕，皇帝指望我將西北的財政攏過來，方家若是要動手，事涉西北，一定當即就觸到皇上逆鱗。要是方家耍陰招，那就更不用怕，太夫人的陰狠咱們見識得還少了？」

何氏肩頭抖了抖。賀現又道：「當時下手的時候，妳怕有報應，我便說了，若有報應全都報在我身上吧，如今若是報應來了，咱們竭盡全力避過去，若是實在避不過，我定護妳與孩子們周全。」

何氏手上揪著賀現的衣服邊，偏靠在他身上，輕輕地、長長地嘆出一口氣。

只要一家人在一起，她便什麼也不怕。

到行景大喜日子，行昭起了個大早，敷粉畫唇，選襦裙條子，連鬢邊是簪杜鵑還是李花都想了很久，最後選了朵珠翠絹花戴上，對著銅鏡呆木木地瞧。

蓮玉笑道：「今兒個是大郎君的大喜日子，您倒緊張得不行。」

她是緊張，她怕出了錯，連累哥哥被羅家人瞧不上，怕羅家人會覺得選擇哥哥是一個錯誤的決定。可緊張之餘，又有欣喜，忐忑不安的同時嘴角一直往上揚，揚著揚著一張臉便笑成了鬢間那朵珠花般燦然。

私心裡覺得倒是有種嫁女兒的意思在……

早點把行景嫁出去，哦不，早點讓行景娶到媳婦兒，這個夙願折磨了方皇后快兩年了，這下好了，總算是把人家小娘子騙到手了。

行景娶親，方皇后其實沒多大立場去鎮場面的，要做顏面也只有給羅大娘子做顏面——老早就賜下了頭一抬福祿壽雙囍連珠的嫁妝，紅布都沒蒙，風風光光地擺在頭一抬穿過了大半個定京城。

在九井胡同辦親事，是既讓人喜又讓人憂。

行昭坐在榆木小轎裡搖搖晃晃中，好像聽見了外頭有鞭炮炸開的聲音，「砰」地一聲伴著響亮到天上的嗩吶聲，奏出了今日的喜慶。

蓮玉跟在轎外，時不時地充當解說——「走過平水橋了」、「過了雨花巷了，方宅門關得很嚴，怕是已經去了」、「路過陳府了，快到九井胡同了」。

哦，對了，太夫人也給陳家下了帖子，至於陳家會不會去就另當別論了。

行昭沒給方皇后說起那日陳婼的事，方皇后卻眼觀四面、耳聽八方，沒隔幾天知道了個全，當下罰行昭跪在方福的小靈堂裡抄了三百頁書，將話說得很重。

「聽人說起來，陳二姑娘的舉止是不算大氣，可妳自個兒想一想，陳顯大不大氣？陳夫人大不大氣？連綏王妃陳媛不出聲不說話，她可曾做過什麼事讓人拿過什麼把柄在手沒有？表面跋扈率直，內裡心生七竅的人多如牛毛，焉不知她是不是在詐妳的話？是不是在迷惑妳？別把自己想得很聰明，也別把別人看得蠢！遇事多想想，甭拿一面之交便定了這個人的心眼品性！」

方皇后一直在高看陳婼，畢竟陳顯是讓方家吃了大虧的人。

行昭心頭陡然一驚，陳婼那日的鋒芒畢露，確實是讓她大鬆了一口氣！

陳婼是故意讓她掉以輕心，還是本性就是如此？

行昭努力回想前世的場面，卻發現朦朦朧朧中從來沒有正經地或是正面地看見過陳婼的那張臉、那顆心，無論是陳家一躍上位也好，歡哥兒早夭也好，二皇子的搖擺不定也好，她悲哀地發現她從來沒有和陳婼正面交手過，而在側面的博弈中——

她全部輸得一塌糊塗。

方皇后給行昭狠狠地敲了個警鐘，而六皇子派人盯緊的平陽王府卻沒有任何異動。

轎子比馬車顛簸，轎子被人扛在血肉組成的肩膀上，是該更顛簸些。

一顛一顛的，行昭拿手扶住轎沿，她被顛得沒法思考，被一顛思緒就不曉得飄到了哪裡去了。說實話，轎子坐起來是沒馬車舒服，可轎子至少有一個優點，是馬車無法比擬的——死老六總不可能鑽到轎子裡來堵她吧！

鞭炮聲越來越近，到最後已經是響在耳畔了。

轎子一停，行昭下轎，地上全是鞭炮的紅紙屑和充斥著硝味的青煙，羊氈紅毯從朱漆門廊一溜兒鋪到了胡同口，門前鬧鬧嚷嚷一片，定京城裡數得上號的人家、能拿到帖子的人家全都來了，各家的管事領著幾車禮堵在門口。

行昭探身往後看了看，還是白總管親自站在門口迎客接待，白總管沒瞧見行昭，是他身邊的一個小管事瞅見了，踮腳和白總管說了幾句，便過來異常恭謹地福了身，領著行昭往裡走，一路話就沒停。

「平西侯夫人已經到了，歡宜公主也到了，和欣榮長公主在一桌鬥葉子牌呢，將才還派人到門口來問道您。」

「太夫人特意叮囑縣主一來，就先領到正院裡的新房去轉上一圈，瞧瞧滿意不滿意。」

「六姑娘病得起不了身，請了太醫過來瞧了瞧，只說是身子虛了，好好養著就行。奴才卻聽說六姑娘最近連飯也不大用，一天到晚更沒了話說。」

句句話都是行昭想聽的。

正當行昭認認真真想抬起眼來打量打量那小管事時，卻看他順勢轉了個彎，佝身笑著請行昭入外堂正屋。「幾位夫人和公主都在這處，您是先喝口茶歇一歇，還是徑直先將新房看了？」

行昭不動聲色往後看了看，正好看見賀三夫人何氏往另一個方向拐了彎。

這個小管事，是特意讓她避開何氏的嗎？

若她直面何氏，這種場面，兩方都得克制住，兩邊的臉色不會好看，算起來她受的損更多些……未出閣的小娘子和親嬸子鬧得很難看，傳出去了，名聲還要不要了？

這個賀家的小管事擺明了是在和她示好。

行昭來了興趣，出聲問了幾句。「叫什麼？在哪處當差？家裡還有別人沒有？」

小管事眼神一亮。「白總管的徒弟。叫張德柱，家有老小，媳婦兒在二夫人院子裡當差！」

行昭點點頭，表示記住了，便抬腳進去。

邢氏招呼她過來，行昭一眼便看見了明顯瘦了下來的歡宜，斂了裙襬迎過去，正要開口說話，卻聽外頭陡然喧嚷得翻了天，有半大小子跑來跑去地傳消息。

「新娘子和新郎官到啦！」

行昭趕緊擁上去看，趴在門廊上探長脖子往外瞧。

在一眾眉清目秀的小白臉裡，自家長兄身著紅衣，腰繫大紅結，膚色和相貌那叫一個與眾不同啊！

與眾不同的猛漢到底還是應景地紅了一張臉往前走，手上牽著一條長長的大喜連心繩，繩的那一端是蓋著紅蓋頭、一步一步走得很莊重的羅家大姑娘。

這就是行景要相伴一生的女子。

不論貧賤，不論生死，他們從此以往，便成了夫妻了。

夫妻，福氣，世間的人這樣多，偏偏遇到了身邊那個人，可惜有的人變成了怨偶，有的人變成了宿敵，有的人相敬如賓，只有很少很少很少的人有足夠多的福氣和運氣，有足夠長的時光與耐心，彼此磨合，相互遷就。

到最後，白首偕老。

在今兒個之前，她心裡一直沈甸甸的，沒來得及和行景見上面，卻總有話想問問他，這話不好給方皇后知道，也不好讓邢氏知道，更不可能給方祈說，繞來繞去，便只好讓其婉去請六皇子幫忙問上一問，她其實知道這個問題有些多餘，可到底還是問了出來。

「哥哥願意和羅大娘子攜手此生嗎？」

六皇子跑自家媳婦兒的腿，一向跑得歡兒得很，和大舅子談話壓力大不大？大！和驍勇善戰，滿身腱子肉的大舅子談話壓力大不大？更大！可壓力再大，媳婦兒一句話，也得頂著壓力上啊！

眼見一壺花雕酒快見了底，六皇子繞來繞去總算問出這句話，他是鬆了口氣，自家大舅子反倒手頭拿著酒盞愣住了，隔了半晌，才笑出來。這位少年將軍這番話落得很低，可卻讓六皇子由衷敬佩起來。

「人生在紅塵中，長在是非裡，是不能全憑喜好過日子的。就像打仗不能隨意調兵遣將，派官不能只看私交一樣，不能因為我喜歡那位將領，就一直讓他去搶功、去爭功吧？媳婦兒是姨母和舅母幫忙定下的，可光憑羅家人敢將女兒嫁給我這一點，我就應當對這一家人心懷敬意與尊重。是見過羅家大姑娘一面的，偷偷覷到一眼，小姑娘年歲不算大，坐得很端莊，手卻在木案上偷摸就著茶水寫著字，分明就還是個小姑娘。你看阿嫵，姨母這樣護著，還是養得了一副少年老成的樣子，定京城裡的小娘子很難養成這樣的性子，羅家人護著自家姑娘護得很周全，在娘家都沒吃過苦，沒道理跟著我賀行景反倒還吃上苦頭了。」

六皇子文人心性，寫了首七言絕句謄在紙上拿過來——「鐵馬金戈少年時，辭君一夜夜來長。玉門陌頭青柳色，初心如舊月如鄉。」

行昭邊哭邊笑，指著紙給蓮玉埋汰老六。「若叫哥哥曉得他這麼個鐵血大漢被寫成這麼個嬌滴滴小姑娘的樣子，鐵定得找六皇子算帳。」

對情事還沒開竅的行景還不懂得初心是什麼，可他卻已經明白了丈夫與父親的責任。感謝賀琰，讓這個憨少年被迫成長。

步步高的調子被嗩吶吹得高極了，行景走得虎虎生風，身後的羅大姑娘腰肢柔軟，一雙纖手輕拽著大紅連心繩，輕輕巧巧地小步往前走，白膩的皮膚和大紅的綢子混在一起，明豔得像開在春日裡的牡丹花。

行昭立在遊廊裡，目不轉睛地看著行景由遠及近地走來，好像看見了一個十三、四歲的只曉得傻憨笑的少年郎慢慢穿過歲月而來。陡然間就變成了眼前這個挺拔勇武且年少功成的將軍，像皮影畫，也像暮色下的剪影，有一個粗略的輪廓，然後湊近一看，卻發現原來時光與磨難已經過去了這樣久，就到粗略的輪廓慢慢地顯出了清晰的眉眼。

行昭靜靜地看著，眼眶有些發潮。

邢氏則單手攬了攬行昭。

這兩兄妹一路走來不容易，她看在眼裡，疼在心裡。行景個小兔崽子是個沒心沒肺的，認準個目標卯足勁兒往前衝就是了，男兒家情感也不會太細膩，也到底沒親眼看見自個兒生父生母的那場爭鬥，在沙場上摔打摔打，出一身臭汗，便能豁開心胸往前看了。

小娘子卻有些不一樣。

「過會兒拜完堂，妳得去裡間瞅瞅妳嫂子。」邢氏給行昭輕輕地咬耳朵。

行昭轉過頭來，眼中含淚望著邢氏笑，心裡一再告訴自己，這是行景的大喜日子，不能哭，絕對不能哭，哭是不吉利的。

拜堂當然拜的是賀琰，和方福的牌位。

行景沒有抬眼看賀琰，再拜高堂的時候偏了偏，對著黃花梨木桌的中央磕得十分認真，羅大娘子跟在行景的後邊依葫蘆畫瓢地磕下頭去，賀琰不是沒有注意到行景的小動作，卻什麼也沒說。

唱禮官偷偷瞄了眼賀琰，鬆了口氣，再扯開了嗓門，十分喜慶。

「新人禮成！」

禮成之後，新娘子被送到洞房裡面去，新郎官得拿金秤桿將紅蓋頭給挑開，夫家的女眷們得守在新娘子身邊熱鬧地陪著坐床，新娘子不能多說話，可氣氛不能冷下來。時人娶親，男女雙方大多都沒見過面，藉著這個機會，認人的認人，攀親戚的攀親戚，新娘子也能老老實實地坐在床沿上歇一歇。

行昭是行景的親妹妹，自然義不容辭。

去的時候恰好碰見了陪在賀二夫人身邊的行明，這還是行明出嫁這麼些年，行昭頭一回見著她，行明一見行昭便迎了過來，存著話想說出口，偏偏近鄉情怯，乾脆過來大大方方地挽過行昭，笑開了。「咱們先去陪大嫂，有話用膳的時候接著說。」

行昭望見她也笑。行明又長高了些，明明都嫁了人了，還在長高。臉色很好，穿戴也好，笑起來就像小時候的樣子——一笑，一雙眼睛便彎得再也找不著了。

她在王家過得還不賴吧？

有什麼話等會兒說，當務之急是見新娘子。

行昭進去的時候，羅大娘子剛好被喜婆攙扶著落了坐，人一見行昭進來便陡然靜了下來，隔了片刻，才有人朗聲笑著打趣。「正經小姑來了！伯爺夫人過會兒得拉著親小姑的手好好敘敘衷腸！」

「瞧您說得，敘衷腸也得是和景哥兒敘，有了媳婦兒，誰還顧得著妹妹啊！」

女人們喜歡說這樣的打趣話，也喜歡聽這樣的玩笑話，哄地一下氣氛又熱鬧了起來。

先頭說話的兩個夫人，行昭都不認識，也不打算認識。無非是賀家旁支的女眷，不曉得是賀家多少輩兒的親戚，住在九井胡同裡，靠著賀家的勢吃喝生存。

行昭斂眸笑著福了福身，算是全了禮數，笑道：「和誰敘衷腸也得將蓋頭先撩開了不是？嬸嬸們不忙慌，吉時卻是鐵板釘釘定下來了的呢！」

喜婆也在旁邊附和。

行景拿著秤桿穩穩地撩開了紅蓋頭，羅大娘子的臉便出現在了羊角宮燈的暖光下，微翹的搽得鮮紅的嘴唇，粗粗、黑黑的一對眉，黑白分明的眼睛，挺翹的鼻子，很鮮活的形象。

賞山茶的時候模樣還沒長開，如今上了妝、絞了面，是正正經經、十分美貌的姑娘了。

往前給行昭的印象是這個小娘子有點驕縱，再後來說了幾句話之後，卻覺得人家驕縱得有道理、有分寸。不是什麼都能忍，也不是什麼都值得忍下來。

行昭再來一世，私心覺著自個兒開頭有些矯枉過正，過猶不及，偶爾仗勢欺人一下又不會死。

蓋頭一掀，羅氏便只看見了眼前的行景，敷得再白的粉也透露出了紅，眼神往下一躲，分明是在害羞。

見慣人事的夫人們又笑開了，新房裡頭笑鬧開了，前院的人便請行景去敬酒吃席。

行景往行昭這處看了看，行昭忍俊不禁，板正一張臉輕輕揮了揮手，像在趕蒼蠅。

壯漢兄，您可就放心去吧，有你家妹子在這兒，誰能欺負嫂嫂啊！

行景一走，新房的氣氛隨即鬆了下來，女人們聒噪起來像幾百隻鴨子在叫，三三兩兩挽在一起圍著新媳婦兒看，有賀家長一輩的夫人一一介紹過去。

「這是妳二叔公長子的媳婦兒……這是妳通州三伯二小子的兒媳婦……這是……」

行昭都沒見過這群人，一個一個望過去，看珠翠繞頭、面敷粉敷得像個饅頭似的賀家夫人們，心頭發膩得很，親眷之間明明都是心懷鬼胎，甚至大家都明白，行景在九井胡同裡娶親只是為了全個臉面和規矩，何必這樣認真？

挨個兒介紹過去。

行昭腦袋都要大了，滿屋子的鴨子……哦，不，滿屋子的夫人，算來算去足足得有二十來位，那老夫人說話又慢，拖得老長老長的，好容易介紹完，又慢條斯理地來上這麼一句。

「賀家百年世家，人丁興旺，人自然是多，景哥兒媳婦兒也莫慌，往後一家一家地拜訪，都是長輩，慢慢認。」

認……認妳個頭啊！

行昭笑一聲想開腔，卻被羅氏搶了先。

「您說得是，只是伯爺還是在皇上跟前請的假回來成家的，怕是往後沒這個時間了。您要不嫌麻煩，等伯爺回了福建，您挨個兒讓人給小輩寫封信來介紹介紹自個兒家裡頭？小輩是新媳婦兒，臉皮嫩，說錯什麼、做錯什麼，您老甭怪罪，等小輩認全了人，從福建挨個兒給你們拉年禮和回信請安來！」

羅氏話撒得很開，頭仰得高高的，嘴角都是笑，可眉梢卻有不耐煩。

讓賀家人單個單個寫信給她介紹自個兒，羅氏也想得出來！

這才是從陳婼手裡頭搶到山茶花，從而得到方皇后青睞的那匹黑馬嘛！

壯漢配潑辣子，絕配啊！

羅氏一句話讓一屋子的女眷都默了下來，那老夫人臉色一滯，慢慢地僵成了一張柿餅臉。

您說您，又沒有太夫人的功力，也沒有太夫人的身分，在這兒充什麼大尾巴狼啊？

賀三夫人何氏縮在後頭，先看了看在光下豔光四射的羅氏，再看了看挺直坐在羅氏身旁小杌凳上的行昭，這兩姑嫂都在笑，看在何氏眼裡卻像手上拿了柄刀隨時隨地都會架在她的脖子上。

行景個性耿直，她原只怕行昭太敏銳，會抓住三房不放，聽到行景娶的是羅家的大姑娘時還長長地舒了口氣，書香世家的姑娘再驃也驃不到哪兒去。

可如今再看，這羅氏分明是想頭一天就給賀家人一個下馬威！

行昭心裡頭默數了三聲，一、二、三，一落地，便起了身，笑盈盈地從身邊的案几上雙手捧了一碟糕點到羅氏眼前。「嫂嫂嚐嚐這個，奶黃小酥，阿嫵將才嚐了嚐，跟宮裡頭的味沒差多少，做得小小的，一口一個，也不髒了您的口脂。」

「可先別饞！」賀二夫人跟在行昭後頭笑著打熱氣氛。「等景哥兒回來了，咱們新媳婦兒軟嬌嬌地喚聲餓，景哥兒還不得忙不迭地湊攏上去餵東西啊？阿嫵捧著糕點是叫討好嫂子，景哥兒關懷媳婦兒卻叫情趣風月！」

論尊貴和輩分，這滿屋裡賀二夫人是頂有分量的，雖說賀老二賀環是個無能的，可架不住人娘家、女婿家都清白啊！

二夫人迎合，別人可不敢不笑。

忘卻前事，除了那張柿餅臉，別人瞧上去都還挺歡喜的。

羅氏偷偷朝行昭抿嘴笑了笑，輕輕眨了眨眼睛，好像眼睛裡藏著星星。

方皇后託欣榮長公主來羅家問意思之後沒多久，她娘親便有意無意地將臨安侯賀家從往上數三代的故事，鉅細靡遺全都給她說了，再到後來去雨花巷見過賀行景後，好像她與他的婚事就鐵板釘釘了。

賀羅氏……

羅氏低了低頭，翹著手指撫平裙襬上一品命婦霞帔繡著的蹙金繡雲霞翟紋，她可不是什麼賀家長房嫡子的嫡媳，更不是這糟爛透了的賀家宗婦，她就只是賀行景的媳婦兒。

屋內案頭上的那一對紅燭一點一點地燃，燭淚從火中順著往下流，到底三月倒春寒，到半途上反而凝成了一連串的像極了珊瑚的朱紅蠟珠。

行景的婚事熱鬧到了天黑，一整天都是賀老二、行景和行時在外邊打理應酬。

賀琰在拜堂的時候露了個面，在席面上喝了兩盞酒就再也沒出現了，賀太夫人直接沒出現，也不曉得是兌現承諾，還是眼不見為淨也好。

行昭被方皇后罵一通，便越發覺得那天陳婼躲在柱子後頭有鬼，她是怎麼一路從榮壽堂穿過九里長廊，再進正院，準確無誤地摸到方福的靈堂？肯定有人在指點她，至於是誰，行昭私心揣測八成是賀太夫人准允的。

為了什麼？毀她名聲？讓方家和陳家的矛盾激化？

趁著無人，陳婼上演囂張蠢鈍這麼一齣，順順利利地麻痺了她，謝天謝地，她還有方皇后在身邊提醒。

渾水摸魚，賀太夫人明白自己就是每個人都想撈上來的那條魚，三房盯著她，方家盯著她，陳家也盯著她，不把水攪渾，魚兒又該怎麼逃呢？

誰的心思狗頭軍師都能沈下心來算上幾分，可單單對於這個一手將她養大的太夫人，行昭感到自己沒有辦法站在旁觀者的立場上冷靜下來。

仔細想想，無論太夫人對她，還是她對太夫人，兩個人的心裡都還留存著最後的底線和忍讓，都在避開對方進行博弈，便難免投鼠忌器。

「女人其實很難狠起來的。」

雙福大街是越到夜裡越熱鬧，行明就算湊在身畔說話，聲音也險險湮沒在了天橋下的吆喝聲裡。「嫁給三郎，本想狠起一副心腸來，相敬如賓地過一輩子，生兩、三個孩兒就算完了此生。可到底心腸被三郎磨軟了下來，心一軟，緊繃的那根弦一放，這才發現其實日子這樣過，也很幸福。」

兩姊妹手挽手地隨人流走在街上。

行明淺淺地說，行昭靜靜地聽。

「三郎是個很溫和的人，妳也曉得，我個性是急得很，做事又不顧後果。才嫁過去的時候，仗著是妳的姊姊，是欣榮長公主保的媒，丫鬟也敢打，碗筷也敢摔，三郎卻從不同我計較這些。」

這是這麼些年，兩姊妹頭一回說上話。

行明說得有點感慨，行昭卻聽得很高興，行明沒有一句話、一個字提及了黎家大郎。

年少情懷很難走得出來，有多少人一見蕭郎就誤了終身？又有多少人抱著執念難以忘懷，淒淒慘慘地過一輩子？

行明勝在個性豁達。

華燈初上，兩姊妹避開車馬，走在巷道邊上，大多都是行明在說，行昭在聽。

路不算長，等眼睛能看到候在路邊的兩頂轎子時，行明遲疑了半晌，頓了頓步子，壓低了聲音問：「萬姨娘的死和賀行曉的病，和妳有沒有干係？」

行昭皺了皺眉望向她。

行明一雙眼往四周瞥了瞥，凝神靜氣再問一遍。「到底和妳有沒有關係？」

「有。」行昭輕出聲，說得很平靜。「是我給賀行曉說她與她姨娘只能活一個，賀行曉選擇了活，萬氏選擇了自盡。」頓一頓，語氣微變。「也有可能不是自盡，是他殺。若是他殺，下手的一定不是我，肯定是賀行曉。」

行明倒抽一口氣，臉上盡是不可置信。

兩人皆站在灰牆綠瓦避光處，行明還是一把將行昭拉過來，用身形擋住，話說得很急。

「原來是真的！上回我二嫂的親家太太來王家做客，和我二嫂在內廂裡說了些話，我二嫂轉身告訴了我，說是溫陽縣主隻手遮天，把生父的妾室和庶妹逼到了絕處，讓那妾室不得不投湖自盡！」

行昭一挑眉，沈聲切入主題。「那位親家太太是哪家人？」

「娘家是皖州大戶，在定京城裡不算出眾，可嫁到了陳家去，她夫婿算是陳顯陳閣老的侄兒，是陳家旁支。可妳看陳家如今這個態勢，宰相的門房都是七品官，就算只是個旁支，也不能小看的啊。我原以為是她們在毀妳名聲，畢竟陳家和方家正爭得火熱，可再一想，事情牽扯到賀家，不可能捏造個事情來毀妳名聲。妳可是身上擔著皇家賜婚聖旨的人，名聲門第，哪樣不要緊？被人在市井朝堂上這樣毀，如今是小聲小氣地在小圈子裡頭傳，若傳出去了，妳的名聲還要不要了?!」

行明急得很，身量又高，一個不注意便將行昭完全攏在了自個兒的影子下。偏偏灰牆上又沒擱置燈，黑得一片，影子背光拉得老長，行昭總感覺自個兒像是正在遭人打劫。

既然是陳家人，說來說去，行昭若還沒明白陳家人想做什麼，就是個蠢的了。

「三姊莫慌。」行昭語氣輕鬆起來。「名聲是能當飯吃還是能當衣裳穿？妳也說了我是皇上賜的婚，只要聖旨在那兒，話沒傳到皇上耳朵裡去，皇上不下旨悔婚，就算我名聲再糟糕，端王殿下也得娶！」

「皇上不出深宮自然聽不見，可端王呢？端王是行走在朝堂上的人，若叫他聽見了自個兒未來王妃是個心狠手辣、不顧人倫的女人，他該怎麼想？就算你們是自小一塊兒長大的，女人手上沾血是好看的嗎？男人聽見了，就算嘴上不說，心裡頭一定是存下芥蒂的，到時候妳嫁過去，該怎麼辦？方皇后也不能護妳一輩子……」

行明邊說邊沈思。

「趕緊趁這話還沒傳出去，讓皇后娘娘和平西侯把這話給壓下去了。名聲是不能當飯吃也不能當衣裳穿，可世家女子最重的就是名聲！妳沒嫁過妳不懂，男人們誰喜歡污濁的水啊？都喜歡一汪清水，水靈靈的，既要端莊又要嬌俏，要求多著呢；而女人就像一潭清水，沈了一塊石頭下去，水就算漲得再深，別人也能一眼瞧見。」

行明在擔心她的名聲，擔心六皇子聽見了這話會嫌棄她。

人與人之間是要拿真心換真心的，她拿真心待行明，行明也回一顆真心來待她，急她所急，想她所想。

「他敢嫌棄我？」行昭笑著開口，溫聲安撫行明。「他若敢嫌棄我，活得不耐煩了！」

靜夜無風，手中執卷迎月的端王殿下莫名其妙地打了個噴嚏。

第八十七章

乘小轎到皇城腳下時，天已經有些晚了，宮門門禁時辰快到了，守順真門的侍衛支著腦袋往外望，見不遠處有小轎過來，便歡歡喜喜地把城門再打開了開，又同走在前頭的林公公套近乎。

「皇后娘娘打發人讓咱們弟兄給溫陽縣主留個門，禮法之內是人情嘛。」帝后身邊的紅人，未來端王妃，是該討好著點。

林公公一人塞了個小香囊。「夜來天涼，您和大人們買壺酒暖暖身！您的情兒啊……」林公公朝行昭的轎子一努嘴。「那邊不能忘！」

行昭一直支著耳朵在聽，守順真門大門的侍衛都是來自九城營衛司的，皇城軍馬一向是帝王最後的底牌和護身符，更是定京城裡最大的一股軍方勢力。

皇權強盛之時，九城營衛司就姓周，如今皇權被朝臣分割，九城營衛司到底是姓陳，還是姓方，還是姓什麼，行昭還真說不準。可既然守門的侍衛還敢聽從鳳儀殿的吩咐給她留門，那她便能篤定這九城營衛司絕不可能完全冠以陳姓了。

行昭在轎中琢磨良久，先讓其婉去看看方皇后睡了沒，一聽方皇后還在等著她，便收拾收拾進了鳳儀殿正殿，端了個小杌凳坐在方皇后身邊，將今兒個的事從迎親到認親，一五一十地說了個遍，行明那番話是留到最後說的。

「陳家人不安分了，陳婼聽見了那場談話，萬姨娘一死，陳家人便將我逼死庶母和庶妹的消息傳出去了。我們身在深宮聽不見也看不到，可三姊聽見了也看見了，連王家偏安一隅都聽到了這事，定京城裡怕是已經傳得沸沸揚揚了。」

「沸沸揚揚不至於，那些宦官女眷掂量著方家的分量，也沒這麼大的膽子。」方皇后一邊將一整杯羊酪遞給行昭，一邊風輕雲淡地囑咐。「別皺眉頭，沒放糖，也沒放蜂蜜。得在娘家養好身子，才能嫁到夫家去操勞，全都得喝完。」

方皇后沒將這事當成個事，行昭從一開始就放得很輕鬆。

賀太夫人是謀定而後動，陳家的手段一向是循序漸進，一步一步地來，昂得起頭也彎得下腰，這次無非是試水，拿她最不看重的名聲去試一試方家的反應。

她好奇的是，陳婼在其中扮演的是什麼樣的角色？也是狗頭軍師不成？

行昭接過羊酪，還冒著熱氣，大約是等了有些久，酪上結了薄薄的一層奶蒙，膻氣重得很，行昭深吸一口氣，咕嚕咕嚕喝到一半，頭抬起來喘了口氣，又屏住呼吸接著喝下去。

又不是要上陣打仗！小娘子做了一番怪，方皇后變得心情大好。

「妳別管這事，以不變應萬變。我記得往前在西北，人們要試試冰面結不結實，就先扔一塊石頭在靠近岸邊的冰上，若是結實就繼續往前走，辦法是笨辦法，可常常很見效。」方皇后笑咪咪地說得沒頭沒腦的。

行昭艱難地嚥下最後一口羊奶，接其後話。「可大事上常常是一腳定江山，陳顯小心仔細慣了，小心翼翼地邁腳試探，反而打草驚蛇暴露意圖。」

方皇后靠在暖榻上，笑意愈深。

這麼個傻姑娘，就便宜老六那小子了，想想便覺得世事無常啊。

方皇后饒是嘴上說要以不變應萬變，第二天卻將顧婕妤召到鳳儀殿來，直截了當地說：「皇上這一、兩個月是不需要再去上朝了，朝堂上風言風語也多，皇上身子日漸虛弱，是該好好養一養了。」

只要不讓皇帝聽見，只要那道賜婚聖旨還有效用，別人怎麼傳，干我何事？

顧婕妤七竅玲瓏心，一聽就懂，連聲稱是。

除了稱是和予取予求，她沒有別的路可走。

有人說飛蛾撲火是愚蠢，在她看來並非如此，有的人生下來就是萬眾矚目的那顆星，可有的人生下來只是一隻蛾子、一隻小蟲，一隻別人手指用點力氣就能捏死的渺小存在。

她想要絢爛，她想要榮華，她想要富貴，就算是以生命為代價也在所不惜。

若她和方皇后換個位置，她也會選擇鳥盡弓藏的手段，雖然狠了點，可卻是最精明的選擇。

顧婕妤提著裙裾萬分恭謹地向方皇后辭行，將走近門廊，卻聽方皇后輕聲一語——

「本宮連生了七皇子的孫嬪的命都能下手保住，顧婕妤是聰明人，認真想一想，其實應該明白自己的處境並沒有心中所想的那麼糟。」

顧婕妤猛然抬頭，不可置信。事成之後，她收官下場之時，方皇后還會放她一條活路？

逼死父親的妾室，再仗勢欺辱庶妹，以致庶妹纏綿病榻，平心而論放在定京城這個大染缸裡，這著實不算什麼天大的事。可若這事的主人公是一直養在方皇后身邊的，一向以溫慎淑和著稱，出身名門世家的溫陽縣主，就顯得有點駭人聽聞了。

先是女眷們在傳，後來就變成了男人們也略知一二了。

有句話怎麼說來著？

當人們在仰視你的時候，心裡頭難保就沒有想俯視你的願望。

當世人都站在了自認為的、所謂的道德正面上，便理所當然地責備起了站在與之對立面的那個人。

千夫所指，萬眾橫眉。

滿城傳得風風雨雨，賀家和賀行昭在方福死後，又一次站到了風口浪尖上。

只有三家人沒有反應，賀家、方家，和陳家。

賀家沒有反應，反而是坐實了對行昭的指責，而方家沒有反應卻有人大失所望，失望的便是陳家。

「力度不夠大。」

陳家老宅的月半齋靜悄悄了良久，打破沈默的是陳顯沈吟出聲的這句話，緊接著便是長長的一番話。

「方祈極為護短，事涉親眷，容易冷靜全無。溫陽縣主名譽受損，方家卻沒有響動，連我後來安插親信在史指揮領麾下的動靜，方家也沒有做出反應，反常即為妖。後一樁事，方家按捺住了情緒，在我意料之中，可前一樁事……溫陽縣主是皇后養大的，等於是方家養大的，她的名譽受了損，方家卻沒給出一點說法，奇怪，太奇怪……」

史指揮領就是當朝九城營衛司新晉領頭人。

博弈最怕的就是你打出一拳之後，對手悄無聲息地受了，既沒有趴下也沒有打回來。

「方家沒慌，是因為他們還有底牌。」

陳顯是中年讀書人清雅的聲線，而這句話卻是出自一個柔婉小娘子之口。

陳顯一抬眉，將眼神移到次女陳婼的臉上，撥弄扳指的手停了一停。「方家當然還有底牌，蔣僉事遠在西北，方家軍也遠在西北，遠水救不了近火，若定京城有異動，西北軍根本趕不過來，又何談援助？」

「所以西北的軍權是不是在您手上，您根本不在意，只要財政兩權不在方家人手上，西北一有異動，定京城就能接到消息，西北軍安分守己，您就滿意了。」陳婼明朗一笑，神色很沈著。

和行昭那日所見，判若兩人。

不是所有聰明人都巴不得讓全世間的人都知道自個兒聰明的。

那日她的跋扈與囂張泰半是演出來的，嗯，不對，也能算是真的，她是真的厭惡賀行昭，真的覺得賀行昭不配與她相提並論，甚至端王求娶她的那齣戲，她被當成棋子和墊腳石來成全他們，她覺得無比噁心。所以在很多試水的招數裡，她一來就選擇了這個矛頭直指賀行昭的辦法。

「方家人不動，我們便看不清楚他們的底牌是什麼……」陳婼回轉思路，手一下一下地叩在案桌上。「攻城必爭一磚一瓦，方家人現在要藏拙讓賢，既然兩家的爭鬥已經擺在了檯面上，我們何不乘虛而入？順著他們的意思，一點一點地蠶食地盤，然後作壁上觀，看看到底要蠶食到哪一步，方家人才會有動作。」

天下的便宜是不占白不占，方家人要讓出城池裝大方，陳家為什麼不順勢為之？看看平衡究竟被打破到什麼程度，方家人才有反應。

陳顯眼中含笑，輕撚了鬍鬚，輕點了點頭，算是認同。

長子陳放之無能才淺，長女陳媛平庸無長，只有次女，心胸、急智和手腕才像陳家人。

「方家的底牌終究會被逼出來的。」陳婼身形往後一靠，輕聲笑道：「我明敵暗，向來不喜歡。敵明我暗，我們目前又做不到，索性大家都把底牌放上來賭吧，看看誰能笑到最後。」陳婼想看方家的底牌。

若行昭當時在此處，她一定會笑著對陳婼挑明。「妳想知道方家的底牌是什麼？方家的底牌就是妳啊，陳婼。」

行景親事尚未過半個月，便攜家帶口辭行要回東南去了。

對此，賀太夫人沒半句阻礙，甚至主動打發人去正院新房幫忙收拾，羅氏將榮壽堂遣來的幾個丫鬟婆子全都先安頓在偏廂裡，上熱茶、上糕點，幾個丫鬟婆子全都被關照得舒舒服服的。

這樣過了兩、三日，手上拿著棗花糕，嘴裡喝著熱茶水才發現……

她們不是來幫忙收拾屋子的嗎?!
她們不是準備蹬鼻子上臉，死乞白賴都要跟著新媳婦兒去福建的嗎?!
趕忙把棗花糕放下，將茶水一口吞下去，恭謹地去請教羅氏——
「太夫人讓奴才們過來，是來幫您收拾箱籠的，您的嫁妝總不能搬到福建去吧？賀家上冊校名自有一番規矩，奴才們就候著大奶奶使喚呢。」
羅氏一笑。「煩勞幾位嬤嬤了，我的嫁妝箱子不用大動，也不用收拾出來，就囫圇擱在正院就好，反正人也不住在府裡頭，拿出來了還得勞妳們日日打掃著。」眼往案上一掃。「棗花糕不好吃？」不待那幾個婆子答話，揚聲吩咐。「小雀，給幾位嬤嬤再上幾碟綠豆糕來！」
先是用了賀家的地，接著再用賀家的人，慢慢地就要用賀家的錢糧，然後呢？然後就會一步一步地歸順和習以為常，然後，就沒有然後了。
賀太夫人要耍慢慢蠶食的手段，殊不知陳家最在行的就是此番手段。
朝堂上，陳家要步步緊逼，方家便節節敗退。
方祈身擔平西侯爵位，兼任右軍都督同知，正一品的武官，武官本就矮上三分，何況他老人家還是京裡頭的武官，手上沒帶兵，肩上沒扛槍，說句話誰聽？方祈每天上上朝，再去都督府應個卯，然後就逗鳥、養花、打兒子，當然最主要的就是打兒子。
饒是如此，陳顯仍然在早朝上摺子，挖出廣武衛軍所衛長貪墨銷贓之事。皇帝大概是前兒晚上嗑多了，證據和帳冊都沒看，御筆一揮罷免了廣武衛衛長原職，順藤摸瓜，摸到了廣武衛衛長頂頭直隸上司——方祈的腦門上。

眼神一瞅凶神惡煞的方祈，皇帝吞了口口水，沒當即做出反應。

第二天朝堂上卻扣下了方祈半年的俸祿。「上梁該正，否則下梁便歪。此番以儆效尤！」將廣武衛衛所換成了朝臣推舉的人，說是朝臣，也不過是陳顯麾下的三兩小貓一起上書罷了。

儆你爹的效尤啊！方祈憋了口悶氣在嗓子眼裡，心頭默唸方皇后囑咐他的話三遍。

「只要沒動到根本，陳顯想做什麼，只管放行，如今的招都在明面上，咱們得防著檯面下的招數。」

半年的俸祿沒了，逗鳥沒錢了，養花也沒錢了，方祈的樂趣只剩下個打兒子了。

桓哥兒被自家老爹每天在沙場上摔打，摔得個鼻青臉腫地去見歡宜。歡宜心疼得很，索性眼不見心不煩，乾脆抱著長女先給淑妃請了安，再來和行昭閒嗑牙。

歡宜長女阿謹周歲才定下了大名和乳名，排方家的族譜輩分，大名喚作方長謹，家裡人叫阿謹或是謹娘。

很硬朗的字，像個小郎君的名字，一看就知道是方祈的手筆。

行昭笑咪咪地拿翡翠白菜擺件去逗她，聲聲喚。「阿謹、阿謹……」小姑娘，不對，小嬰孩吐著泡泡，迷迷糊糊地看著綠油油的翡翠擺件，頭還不會扭，就兩顆清清澈澈的黑眼珠跟著轉。

行昭一顆心快化成一灘水了。

化成的水一個沒忍住，快要從眼眶裡竄出來。

小姑娘是方家人，小胳膊和小腿蹬得都有勁，歡宜看行昭臉色不太對，以為是謹娘不小心打到行昭哪兒了，趕緊將長女抱回來，輕聲輕氣和行昭解釋。

「阿謹從小氣力就大，如今正斷奶，心裡頭不爽快，擱誰咬誰，虧得現在牙還不深，她爹和我都不是脾氣大的人，脾氣這樣大，也不曉得隨了誰，等大了要好生管教。」說著便讓奶娘把阿謹抱下去，雙手放在膝上，笑吟吟地歪頭看了看行昭。「先不論朝堂上怎麼樣風雲詭譎，既然揚名伯已經娶了媳婦兒，皇后娘娘也該把妳的婚事提上日程了。」

是來探口風的？

也是，方皇后就差沒在鳳儀殿門口豎個牌子——老六與貓禁止入內了。

時人說道女兒是賠錢貨，想想其實沒錯，辛辛苦苦地把女兒養大，教她、護她，再連人帶財地完完全全交給另外一個家族，然後和自個兒家就沒啥關係了，要幫別人家生兒育女，管東管西。

何況方皇后一開始就不想自家阿嫵落到六皇子的坑裡。

行昭低頭抿嘴只顧著笑，歡宜也跟著笑。

「算來算去，不就圖個安康樂和？揚名伯是要『不平海寇不歸家』，妳一個小娘子難不成非得『局勢不定不嫁人』？嫁進門，咱們一家人力往一處使，心往一處靠，不也一樣安康樂和？」

陳家在旁虎視眈眈，皇帝苟延殘喘——有時候來鳳儀殿，行昭看著他，生怕他下一口氣沒落到實處，便交代在了這兒。

這時候嫁過去？

那不變成既是青梅竹馬，又是風雨同舟了？

行昭張了張嘴，話還沒說出來，就聽見外廂的珠簾被人撩開，珠子撞在一塊兒，清清泠泠地響，沒多久便聽見了衣料窸窸窣窣的聲響。

歡宜起了身，朝方皇后福了福，笑稱。「阿嫵說您去瞧孫嬪了，便一道留下來在西廂邊等您邊說話了。盛暑的天，您可別遭曬著了。」

今兒個晌午一過，孫嬪就遣人來請方皇后去西六宮，孫嬪一向不是個托大的人，一定是事有緊急。

西廂屋子裡四角都擱著琺瑯掐絲冰盆，外面七月盛暑天熱，裡間涼滋滋的，自家阿嫵面容姣好，青眉如遠山初黛，安靜地坐在光影之下，方皇后陡然心就靜了下來。

「是坐的轎子還是馬車來？阿謹可是睡了？」方皇后和歡宜寒暄。

「坐的轎子來，叫奶娘抱下去餵米糊糊了，小丫頭吃飽就睡，這會兒估摸正打盹兒。」

歡宜上前輕攙了攙嫡母，笑問：「讓奶娘抱過來給您瞧瞧？」

方皇后擺手。「可別折騰孩子了！」一邊說，一邊轉身落坐。「桓哥兒最近還好吧？平西侯窩著一肚子氣，偏偏毛百戶跟著景哥兒，李副將捉住機會跑到蔣僉事身邊去了。」

自家公公不著調，歡宜卻覺得很溫馨。

「還好，總沒叫阿桓掃地餵馬！」歡宜一笑，眼風瞥了眼行昭，又是一笑。「等阿嫵嫁了，定京城裡侯爺總算是能多個去處了。」
方皇后笑著展了展帕子。眉梢一挑，輕笑著望向行昭。
行昭立馬裝傻，扭頭望向窗櫺外。
嗯……外頭開著的海棠當真好看，一瓣重著一瓣的，跟碗口一邊大。
「那就快了，翻過年頭，平西侯就能去端王府坐上一坐了。」
行昭猛地將頭扭轉回來，一瞅方皇后面色分毫未變，眉平眼定照舊是往日端肅莊和的模樣。
等翻了年，她就得嫁出去了？方皇后是這個意思嗎？不等過了及笄之禮？翻了年，她十五歲了沒錯，能嫁人了也沒錯，可方皇后一直打的主意不都是她得到十七、八歲才出嫁嗎？
出了什麼事？這是行昭的第一反應。
行昭驚嚇大過於驚喜，歡宜白皙一張臉上湊攏的卻全是不可置信的喜氣，方皇后總算是鬆了口！
歡宜得償所願，扯開話來天南海北地聊開了，行昭如坐針氈，阿謹在內廂哭了起來，歡宜這才抱著長女告了辭。
行昭抬起眸子望向方皇后，方皇后靜了靜心神，聽不出來語氣裡是遺憾多一些，還是慶幸多一些。
「還記得那日孫嬪產下七皇子的時候，是難產嗎？」

行昭輕輕點頭。

「七皇子有問題，會哭會笑，可不會吃飯也不會說話。如今已經三歲了，一個字也沒說過，人也認不全。」

「太醫如何說？還能治……」行昭後話沒說完，含在嘴裡頭。

母親難產意味著小兒的氣道容易出現壅堵，小兒從根上帶來的病，是先天的不足之症，怎麼可能治得好？三歲慢慢顯出來，七皇子是孫嬪後半輩子的靠山，當然急得不得了，太醫不敢請，只好把希望寄託到了方皇后身上。

可七皇子有恙，又關她要早嫁什麼事？

「風雲將起，七皇子有恙一事根本瞞不下去，該動的都會動起來了，妳早點出嫁也好。錦上添花不重要，得讓老六牢牢記著妳與他同舟共濟的情分。再等下去，賀家會出什麼么蛾子，咱們不知道，照賀琰那份糟蹋自個兒的法子，若他沒了，妳又得守三年。一早塵埃落定，我才能放心。」

方皇后一說完，行昭便明白了。

七皇子是皇帝幼子，母族不顯，如今若再加上個心智有礙，擺明了會是一個比二皇子更好的傀儡！

一起面臨風雨的情分，自然要比一帆風順時的情分更深。方皇后想得依舊很悲觀。

行昭手蜷在袖中，緊緊握成了一個拳。

行昭的婚事提上日程，欽天監頭頭親自上陣，算了個好時辰，二月十六日。因是賜婚，除卻嫁妝，閒雜事宜都由六司和宗人府操心，端王府選在八寶胡同裡，和豫王府挨得很近，原是前朝長公主的舊宅，因長公主之子涉入前朝一樁公案裡，這宅子便充了公，如今重新粉了牆，刷了漆，掛上牌匾成了端王府。

六皇子這段日子一直處在高度亢奮狀態，卻聽有外線來報，立刻冷靜了下來，趕緊讓人去給雨花巷和鳳儀殿送信。

「蔣僉事在雲貴交界處遇襲，敵我實力懸殊，現已全部剿殺。」

行昭聽完，長舒了一口氣。

很好，陳婼終於自己將底牌翻開了。

蔣僉事遇襲，邢氏是最急的，要是他有個三長兩短，瀟娘還要不要活了？

一聽蔣僉事只有一隻胳膊受了傷，邢氏歡喜得一連三天都泡在定國寺裡頭還願。

「遠遠聞起來，身上都是股檀香味。三天哪兒能都去還願啊，鐵定是跪了兩天的送子觀音。」這是方皇后的原話。

人家蔣僉事還有一隻胳膊受著傷呢，這些小老太太著急點真是和別人不一樣。

明明情勢很緊急，行昭偏偏還能夠偷摸腹誹兩句。

就像隔天就要掛紅纓、披戰袍上場了，還能有心思笑。

是有恃無恐吧？

就像大雨天縮在青油紙傘下，老神在在地看雨點沿著傘面打旋，心裡頭很篤定反正這雨落不到自己身上。

能有這種依賴感真好。

能有幾個能讓自己產生依賴感的人，真好。

天大地大，都沒有娶媳婦兒事大。

鳳儀殿這些日子是忙暈了頭，欽天監定的大喜日子是二月十六日，行昭的嫁妝是一直備下的。方福的嫁妝厚得很，既然行景和羅氏沒打算回臨安侯府接手家業，那方福的嫁妝再放在正院裡就顯得有點放不住了。

何況行昭也怕臨安侯府的人不精心打理，萬一東西蒙了灰變了樣，她對得住誰？

方福的嫁妝，方皇后一輩子大半私房，邢氏的添妝，行景打劫韃靼的戰利品……賀太夫人原是送了地契、通州莊子的房契，還有銀票到雨花巷，邢氏沒要，讓人送回去，還捎帶了幾句話。

「阿嫵和景哥兒在賀家吃住那幾年，就當是賀家給兩個孩子備下的嫁妝和聘禮了。從此銀貨兩訖，再兩不相干。」

饒是如此，行昭的嫁妝也快抵上戶部專撥給六皇子成親錢財的三倍多了。

嗯，方皇后的目標便是存心要把老六嚇得坐不住。

鳳儀殿一聲令下，六司去了幾個內侍，蔣明英打頭將方福的嫁妝收拾了出來，又拿著捲尺去了端王府量屋子，好比照尺寸打家具。

定京舊俗，成親時女兒家的嫁妝得打一套或者是幾套新郎官家的家具送去，當作是男主外、女主內的意頭。

臨到天黑，蔣明英才風塵僕僕地回來，手上提溜這一套厚厚的冊子，和行昭笑吟吟地行了禮，便將冊子打開來回稟。

「端王府地勢坐北朝南，門口立了一對用整塊大青石雕成的石獅子，房檐上立著五隻瑞獸，遊廊走巷裡繪的、雕的全是蝙蝠圖樣，六司的人手說滿打滿算，怕是得有整整九千九百九十九隻蝙蝠。正房居於中軸，後修百福二層罩房，您的臥房、端王的臥房都修在嘉樂堂。府裡的匾額都是端王殿下親手寫的。您喜歡翡翠和金器，嘉樂堂裡的多寶閣全都擺滿了。聽管事的門房說，端王殿下每兩天過來瞧一次，要緊地方的布置，全是他親自安排下來的。」

邊說著邊將一卷紙卷呈上來，笑道：「您瞧一瞧，端王殿下描的王府全貌，您也不必等到二月十六日才看得到了。」

行昭低頭看。

描個全景還要拿出精細工筆畫的功底，還要上色，還要落款，還要印章。綠瓦紅牆，桃枝杏梨，飛簷奇石，全都一一繪在了紙上，手一點一點地展開畫幅，由近及遠，好像是在慢慢展開自己的未來。

這是她以後的家。

不同於前世那個冰冰冷冷的、自作自受的牢籠。

這裡就是她的家了。

行昭眼前陡然一片霧濛濛，六皇子做事一向認真細膩，連幫行景帶個話，都得先做出首七言絕句來才覺得體面，所有的認真加起來，這樣的老六讓人感動得想哭，可愛得想笑。

方皇后便笑嗔她。「當真是隨了妳母親，好哭得很，往後成了親可甭遇事就哭，反倒叫那些管事嬤嬤小瞧了去。」說著說著便轉了話頭問蔣明英。「端王府的長史可是定下了？」

蔣明英點頭。「定下了，是戶部湖廣清吏司的郎中杜原默，被六皇子瞧上了，回報了黎令清黎大人，便平調成為了端王府的長史。」

王府長史與公主府長史可不一樣，王府長史相當於王爺的幕僚和執管府中政令之人，若效命的王爺是個得勢的，或者直接就是以後的君王，那這家王府的長史相當於一躍成為君上身側第一人了。

「是端王殿下拜訪了平西侯之後，第二天做出的決定。」蔣明英想了想，再補充道：「奴婢還聽說，平西侯當時並沒有提出意見，是贊成也好，反對也好，還是另提人選也好，平西侯都沒有多話。」

既然是戶部的郎中，自然就是六皇子用了好些年的心腹，方祈卻沒有過多置喙——人粗心思不粗，到底還有分寸。

方皇后若有所思地點點頭，話轉到行昭的嫁妝上。

「阿福原先的嫁妝可有失損？」

蔣明英輕輕搖了搖頭。「全都封在正院的小苑裡，打了封條，挨個兒對了冊子，既沒有遺漏也沒有損耗，連大喜那天晚上的燭檯都留存得好好的。奴婢都還記得那對燭檯，嵌著兩顆貓眼石，上頭蒙了一層灰，拿手一擦，貓眼石還是亮得很。」

那肯定是。

人心又不是石頭，哪能擦一擦就什麼也記不得了呢？

修繕府邸、選陪嫁、備嫁妝，鳳儀殿忙得團團轉，陳家也好、賀家也好，都先讓方祈頂著，等小娘子嫁了過後再說，否則一件事接著一件事地耽擱，親事又得耽擱到哪兒去？行昭等得，六皇子都快十八、九歲了，放在平常百姓家都是做父親的年紀了，再等，鬍子都等白了。

小娘子年歲小，方皇后捨不得，沒關係，等及笄禮行過之後，再行敦倫大禮也是一樣的。

六皇子扳著手指頭算，當下就放了心，沒事，就再等個半年而已，四、五年都等過來，再等半年完全不在話下！

淑妃和方皇后有商有量地辦。嫁給老六這點好，婆母娘家一家人，別人家裡頭的婆媳之爭、姑嫂之爭，一堆事，放在老六身上壓根兒就不是事。

淑妃見過沒？大姑子歡宜見過沒？

不僅見過，還是看著行昭長大的人，溫聲喚著阿嫵的長輩，根本就沒一點陌生感也沒一點忐忑感，夫家上上下下都認識，還在夫家老宅裡頭住了這麼多年，行昭就算是想緊張也沒辦法緊張起來。

乾脆日日窩在房裡做針線，行昭手腳快，沒幾天就把枕頭罩子、鞋襪、床單這些舊例上的東西做好了。

至於嫁衣、蓋頭，就交給六司去忙活。

其實想一想覺得有點奇怪，宮裡頭算是夫家，她的嫁衣、蓋頭交給夫家人去忙活，有點說不過去，可讓她找娘家人忙活，邢氏西北出身請她幫忙馴匹馬還來得痛快點，請她幫忙繡嫁衣？

呵！

您是見過穆桂英掛帥，可您見過穆桂英補鞋底嗎？

方皇后便笑話她。「自個兒想躲懶還瞻前顧後的，自小的性子就沒大改過，有本事就把司線房的嫁衣、蓋頭都拿回來，讓蓮玉、蓮蓉加班加點地幫妳繡。」

蓮玉、蓮蓉默契地往後退了兩步。

除卻嫁衣，司線房還得過來量體裁衣，春夏秋冬的衣裳各做了十二套，都是大紅大紫的喜慶顏色，襦裙、褙子、披甲、霞帔全都有，行昭抬手挺胸和抬下巴的動作做了無數次。

她一貫是生在溫柔鄉、長在富貴堆的主，可見著方皇后幫她備下的嫁妝，仍舊驚了一驚。

鳳儀殿開了庫房，搬出二十六個大樟木箱，每一箱都被銅鎖鎖住，鎏金銅邊嵌在木箱底部，重重地擱置在青磚地上時，「砰砰」地發出聲響，起開一看，頭面首飾、擺件飾器、書畫古籍全都有，這得攢多少年啊！

木箱一起開，就有微塵飄在了正殿的空氣裡。

方皇后面上扯開一絲笑，動作輕柔地攬過行昭。「這麼幾十年，竟然存下了這麼多東西。往前皇帝賞下個什麼，我便急吼吼地揣在懷裡頭，誰也不讓看，全都歸到庫裡，既怕擺放出來遭了災，又怕人背後說閒話。娶妻娶賢，納妾納美，正妻從來就不是拿來寵的。」

行昭點點頭，表示瞭解。

正妻的派頭是端莊嚴肅，男人們得敬著，而非寵著。

「這些東西，一件、兩件地賞，也不覺得多，如今開了庫房再看，悉數放在眼前這才覺得驚訝。」

驚訝什麼？

是驚訝日子都過了這樣久，還是驚訝還保存著這個男人留下的印跡？

「您和皇上在最初……」行昭口中發澀。「阿嫵是說最初，總是恩愛和睦的吧？」

方皇后剛想點頭，愣了愣，隨即輕輕地、帶著遲疑地搖了搖頭。

若如定雲師太所說，她的不孕之症全仰仗外物所致，沒個十年、二十年，她一個健健康康的女子，根本不可能生不出孩兒！

從最初，就從阿嫵所說的那個最初，皇帝就在防著她，防著方家，防得連嫡子都不想要。

如今一個兒子被野心勃勃的外臣盯上了，一個兒子防得跟防狼似的，一個兒子腳瘸了，一個兒子先天不足，誰說世間無因果，誰言佛祖無報應？

第八十八章

仲秋一過，大寒一下，初雪將至，婚期便近了。

冬天到了，天便黑得早了，天一黑，六皇子託其婉帶了信，說是候在春妍亭裡等她。

行昭攏了暖袖，手上提著羊角宮燈，迎著落雪，緩緩而至。

一路走來，宮燈發出暈黃的、暖人的光，光暈一圈圈散開，恰似那碧水秋露的波紋。

蓮玉小心翼翼地輕撚裙襬，跟在後頭，繡鞋踩在還沒來得及結成霜的水霧上，感覺好像在夢裡頭。

「端王殿下給您送信也是約在了春妍亭吧？那年是盛夏，您一回去才發現，臉上脖子上，全是被蚊蟲咬的大包，皇后娘娘問您，您還不敢實話實說，支支吾吾地反倒讓皇后娘娘下令徹查。仔細數一數，都過了這麼多年了。」

蓮玉是個很冷靜理性的人，很少發出這樣的喟嘆，如今卻拿出一副此去經年的口氣來。

「是呢，一開始若有人告訴我，我今生會嫁給六皇子，我一定打死不信。」

再來一世，分明已經打定了主意要安安分分地只管過好自己的小日子。奈何世事無常，偏偏命中注定就有那麼一個人，能讓妳乾淨果斷地打破定下的一切桎梏。

前世的端王妃溫婉和順，以夫為天，照六皇子的個性，那樣閒雲野鶴的日子，他未必不會更想過。

行昭笑一笑，輕輕將手放在蓮玉的手上。

「有始有終，開始是在春妍亭……」話頭一頓，細想了想，覺得自個兒有點歡喜傻了，這叫終嗎？

不算吧？

任何開始都是過往的終結，任何終結都是未來的開始。

她的人生重新開始了兩次，第一次的重生時還來不及收拾情緒，一切都顯得有點兵荒馬亂，而第二次的開始，她的身邊無端多了一個人，一個能讓她哭讓她笑，讓她心安又讓她驚慌的人。

把自己情緒全都交給另外一個人，一個沒有血緣牽連的陌生人，真的是一件很冒險的事。她輸過一次，便更珍惜第二次。

婚前最後一見，帶了點偷偷摸摸的意味，蓮玉自覺地站到小巷口放哨，好巧不巧，遇見了同樣躬著腰守在巷口的六皇子貼身內侍，行昭笑著頷首致意。「今兒個天氣涼起來了，李公公也辛苦，過會兒索性尋一個避風的地站。」

李公公身形一縮，連眼神都不敢抬，連稱受不起。「殿下在裡頭等著您咧！」

在宮裡頭長大的人，最信任的大多都是身邊的奴才。

宮裡頭的信任可不是拿真心換的，是拿命換的——手上攥著你的命，我才能舒舒坦坦地接受你的忠心。

這一點前世的行昭不太懂，和周平甯身邊的人鬧得很僵，對丫鬟們是防東防西，對管事們是指手畫腳，對王府史官們是越權插手，一番做派顯得既不給男人臉面，又沒教養。

相互傾心、愛慕是一碼事，在一塊兒過日子又是一碼事。

兩個愛人成了家，慢慢過日子，磨啊磨，磨啊磨，被柴米油鹽醬醋茶磨到最後，磨得女的是面目可憎，男的是心懷鬼胎，也不是沒有。

愛是基礎，可往後的日子過得好不好，卻各憑本事。

遠香近臭，佳侶吵成怨偶這種事，行昭看得多了。

這事方皇后沒法教，行昭便借來古籍，自個兒靜下心來琢磨，所以說成個親最忙的是女人啊，既要適應又要做足心理準備，還得像琢磨常先生教導的課業似的，拿出筆來勾勾畫畫記重點。

沒法子，行昭曉得自個兒不算機靈，索性勤能補拙，什麼時候補好，什麼時候算完，晚點也不怕，總算是補好了的。

雪天路滑，行昭自己提著宮燈往前走，既是偷摸見面，自然是黑燈瞎火。

宮燈能照多遠？頂多照到腳下的路，行昭摸摸索索往前走，哪曉得繡鞋一打滑，身形往外一歪，險些摔地！

嗯……到底還是沒摔著……

還沒落地，行昭的胳膊讓人猛地往上一提，宮燈「砰」地一聲就勢落地，整個人很自然地撲到了來人的懷裡。

行昭來不及輕呼一聲，耳畔邊便聽見那人悶聲一笑。

「甭激動，阿嫵甭激動，咱再堅持個幾天……」

這一笑纏纏綿綿的，連帶著胸腔腹間都在跟著動。

行昭臉都懶怠假裝紅一紅了，一手使勁撐在六皇子胸前要掙脫開，這一按不打緊，行昭像按到了塊硬石頭上。

如今的文人風骨裡，還得加了條——必須練就一身腱子肉？

行昭腦子裡頭莫名其妙閃現出這樣一句話。

無端冒起一頭冷汗，腦袋趕緊甩一甩，腰桿往下一佝，伸手去搆落在青磚地上的那盞宮燈。

小娘子實在掙得厲害，六皇子從善如流放了手，臉不紅氣不喘地彎腰將宮燈拾起，沒準備遞給行昭，反而自己拎著也沒往前走，就停在春妍亭的階下，一笑。「雪天路滑，本來是想到鳳儀殿尋妳，哪曉得母妃告訴我鳳儀殿前些日子讓內務府送去了幾隻小犬。」

很有自知之明，就是為了放狗咬你的。

行昭咧嘴笑開。「婚期越近，方皇后管得越嚴。不僅院子裡養著幾隻小犬，瑰意閣裡還有蔣姑姑鎮守，從早晨到夜裡，她若不在就是碧玉在。」

蔣姑姑不咬人，但是她訓人……

得咧，您還是讓狗來咬我吧！

行昭如願看到六皇子神色一窘，笑得更歡了。

「那皇后娘娘明知是慎，還放妳出來？」六皇子也笑，跟著媳婦兒笑。

「女大不中留，留來留去留成愁，姨母大概是在掩耳盜鈴，只要不在她眼皮子底下，就算是眼不見、心不煩。」

兩個人便一起望著笑。

若再有旁人看著，一定得笑話兩人，這兩個傻蛋啥都不說光對著傻笑個什麼勁啊？

可在青春少艾中，能望著那個人傻笑，都是一種福氣。

光從下而上地照射，照在少年下巴上、嘴上、鼻上，最後分到眼睛裡的光就少了，可饒是如此，一雙眼也亮得像兩顆星星。

行昭不由自主地咂咂嘴。

夜風一吹，身上一涼，人就靜了下來，行昭鼻間嗅到了一股若有若無的冰薄荷香，眉心陡然一蹙，剛想開口，卻聽到了六皇子褪去少年青澀，少了沙啞，變得很沈穩的聲音。

「我今兒個與二哥一道去見了平陽王世子和平陽王庶出次子。」

行昭勉力克制住想上挑的眉梢。

原來如此。

冰薄荷香是周平甯慣用的，他一向刻板，一個味道能用幾十年，一個人能記一輩子，一種厭惡一旦生成便根深柢固。

「直到前日，我才明白妳為什麼讓我派人別去盯陳家，卻轉頭去盯緊平陽王府。」六皇子聲音放得很低。「陳家長女綏王妃平庸，長子陳放之剛愎自用卻無能，陳家悉心教導的次女陳婼，竟然一直和平陽王次子暗裡傳情。」

說到此，六皇子一笑。「說傳情，其實是給平陽王次子臉面。我的人在平陽王府門前守了近半載，只有前日，看見平陽王府的一個家丁在角門處和一個十四、五歲的女子拉拉扯扯。是那家丁在求那女子，求她將手上的包袱收下。當時就覺得不對，便尾隨那女子，卻見她入的是陳顯陳閣老家的大門。陳家宅門又高又嚴，我讓下頭人扮作平民，尾隨那女子入府，結局一定是被侍衛攔在門口。我的人手沒有蠢的，便嚷開了『前頭那個姑娘是俺失散已久的親妹子』，世家名門的家僕從來都是家生子多，侍衛自然以為這是個打秋風來訛詐的無賴混混，把我的手下拖了下去，邊拖邊嗤之以鼻，『那是陳家內府主子身邊頂有顏面的丫鬟！就你這模樣也想來攀親戚』。」

六皇子聲音忽高忽低，學得很逼真。

市井無賴想訛人打秋風，府邸侍衛仗勢埋汰幾句。這齣戲碼，定京城裡天天在演，沒什麼大不了的。可就這樣，六皇子知道了那個女子的真實身分。陳家內府主子身邊頂有顏面的丫鬟，陳家內府的主子本來就少，沒姨娘、沒通房，更沒庶子庶女，長子陳放之遠在西北，長女陳媛嫁到綏王府。

府裡的主子統共就三人，陳顯、陳夫人和陳婼，三分之一的概率而已。

行昭抬頭望六皇子，六皇子接著往下面說。

「陳顯為報陳夫人同甘共苦之恩，身邊貼身服侍的要嘛是大老爺們，要嘛是年逾六旬的婆子，身邊從來沒放過妙齡少女。內宅之事不好打聽，我便去問二哥，定京城裡哪家宅門裡的事他不知道？他一聽陳府的丫鬟和平陽王府的家丁拉拉扯扯，眼睛都亮了，直說『陳夫人戀舊，身邊的人用的都是經年的，小丫頭些的都進不了內院，那丫鬟是陳二姑娘院子裡的得臉人倒還有可能。』」

二皇子一遇見八卦就自動變身包青天的狀態，行昭是看見過的。

當下篤定那丫頭是陳婼身邊的人，可那平陽王府的家丁又是誰的人呢？

這便有了昨兒個六皇子與二皇子，偕同秘探平陽王府之行。

「原是平陽王次子的近侍。」拿在六皇子手上的宮燈動了一動，光也隨之動了一動。

「我與二哥在和平陽王世子、平陽王次子喝酒，也有人在同那近侍喝酒，酒後吐真言，話被人一套，那近侍便迷迷糊糊說了句——『等我們家甯二爺娶了媳婦兒……看誰還敢小瞧我們二郎君是庶出……』」

周平甯若是娶到陳家次女，自然沒人再敢小瞧他了。

可行昭卻明白，周平甯絕不是因為陳婼的身分才死心塌地的，他當真是因為一顆心落到了陳婼身上。

話到此處，什麼都明白了。

一個一個線索串起來，陳婼的丫鬟和周平甯的近侍有接觸已經是匪夷所思，再加上近侍說的那番意義不明的話，六皇子一貫機敏，如何還猜不出來？

陳婼不好出門，可她的丫鬟總有沐休，出趟門、拿點東西、傳句話回去總是能做到的吧？名門大戶的姑娘家身邊的丫頭都是一道長大的，一榮俱榮，一損俱損，自然願意為自家姑娘遮掩。古有鵲橋相會，今有丫鬟為紅娘，話本子裡見的還少了？

行昭沒有漏掉六皇子話裡所說——「是平陽王府的家丁苦苦求著陳婼的丫鬟幫忙帶話。」

她、陳婼和周平甯，一開始就是不平等的，周平甯喜歡陳婼，可陳婼卻是陳家嫡支下一輩最後的支柱，理智和冷靜告訴陳婼應該斬斷這一份孽緣，可少女的情思和愛慕又該怎麼辦？

當理性和情感相衝突的時候，陳婼難得地選擇了優柔寡斷。

優柔寡斷地回應周平甯的示好，優柔寡斷地催化周平甯的愛慕，優柔寡斷地捨不得。

可陳婼忘了一句話——當斷不斷，必受其亂。

陳顯看重陳婼的心智和韌勁，卻忘了這到底只是一個小娘子，是一個會哭會笑，心裡面空空的小娘子，在面對情感與愛人的時候，不會比常人做得更優秀。

在陳婼藕斷絲連的主導中，前世自己對周平甯的一腔熱血就顯得可笑而可悲。

六皇子話一說完，風吹在耳畔邊的聲音陡然變大，呼呼作響。

毀了陳婼，等於毀了陳家下一代的希望，陳顯是被陳家族人踩大的，他的個性會再反過來捧那些踩過他的人嗎？陳放之被賀現壓制得死死的，陳媛嫁了個無用的王爺，陳顯一死，他的衣缽根本無人可接。

只有陳婼——所以前一世陳顯將她送進了宮裡母儀天下。

他的後輩沒有能扶得起來的人，那就只能拜託陳婼能生一個皇帝，看在血脈親緣的分上，名正言順地再給陳家幾十年，再給陳家能再出一個能人的時間。

前世後頭的戲，行昭沒看完。

陳家的野心是到此為止，還是繼續謀朝篡位，行昭也無從斷起。

「讓陳婼和平陽王庶出次子的私情暴露於世，陳婼的下場不是嫁給周平甯，就是被陳家封鎖從此再無消息。頭一種狀況縱使傷不了陳家根本，也能永絕後患。一個閒散宗室的庶出之子能有多大出息？權力的邊都摸不到。若是我們再狠一點出現後一種狀況，陳婼直接銷聲匿跡，無疑是給了陳家人一個自斷臂膀的打擊。」

行昭抬了抬頜輕聲說道，望著黑黝黝的天際。

這就是底牌。

陳婼沒有想過方家會避開廟堂上的試探和攻擊，直接選擇把她當成靶子。

陳家的後著，行昭猜得八九不離十。她是該有這樣大的底氣，猜到了陳家的後著，自然能明白陳家到底想要做什麼了。

直到猜到陳家人掌控的勢力，行昭這才明白，為什麼前世陳家會逼得閔寄柔由正轉側，會讓二皇子成為傀儡，挾天子以令諸侯，從而掌控朝政。

既然猜出了陳家的後招，也有了應對之力，那自然就不能構成威脅、算作機密了。

最難控制的是人心，最無法預料的就是人力。

在行昭看來，陳婼才是陳家的底牌。

一將抵千軍，擒賊先擒王，不能給陳婼蹦躂的機會，只有千年做賊的，哪兒有千年防賊的？解決完陳婼，便只等甕中捉陳家了。

陳家最後一個未知的後手就是陳婼，而行昭正計劃著要把這一個後手剷除掉，前路便只等陳家自以為是、自露馬腳，便可擊之。

這就是在不久之後要成為端王妃的女人。

六皇子與有榮焉，輕勾嘴角，緩緩一問。「當時，阿嫵是怎麼知道陳婼與周平甯之事的？」

陳婼做得隱密，只有身邊一個貼身丫鬟知道，陳顯與陳夫人看重次女，自然全心信重。在陳婼十歲之時，陳顯便將陳家內宅交給陳婼打理只當練手，練來練去卻變成了以公謀私，自圖方便，鴻雁傳書近兩載，陳夫人竟絲毫不知。

平陽王庶出次子不受重視，連一夜未歸，平陽王妃都不會過問一句，而此人待親眷心腹實在用心，平王妃所出的世子嫡長之位不可動搖，平陽王妃婦人之手想養廢也只能養廢庶女善姊兒。子不教，父之過，兒子的教養從來都是父親用心，平陽王妃自然也插不了手。

一個世家女，一個宗室子，自幼相識便兩廂情悅之事，是瞞得天衣無縫，阿嫵如何知道？

六皇子話音一落，行昭渾身一僵，僵直半晌，這才緩緩抬頭，直視六皇子的眼睛，輕聲出言。

「因為一場夢，一場舊夢。」

莊生夢蝶，真假未知。是能算成一場舊夢。

行昭說完便輕輕合了眼，眼前頓時一片漆黑。

她與陳婼皆傾心的周平甯當然不差，進退皆宜的談吐、豐神挺拔的皮囊、溫文爾雅的氣質……哦，見慣了定京紈袴子弟，再見一個被嫡母壓制、被宗族拋棄，卻隱忍內斂的美郎君自然覺得新奇。

情愛裡面最要不得的就是新奇，一新奇便想去探尋，一探尋便將自己扔到了無底洞裡。然後，再也爬不出來。

前世的她是怎麼知道陳婼的呢？

是在她奉子逼嫁時，周平甯堅持不以正妃之位相許，她哭鬧不休，應邑只當看了場好戲，而那個時候的方皇后閉門謝客再不管凡塵俗世……在她最庇護的外甥女做出這般傷風敗俗之事時，方皇后已對紅塵絕了念想。

只有賀琰覺得臉上掛不住，便讓周平甯到賀家相商。

周平甯面對賀琰低頭無話，可面對她卻這麼說道：「那日醉酒鑄成苦果，已是萬般後悔，原是我對不住紅線，正妃之位只能是紅線的，妳……終究還是我府邸裡最尊貴的女人。」

「紅線是誰？」

周平甯自然不肯再說，甚至頗為後悔一時口快說出這個女人的名字。

他不說，行昭便自己去找。貼身服侍的丫鬟、表姊表妹、堂姊堂妹、通家之好的女兒，沒有一個人的名字喚作紅線，行昭幾近絕望，終於在一個地方聽見了這個名字。

二皇子登基改為隆化，她在隆化帝皇后的鳳儀殿裡聽見了這個名字。

陳紅線、陳紅線，紅線穿來已半焦，好一個嫵媚清雅的小名。

一切水落石出。

風仍在颳，颳臉颳骨颳心。

行昭緊緊地閉著眼睛，渾身都在發抖。

她鄙夷自己的愚蠢和自輕自賤、陳婼的狠毒與周平甯的冷漠，本就是她自找的，與旁人無干。

她只想看看這輩子沒了阻礙與磨難，陳婼與周平甯是不是還會情比金堅，甘做連理。

她有多麼厭惡自己的愚蠢，就有多麼怨恨那對佳侶的所謂情深。

多可笑啊，又多可悲啊。

三個人的故事裡，她只配縮在牆角扎小人。

這是行昭這輩子頭一次無比清晰地回想起這一樁事，像是落進了冰窖與水底。

陡然背上一暖，全身都被溫暖的、一股男子漢氣息所包圍。

行昭猛地睜眼，頷一抬，下巴便順勢擱在了男人的肩上。

六皇子周慎單手將行昭攬在懷中，手輕輕地摸了摸行昭的後腦，鬢髮摩挲在行昭的側臉上，鬢髮很扎人，像是一下子就扎進了心裡。

原來耳鬢廝磨就是這個意思啊……

行昭陡然哭得淚流滿面。

舊夢一場，也該醒了。

其實行昭真心覺得自己早在重生伊始就已經醒了，可重新回憶起那段過去，心尖尖上仍舊像是有柄鈍刀子在一點一點地割。

那天晚上她抱著六皇子嚎啕大哭，據蓮玉所言——

「我守在巷口外聽您哭跟狼嚎似的，恨不得去把李公公的耳朵給堵住。姑娘啊，您和六皇子雖然是青梅竹馬一塊兒長大的，到底要成婚了，您也好歹顧忌點端莊淑德吧。」

她在老六跟前哭得那叫一個眼淚鼻涕飛流直下三千尺，當晚被老六送回鳳儀殿後，連鏡都不太敢照……嗯，還是偷摸覷了覷的，眼睛紅得像兔子似的，眼神迷迷濛濛的找不著聚點，一張臉邋裡邋遢的全是淚痕。

嗯，只能冀望於黑燈瞎火的，六皇子看不太清楚了。

再一想，人家小顧氏就哭得那叫一個梨花帶雨、嬌弱扶柳的，由此可見，哭也是門手藝，也是得挑人看臉的。

沒生出一張風華絕代、媚態橫生的臉，就乾脆甭學人家的哭功，趁早把淚水憋回去變成汗水，在容忍你的人跟前不顧形象地哭上一哭，別人還能寬容、寬容。想跟小顧氏似的逮著個人就哭，然後就心想事成了？

您哪，先把鏡子拿出來照上一照，得嘞！啥話都甭說了！

行昭紅著眼被六皇子送回來，方皇后睜一隻眼閉一隻眼，沒問說了些什麼，也沒問為了什麼哭的，緘默得像極了六皇子的態度。

兩個人不約而同地沒有選擇刨根問底，這讓行昭萬分感激。

其實若是六皇子或是方皇后深究下去，行昭未必不會說，心胸放寬，那只是一場夢罷了，夢裡的悲歡如何敵得過眼前的真實。

大年將至，行景連遞了三道摺子想回來參加婚禮，從福建走水路來京，快則兩個月，慢則六個月，皇帝就是想批也沒法子。

行昭成親，行景卻不在，這算是完滿之中的缺憾。

說起來，這是行昭這輩子過的最後一個還能將頭髮披兩綹下來的年節了，她上輩子嫁得晚，方皇后庇護她，擇婿慢慢地選，臨到十七、八歲才嫁出去，打死她也沒想到這輩子竟然十五歲未到就要嫁出門子了。

第八十九章

大年三十兒，皇帝身子撐不住，家宴就散得早。

方皇后領著行昭回了鳳儀殿，圍坐在炕上吃餃子，鐵定是蔣明英私下裡做了手腳，行昭一咬就咬到了一個包著銅錢的餃子，差點沒將牙給蹦掉，行昭捂著腮，把銅錢衝方皇后揚了揚，彎眉咧嘴笑。

方皇后邊把小娘子一把攬在懷裡，邊笑呵呵地連聲稱。「大吉大利，大吉大利！我們阿嫵會順順當當地出門子！」

會不會順當地出嫁呢？

有方皇后坐鎮，不順當也會變得順當。

定京的舊俗和江南不一樣，江南風俗是在婚期前一天抬嫁妝和置辦奩俱送往男方家，定京舊俗是擇吉日炫嫁妝。

沒錯，女兒家的嫁妝就是拿來炫耀的，炫耀娘家財大勢大，炫耀家族烜赫富有。十里紅妝，良田千畝，從床、桌、器具、箱籠再到被褥一應俱全，鋪子、錢財再到良田都得置辦下來，家境優渥的新嫁娘完全可以依賴嫁妝富足地過完一輩子。

正房能直得起腰桿、挺得起顏面，雖與婚聘文書、朝廷認證不無關係，可只有正室有嫁妝，只有正室才敢挺起腰桿說：「老娘嫁到你們家，連你們家的恭桶都沒用過！」

不取你家一粟一粒，自然能過得理直氣壯。

能讓行昭理直氣壯的一百二十八抬嫁，在年後從宮中繞了整個定京城進了八寶胡同裡的端王府家門，六司庫裡的最後一抬還沒出去，第一抬嫁妝老早就進了端王府的大門。新撥去的端王府內侍搬嫁妝清點、入庫、上冊忙前忙後，忙了整整兩天。

嫁妝一發出去，鳳儀殿後廂的廂房登時空了下來。

沒了人前院後院地跑，空落落的，自詡淡定的新嫁娘行昭，這才有了點貓爪子撓的感覺。

不是怕也不是惶恐，就覺得捨不得。

旁人說皇宮是天底下血腥氣最重的地方，行昭卻覺得鳳儀殿最像家，熟悉的朱漆長廊，夏天拿來糊窗櫺的桃花紙，冬天拿來擋風的玻璃罩，一水兒方正端重的黃花木家具，盛夏的碗蓮，初秋的山茶，嘎吱嘎吱響的大門……

新嫁娘難得的傷春悲秋立即就被忙忙碌碌的現實擊碎。

嫁妝落定了，那陪房是不是該敲定了呢？

瑰意閣滿院子的人得帶去，桓哥兒幫忙找了十幾戶信得過的莊把頭當作陪嫁，管事、帳房都是現成的。賀太夫人把方福留下的人手送了過來，方皇后卻不太敢用，愁了幾天，六皇子解了燃眉之急，推薦了幾個知根知底的人手，行昭在旁邊另加了個人選。

「臨安侯府的張德柱，是白總管的徒弟，上回哥哥娶親，就是這個小管事給阿嫵帶的路，為人機靈能幹，說話句句在點子上，還曉得特意避開賀三夫人，不叫阿嫵與何氏當場打個照面，這個示好是最難得的。」

賀太夫人巴不得行昭和何氏掐起來，這個張德柱卻敢悖逆太夫人之意，如果是賀太夫人特意安插下的一步棋，那行昭也想看看這步棋能幹什麼。

方皇后點頭，把人都退了回去，點名只要張德柱，賀太夫人隔了兩天送來了張德柱一家的賣身契，行昭卻把他調到離定京百里之外的威河莊子上當管事，相當於流放。

行昭身邊姑娘家多，見多識廣的管事嬤嬤沒幾個。

黃嬤嬤算一個，可人家黃嬤嬤是靠武力值和擅於唱黑臉取勝的主，可唱管院子管家總得有個唱紅臉的吧？

方皇后說了幾次想讓行昭把蔣明英帶出去，行昭態度很堅決。「蔣姑姑跟在您身邊多少年了？您捨得，蔣姑姑捨得走嗎？阿嫵是成親嫁人，又不是上場打仗，還得帶著壓箱底的心腹大牌去？您自個兒老老實實把蔣姑姑留在您身邊，不為別的，就為阿嫵嫁出去之後，您身邊還能有個說話的人……」

方皇后只好作罷。

悉心瞅了瞅蓮玉與蓮蓉，靈機一動。「兩個丫頭跟在妳身邊這麼多年，蓮玉二十二歲了吧？原先妳身邊缺不了人，蓮玉自己也不肯，自然不好嫁，差點把好年華都給蹉跎過去了……」

行昭一腦門冷汗，管事嬤嬤不好找，方皇后乾脆想把黃花大姑娘直接變成管事嬤嬤，趕緊開口勸住。

「蓮玉、蓮蓉我沒存下心想留她們，可在宮裡頭該怎麼說親？您也說了跟著我這麼生生死死幾回，人容易嗎？她們兩個的親事，阿嫵要慢慢找、好好找，二十二歲怎麼了？人家中山侯劉夫人四十歲了還老蚌懷珠呢！」

方皇后笑著拿葉子牌打行昭嘴，轉個背兒就和蔣明英笑說：「這沒嫁人的姑娘臉皮薄，要嫁人的姑娘臉皮厚起來，比城牆都要厚！」

找來找去，沒找著，臨要嫁的前兩天，歡宜倒抱著阿謹來了，美其名曰「阿謹來給小姑姑正正心緒」，話說著說著就變了主題。

「管事嬤嬤的事都先別急，要緊的是一進府得先把府裡頭的錢糧柴米把住，家裡有多少鋪子啊？在河北、山東有多少畝田地啊？每年運來的錢糧都有多少啊？都得弄清楚！」

歡宜說著聲就低了。「我偷摸告訴妳，老六可不是個不通庶務的人，打理鋪子、管理錢財，他可有一手！城東的那家大興記雖然是落的杜原默的戶頭，可杜原默不就是老六的人？一嫁過去趕緊把住！當時我就是慢了一步，成了親之後，阿桓跟放了風的犯人似的，花錢那叫一個大手大腳，今兒個買條烏金馬鞭，明兒個再受個騙買回來一對廚房柴火堆裡燒出來的『官窯』瓷器，我是氣得恨不得砸了！男人兜裡不能揣錢，每天賞個三、五枚銅板，夠用了。」

大姑姊，妳這樣盡心盡力地賣弟弟，妳家六弟知道嗎？

婚事如火如荼地準備起來，六皇子從皇城外院搬到端王府去，二月十六日近在眼前，行昭從鳳儀殿發嫁這是有前例可循的。舊朝皇后將宗室女養在身側，養出了感情來直接從宮裡頭發嫁，既給小娘子添顏面，也是給這樁婚事添顏面。

婚房自然是在新近修繕好的端王府，六皇子不是太子，沒這個資格在皇城大婚，皇帝要給二皇子體面，二皇子娶親的時候親去豫王府紮場子，可如今皇帝無論是從生理還是心理上，都不願意去端王府給老六壯勢。

行昭一聽皇帝不去，暗自鬆了口氣。喜慶場面自然熱鬧，一熱鬧就嘈雜，要是皇帝在大婚場上駕鶴西去，掛著的大紅布幔得立馬扯下來換成白絹，喜事變喪事。

或不捨，或匆忙，或忐忑，或歡欣。

該來的終究要來。

二月十六日，天氣放晴，萬里無雲。

薄霧初起，鳳儀殿一大清早的便熱鬧了起來。

前晚上方皇后語焉不詳地給行昭提了兩句敦倫大禮，講來講去又不敢明說，最後讓蔣明英丟了冊書給她，她看也不是，不看也不是，總不能大剌剌地告訴方皇后——

「我上輩子就懂這些妖精打架的事了，這輩子您可就甭操心了吧！」

其實想一想，方皇后完全是杞人憂天，圓房是定在及笄之後，淑妃已經隱晦地，嗯，不對，是擺在明面上地告訴新郎官了。

這一覺行昭睡得很好，睡前忐忑不安，哪曉得一沾到枕頭，就沒了意識，睡得迷迷糊糊地被黃嬤嬤一把扯起來，行昭睜了睜眼，抬頭看了看窗櫺外。

呵！東方都還是一片兒霧濛濛的，雞都還沒叫，天都還沒亮，她就得起來嫁人了！

將掀開床帳，光影之下，一眼便望見了幾欲委地的大紅嫁衣展開在高高的衣架上，針線細密，紅得極正，像跳動的火焰又像熟透了的八月的石榴，瞧上去就喜慶極了，嫁衣是王妃慣例的禮服，真紅大袖衣、紅羅裙、紅羅褙子，衣用織金還有鸞鳳紋霞帔，沒有過多繁複的刺繡，只有大紅，紅得像在雪地裡跳動的火。

從痛苦死去，再到懷著希望活過來，再到眼睜睜地看著母親飲鴆而去，再到現在……到現在，她幸福美滿地、滿心揣著小娘子情懷地去嫁人。

行昭心緒陡然從新嫁娘的忐忑變成了一種靜水無波的平和。

母親還有姨母沒有過完的幸福，她來幫她們補全吧。

新娘子沐浴焚香一出來，內廂裡滿滿當當的全是人，方皇后、德妃、淑妃還有幾位內命婦打扮的夫人，賀二夫人、閔夫人、黎夫人還有平西侯夫人邢氏，還有幾位行昭沒太注意過的夫人奶奶，女兒家出嫁娘家人都要守閨閣，這樣才算熱鬧。

邢氏站在黎夫人身後，沒開腔說話，只笑吟吟地看著行昭，行昭難得地紅著臉低了低頭。

描唇、畫黛、搽粉，這是日常的化妝規矩，出閣嫁人這樣大的事得多加一項——絞面。先在小姑娘細茸茸的臉上塗上一層粉，再拿出條麻線來，完成八字狀，一開一合地將新娘子額前、鬢角的細絨毛拔乾淨，也叫開臉，取個別開生面、幸福美滿的好意頭。

定京婚俗多是邀兒女雙全、高堂尚在的夫人來為新娘子絞面，而上輩子行昭絞面禮是請黃嬤嬤幫的忙，臉上疼得厲害，眼睛便跟著濕漉漉起來，一個妾室哪兒來這麼大的規矩，這麼興旺的熱鬧？

這一次方皇后原本是想請邢氏來幫忙，可方祈老子娘都去得早，不太符合規矩。賀二夫人沒兒子，欣榮沒兒子，選來選去，把眼神放在了一個出人意料之外的人選身上。

行昭雙手置於膝上，輕輕仰頭閉眼，閔寄柔母親閔夫人的手腳很輕，麻線也拿得穩極了，一點一點地絞，絲拉拉地過來，癢癢的有點疼，但是不像上輩子那樣，能讓人疼得立馬哭出來。

閔夫人動作不快不慢，從額頭到頷，一直屏著一口氣地從額頭到頷絞完後，這才鬆了口長氣。

「好了！」

這時候還不能睜眼，得上完粉膏妝容之後，才能睜眼。

換成六司專擅化妝的女官來上妝，定京的新娘妝千篇一律，鋪上厚厚的幾層白白的粉，再將嘴唇描得紅紅的，眉毛描得黑黑的，頭髮高高綰起方便戴上鳳冠，沒有多餘的頭髮和妝容來掩蓋五官的不足之處。

這種濃重且熱烈的妝容是挑人的。

五官大氣、臉型標準的人化這樣的妝才好看，顧婕好是行昭兩世加在一起排在頭一、二的美人兒，她長相媚氣就不太適合這樣的妝容。

六司的女官輕手輕腳地給行昭上完妝，神色一愣。

挺得筆直的脊背、端莊的鵝蛋臉、直挺的鼻梁、小巧的微微抿起的嘴巴，單論五官，這位溫陽縣主與她的姨母方皇后長得並不像，可遠遠地看，模糊地看，卻總讓人有種恍惚。

等到戴上鳳冠，鋪上蓋頭後，行昭一身紅衣安安靜靜地坐在銅鏡之前，手隨意地放在膝上，坐得很挺拔。

這分明活脫脫地就是第二個方皇后──恍惚終於蓋棺定論。

一上完妝，屋裡就漸漸從熱鬧喧闐慢慢地靜了下來，方皇后有點說不清楚心緒究竟如何，說甜很甜，說苦也很苦，像吃了糖蓮子裡的蓮心，苦甜交雜，有一種把自個兒心尖尖上的肉剜下來的感覺。

嗩吶聲漸響，敲鑼打鼓得熱鬧，好像就在人耳朵邊上響。

德妃最先反應過來。「王妃從宮裡頭出嫁是給端王殿下顏面，這下倒好，體面是有了，可沒人敢刁難新郎官了！」

命婦們都笑起來。

方皇后要給外甥女做顏面，定下從宮中發嫁，可端王妃的娘家兄弟們，哪個男人敢進宮裡來刁難六皇子？

鞭炮陣陣響，大紅袍穿在身，春風得意的六皇子一路走得是暢行無阻，什麼為難都沒遇到，二皇子娶親的時候，閔家人還在閔家樓牆上定了三個規矩，既得先現做篇文章，還得要個大刀這才把閔氏接了出來，他倒好，從八寶胡同到城門口，再沿宮道至內宮外廊，私心覺得福建離定京這麼遠的路程，甚好啊甚好！

若是大舅子賀行景在，非得鬧得個天翻地覆。

六皇子抖了抖，這種明褒暗貶偷摸得瑟的大舅子，簡直是滑不溜手，想一想賀行景曾十分認真地問他——「端王殿下，您從皇城走到雨花巷會大喘氣嗎？」六皇子瞬間就悲憤了——猛漢兄以為誰都跟他似的，走路不帶喘氣的?!從雨花巷到皇城坐馬車都得半個時辰，走路不大喘氣，您以為我是魚嗎?!

由此可見，在宮裡出嫁好得很！

嫁女兒得矜持住，就算沒人來刁難新郎官，也得矜持住，這是方皇后的目標。

六皇子叩門叩了三遍，發大紅封發了足足三回，鳳儀殿上上下下的僕從們全都捧著銀錁子笑得歡，叩到第四回，鳳儀殿的大門總算是打開了，行昭蓋著紅蓋頭，方皇后牽著新娘子的大紅喜帶綢子從瑰意閣一步接一步走得很穩重，行昭手上緊緊握住玉圭，像走在雲端裡，腳下虛虛的，可一腳踏出去又分明是落在了實處。

沒有娘家兄長來揹，可有當朝皇后親自引路帶人。

體面、臉面還有氣勢，六皇子是賺夠本了。

方皇后將喜帶的另一端鄭重地交給六皇子，再看了看蓋著大紅蓋頭的行昭，眼眶便紅了，張了張嘴想將預備好的吉祥話說出來，可嗓子眼裡堵得慌，紅著眼圈告訴老六。

「好好待她。」四個字落得很輕。

六皇子一愣，昂了昂頭同樣鄭重地點了點頭。

方皇后眼睜睜地看著半大小子將自個兒辛辛苦苦養大的姑娘帶著走……

嫁欣榮的時候，方皇后覺得慭氣地心疼，嫁行昭的時候，方皇后直接掩過面去慭著哭。

邢氏笑著撫了撫方皇后後背。「小娘子長大了，皇后娘娘應當高興。」

「本宮是高興。」方皇后邊哭邊笑。「本宮是真高興。」

行昭頭上的九瞿鳳冠重得很，嫁衣裡三層外三層地裹著，眼前紅彤彤的一片，只能往地下望，可往地下望也只能瞧見大紅裙裾下自個兒的紅繡鞋，哦，還有一雙男人的小牛皮靴。

喜婆在旁邊扶著她，頭一佝、腰一彎就被塞進了轎子裡。

鳳儀殿到底還在宮裡頭，得顧忌著點，吹嗩吶和敲鼓的全是樂伎苑裡的女人。

可一出順真門，「嗡」地一下氣氛完全打開，熱鬧了起來，六皇子定下的一大批迎親隊伍迎了過來，行昭耳朵裡頓時灌滿了各式各樣的聲音，男人們中氣足，一吹起嗩吶來，好像氣得揚到天上去，喜樂的高亢熱烈，人們雜七雜八的說話聲，馬蹄踏在青磚路上的「踏踏」聲，隨著轎子顛簸，好像自發地就組成了一曲熱鬧喜氣的長調。

行昭一手執玉圭，一手扶在窗沿上，一顆心隨著轎子晃蕩。

得先繞皇城一圈，再繞京城一圈，最後才到八寶胡同拜堂行禮。

迎親隊伍排成兩行，六皇子一馬當先，著紅袍繫紅結騎馬走在最前列，王爺娶親出動了九城營衛司維持場面秩序，看熱鬧的民眾們被擋在巷道兩列，有端王府的家丁往平民堆裡撒紅封賞錢，人潮湧動，一時間氣氛熱鬧到了滿城皆知。這是六皇子為了娶媳婦兒砸重金了！

喜轎顛一路，行昭蒙著蓋頭，手在位子下頭摸來摸去，果然不出所料，如願摸到了一塊方糖、一個小蘋果。

呵！還摸到了一個蓋著蓋兒的小湯盅！

六皇子也不怕湯被顛灑了！

「嘎吱」一聲脆，霜打了的蘋果甜得很，一下子就甜到了新娘子的心窩窩裡。

行昭蒙著蓋頭，悉悉索索啃完一個小蘋果後，外頭的鞭炮聲愈漸大了。

大約是要到了。

行昭想掀開車窗簾帳來看到哪兒了，可到底不敢將大紅雙囍蓋頭掀起來。跟著方皇后久了，對神佛和忌諱慢慢地都懷著一種信則有，不信則無的態度，素日是不太避諱的，可擱到自個兒身上，總還是不敢存心去觸霉頭。

鞭炮聲音越來越大，就算是坐在轎子裡頭也能隱隱約約聽見人們揚得高高的聲音。

「來了來了！新娘子來了！」

「快讓開，空出條路來！好狗不擋道！」

「我在讓、我在讓，我這兒正被擠得沒辦法呢……等等，周平晏，你說誰是狗呢！」

看樣子已經進八寶胡同口了。

整個八寶胡同全塞滿了少年郎高高低低的聲音，來的有一小半是宗室子弟，再有一小半是定京堂官，還有一小半是勛貴世家，除卻武將，定京城裡的權貴差不多都齊活了。

嗯，要是算進沒了實權的前任方將軍，現任方都督，也算有一個武將吧！湊熱鬧的時候，方大都督梗著脖子說自個兒不算新娘子的娘家人，邢氏去鳳儀殿，他帶著兒子、兒媳婦兒來端王府鎮場面，不是很有道理嗎？

遞帖子邀人也是門技術活兒，比如陳家、顧家還有二皇子母族王家，下不下帖子呢？下了，人不來禮到都還好說。要人來了呢？歡天喜地的大喜日子，誰樂意看見陳顯居心叵測的一張老臉啊？

皇帝要把老二、老六架起來，六皇子樂得捧場，這三家哪個都沒遞帖子去。

顧家顧先令管著圍場的兔崽子，是不夠格讓六皇子下帖子，王家同理，可端王殿下沒給陳顯陳閣老家下帖子，滿朝上下還是有過議論的，沒人敢當面責備六皇子托大，只是在背地裡說上一說。

「端王殿下膽兒大，往前是暗地裡和陳閣老爭一爭，如今都放到明面上撕破臉了，是想做什麼？別忘了皇上如今聖體欠安，到時候的立儲遺囑是誰來寫！」

誰來寫？

內閣七閣老，陳顯為首，當仁不讓他來動筆。

方祈和陳顯爭到這個分上，桓哥兒大婚，都請了陳家來觀禮，六皇子卻敢連帖子都不遞。

「咚！咚！咚！」

一連三聲驚天動地的敲鼓聲，行昭一震，心頭啐了啐自個兒，今兒個成親還有心思想這些，真是狗頭軍師當習慣了！

「吉時到！落轎——」

隨即轎子平穩落在地上，接著就有喜娘掀開簾子扶新娘子下轎，行昭手上緊緊攥著那方喜帶，鼻尖全是硝味，再低頭一瞅，鞭炮炸開留下的紅紙屑鋪了一地，大紅繡鞋軟軟綿綿地踩在上頭，行昭這才覺得她從雲端落回了人間。

心總算是落到實處了。

牛皮小靴漸走遠，手上的紅綢被六皇子往前一帶，瞬間從鬆軟變成繃得有些緊實，喜娘扶在左側邊趕緊往前走，邊朗聲說著吉利話。「王妃右腳跨門檻，日子過得平平安！」、「王妃手摸福影壁，日子過得紅火火！」、「王妃手頭握雙棗，生個兒子要趁早！」

有雙囍紅蓋頭蓋著，別人瞧不見行昭紅到耳根子的一張臉，可行昭覺得自個兒臉上好像有把火在燒，火辣辣的，心也撲通撲通地跳。

耳朵裡頭什麼話也聽不見了，就只能聽見自個兒心跳和腳踩碎紙屑的聲音。

這些路，以後她會和六皇子一起走過無數次，這些磚瓦，會陪伴他們過一生一世，敲敲補補又可以陪伴他們的孩子再過上個幾生幾世，前面的這個人，是她的夫君了。

行昭腳下有點發軟，叩拜起身時，差點沒被頭上沈重的鳳冠壓歪到地上去，喜娘氣力大，眼疾手快地彎腰一撈，一下就把新娘子扶穩站了起來，跟扯小雞仔似的。

明明是自個兒成親這麼大回事，行昭發現腦子裡卻總在想些奇奇怪怪的事。

下意識想搖頭，卻發現頭上的鳳冠不答應。前兒晚上見著這赤金點翠雕花鳳冠的時候，雙手掂了掂，怕是得過五、六斤，戴在頭上動也不敢動，生怕這幾斤金子一下子砸在了地上。

司儀官高聲嘹亮一句——

「禮成！」

禮成之後就該送入洞房了！

第九十章

喜娘攙著新娘子過二門，過走巷，往王府正房走，行昭摸摸索索往前走，一直到被扶著落坐，心裡頭鬆了口氣，心裡唸了句阿彌陀佛，等進宮謝恩她得好好謝謝方皇后定下的這個日子。若是定下六、七月分成婚，她連想都不敢想，就這冷天，她被累得慌得急得腦門上、後背上都出了一身的汗！

媳婦兒在煎熬，六皇子趕緊拿秤桿挑開蓋頭。

從鮮紅陡然傾瀉進了一室的春光，行昭不由自主地瞇了瞇眼睛，正房被收拾得一團喜氣，打磨得極為光滑的黃花梨木家具、貼在窗櫺玻璃上的大紅雙囍剪紙、擱在高几上高高低低插了一花斛的桃花，還有滿室站得滿滿當當的夫人們，歡宜、欣榮、豫王妃閔氏、綏王妃陳氏……

哦，還有手上拿著一柄秤桿的六皇子。

滿屋子裡都是人，行昭不敢細看他，眼神從六皇子臉上一掃而過，卻很清晰地捕捉到了他的眼神。

很亮。

行昭無端想起六皇子頭一次送藥的時候，嘴上沒說是誰送的，可雙眼也是亮得很，眼神好像在說話，好像在告訴她——別傻了，可甭猜是二哥送的了，這白玉膏分明是我跑了好久才買到的。

滿屋子都是人，行昭卻不由自主地彎了唇角，笑得很輕。

有夫人笑起來。「端王可別賴在新房不出去了，阿晏和那幫小子們等會兒找到新房來灌你酒喝！」

六皇子也笑，向前作了個揖。「若今兒阿晏醉了，慎只求表姑母別揪阿晏的耳朵！」

「說得我跟個母夜叉似的！」

夫人們笑起來，六皇子看了眼歡宜，又拱了拱手便出門去。

新郎官一走，說起話來就百無禁忌了，行昭抿嘴笑，邊聽邊點頭，欣榮年歲不大，論輩分卻不小，一一介紹過來，介紹完了才笑道：「端王妃是在宮裡頭長大的，這人怕是認得比我還全，我可是說得嘴乾了，走走走！咱們去前頭吃酒熱鬧去，讓新娘子好歹歇一歇。」

行昭眼神一亮，歡宜看得好笑，也開口趕人。「說是從宮裡帶出來的廚子也不曉得做菜好吃不好吃？」

暖房的夫人們知機知趣，樂呵呵地往外走，行昭不能下床，便規規矩矩地坐著目送，目送到綏王妃陳媛的時候，綏王妃陳氏深看行昭一眼這才隨大流（注）出去。

眼神落在行昭身上的時間並不長，行昭只當沒看見。

夫人們一走，門一闔，蓮玉趕緊打了盆溫水進房，蓮蓉服侍行昭將鳳冠取了下來，頭髮在肩上散開，行昭感覺是如釋重負，再用溫水洗了把臉，感覺渾身都舒展開了。

卸妝、換衣、重新梳頭髮。

行昭總算是清爽下來，身上清爽了便坐不住了，從內廂走到外堂，端王府全景圖，行昭是看過的。可內部構建，行昭這是頭一回見到，黃嬤嬤先出宮來幫著打理嫁妝家具，便跟在行昭身邊解說。「正院在中軸線上，是個三進三出的小院，說小也不算小，上房有六間，您的臥房、王爺的臥房，還有王爺的小書房、您的小書房，後罩房是單排屋，有您和王爺專用的小廚房，也有擱置您獨個物品的小庫房。正院東邊，王爺特意讓人闢了一塊地，打了幾個梅花樁，吊了幾個沙袋……」

說不激動是假的，行昭心裡很激動。

手摸在門框上是激動的，看著嶄新嶄新的房子是激動的，連窗櫺隔板上雕著的芙蓉花都覺得比往日見過的好看。

這是她的家，這是她與周慎的家。

一激動，行昭就吃不下飯，不僅午飯沒吃下去，晚飯也吃得少，等夜深客走後，六皇子身上帶著酒氣進屋子裡來時，行昭正在吃放在案首上當作擺設的糕點，六皇子推開門愣了愣，隨即笑起來。「中午沒吃飯？」

行昭拍拍手掌，把沾在指尖上的綠豆糕拂落掉，簡明扼要地搖頭。「吃了，又餓了。」

大喜日子，內侍不能進喜房裡來，行昭擦了擦手親自去把六皇子扶進來，鼻尖嗅了嗅，不是什麼花雕好酒，就一股燒刀子的辣味，便笑問：「舅舅又灌你酒了？」

行昭有多激動，方祈今兒個就有多生猛。

注：大流，意指眾人。

六皇子順勢靠在媳婦兒身上，腿一彎，腰一佝，乾脆借酒裝瘋，頭埋到行昭頸窩窩裡，深吸一口氣，滿鼻子都是香味，心情大好地悶聲悶氣控訴方祈。「打虎親兄弟，上陣父子兵，妳舅舅拖著姊夫來灌我酒，後來大姊派人過來暗地裡和姊夫說了兩句，姊夫消停了，妳舅舅就更生猛了，開始是三杯乾，後來就變成了碗，喝得我難受……」

裡頭人知機得很，見勢不對立馬撤退，蓮玉斷後關了門。

行昭邊聽邊哈哈笑，扶他坐在床邊，倒了杯熱茶水湊到他嘴邊去，六皇子吸吸呼呼喝了大半杯，腦子清醒過來就開始嫌棄身上酒味重了，自個兒去後廂抹了把臉，再換了衣裳出來。

行昭盤腿坐在床上，六皇子便欺身湊過去，一頭磨蹭一頭問：「今兒個累了吧？」眼光閃閃的，像隻眼淚汪汪的小犬。

呃……難不成她不累，他還敢做什麼？

行昭笑咪咪地點頭。「累！」又探頭看了看案首上燃得極好的那對龍鳳紅燭。「你想幹麼？」

六皇子眼神陡然一亮。「能幹麼?!」

「能……我能給你唸書、磨墨、抄詩……哦，我們還能商量商量府裡頭的人事、財務還有外頭的商鋪、田地，要是你不累，我還能彈首小曲兒給你聽，雖說彈得不算太好，可也會，我瞧著外廂放了方琴，正好……」

突然間，行昭的聲音戛然而止。

六皇子一個欺身，果斷湊上前來，輕輕含住了新娘子喋喋不休的嘴。一股濃烈的伴著茶香的酒味，從口腔裡橫衝直撞地衝上腦頂，行昭手緊緊揪住六皇子的衣角，瞪大了眼睛，直愣愣地繼續看著案首上擺放著的那對紅燭。

燭火搖曳生姿，像在跳躍也像在邁步前行。

這是她兩輩子加在一起，見過的，最美好的燭光。

頭一夜要鎮場面，六皇子一向沒有貼身的丫鬟，行昭的兩個貼身大丫鬟蓮玉、蓮蓉就在外頭守夜，等到了三更天，已經是萬籟俱寂，卻見黃嬤嬤一身穿戴得整齊，輕手輕腳地過來，壓低聲音問：「裡間睡了嗎？」

蓮蓉打個呵欠，搖頭。「將將才熄燈，有兩點微微弱弱的燭光，估摸著就剩下對龍鳳呈祥大喜紅燭在燒，姑娘和王爺一直在說話。」

黃嬤嬤拍拍胸口，面色一舒。

既然一直在說話……那就沒那工夫幹那事了吧？

黃嬤嬤掛心這事，掛心得覺都沒睡輕省，見正院燈弱了下來，趕忙過來問。

行敦倫大禮行早了，六皇子倒是個血氣方剛的十八、九歲的少年郎，自家姑娘可是都還沒及笄啊，早早行那事，吃虧可都是女人！生兒育女早了，身子骨還不強健，母親不強健，生下來的孩兒自然元氣也弱。看看當今皇帝，母親摸爬滾打上來的，顧氏身子骨可練得強健得很，五石散和酒色女色加在一塊兒都撐了這麼些年，全靠先天帶來那股子氣，所以方皇后堅持要讓自家姑娘及笄之後再圓房。

黃嬤嬤的顧慮，蓮蓉沒看清楚，蓮玉卻心知肚明，輕聲笑道：「嬤嬤趕緊回去睡一把時辰吧，過會兒姑娘就該起來了，您不得近身立威啊？」

「在自個兒院子裡頭叫姑娘沒人指摘，出去了就得叫端王妃，都得記牢了！」

黃嬤嬤黑臉一板，蓮玉、蓮蓉趕忙稱是。

裡間一夜無眠，行昭側著睡，睜著睡，趴著睡，怎麼睡也睡不著。六皇子得償所願之後，嘴巴就閉不住了，吃不能吃，摟摟抱抱總沒越界吧？把行昭抱在懷裡頭說話，從遼東說到江南，再從東家長說到西家短。說累了，喜孜孜地喝口小媳婦兒遞上來的熱茶水，砸吧砸吧再接著往下說。

二皇子真是您親兄弟，沒抱錯。

說著說著，就聽見外頭敲更的聲音，這都三更天了，四更就得起來梳洗備禮，好進宮叩拜謝恩了！

得嘞，悄悄話甭說了，趕緊洗洗睡吧！

人到了一個完全陌生的環境，得留時間適應，行昭躺在裡側翻來覆去睡不著，明明腦子很空，什麼也沒想，可就是睡不著，一個翻身卻被那男人長手一勾，落進了一個溫熱的懷抱裡。

眼睛一閉，心一下子就落定了。

明明沒睡多少時候，可蓮玉在大紅鴛鴦簾帳外輕聲一喚，行昭便一下子就很清醒地睜了眼睛，和瑰意閣完全不一樣的擺設格局，再扭頭一瞧，身邊是空的。

「王爺起來了？」

蓮玉一邊點頭，一邊把燙熨好了的內衫抖落出來服侍行昭穿上。「剛起來，在後頭紮馬步。」一往窗櫺外頭望了望。「估摸著這會兒也得回來了。」

六皇子胸上的那坨腱子肉，原來是這麼來的啊。

八寶胡同離皇城有點遠，洗漱、梳妝、用早膳，再駕馬往定京中心駛去。整個端王府都在頭一個清早裡忙碌得井井有條，行昭心裡明白這可不是她管家有多高超，是方皇后和邢氏幫她選的陪房選得好。

就像待嫁那段時日一樣，初嫁的行昭同樣沒有時間傷春悲秋。

皇帝、陳家，還有遠在川貴一帶的鎮守大將秦伯齡——別忘了蔣僉事是在哪裡遇襲的！

行昭完全有理由相信陳顯與秦伯齡已經達成了某種程度上的結盟。

這一世的方皇后為什麼希望她早嫁，甚至還未到及笄就趕緊將她嫁出去，害怕皇帝不行了，國喪耽誤三年是一回事，更多的是顧忌這一觸即發的局勢，皇宮正張大嘴巴，等待著吞噬從未停息過的腥風血雨。

成婚第二日一早進宮，既是叩謝皇恩，也是拜夫家長輩和開祠祭祖。

天子為父，兩樣事就可以一塊兒辦了。

小夫妻都是在宮裡頭長大的，輕車熟路，進鳳儀殿是蔣明英領的路，這才隔了一天，行昭卻覺得像很久沒見過似的。

一進大殿，便見帝后兩人並肩坐於上首，下首陸淑妃、陳德妃、王懋妃還有惠妃按序而坐，顧婕妤是唯一一個未在妃位卻列席落坐的。

行昭跟在六皇子身後跪在地上恭恭敬敬地磕了三個頭，算是補昨兒個的高堂之禮。

皇帝靠在椅背上，眼睛瞇了瞇，瞧不太出來兩人的貌合神離，便慣例說了幾句。「戶部的事就先放一放，也藉機會好好養養身體，綿延子嗣是大事……」陡然想起來老二成親結結實實兩、三年了，是一點子嗣動靜都沒有，這可不行，他如今身子還健壯，可百年之後老二即了位，後嗣兒子沒有，怎麼坐得穩皇位？

又道：「溫陽是在朕和皇后身邊長大的，品性言行自然挑不出錯來，可尊長愛幼也得牢牢記著，等回了門記著去豫王府請個安，豫王妃閔氏到底是妳長嫂，女人家要記得本分！」

請安？讓她去給閔寄柔請安？

皇帝竟然用了請安這個詞，舊俗裡也有平輩之間的問好之意，可在定京城百年約定俗成裡，只有下對上，晚輩對長輩才有請安一說。二皇子行長，可能長到哪兒去？她與老六和二皇子、閔寄柔分明是同輩分的人！

行昭只裝作沒聽懂，斂目屈膝，低聲應諾。「是，阿嫵一定牢記聖意。」

王懋妃微不可見地瞥了眼方皇后，再飛快地轉過頭來，笑得很婉和。「阿嫵養在皇后娘娘身邊的時候，皇上當作自個兒女兒來待，不是一家人不進一家門，如今阿嫵變成了皇上的兒媳婦兒，親上加親。如今皇上高興，皇后娘娘也高興。」

出身決定見識，見識決定思想，思想決定言行。

逗惠妃玩是高興，方皇后看了王懋妃一眼，她沒這個興趣接這個正志得意滿的女人的話，現實會狠狠地搧她一巴掌。

坐到一半皇帝就起身要走，顧婕妤跟著告了退。德妃識趣軟硬兼施地招呼惠妃也跟著告辭，淑妃和方皇后兩廂看著跟看親家似的，看著看著就笑起來，行昭自覺地端了個小板凳正想到方皇后身邊坐著，卻被方皇后很嫌棄地攆開了。

「去去去，自個兒去挨著老六坐。」

淑妃笑起來。「聽蔣明英說，皇后娘娘昨兒個哭了得有半宿，勸都勸不住，阿嫵今兒個好好勸勸。」

行昭也跟著笑起來，六皇子背著手埋頭默上一默，決定明哲保身。

方皇后問的無非都是些家長裡短的東西，昨兒個晚上行昭和六皇子天南海北地聊就是沒聊到自個兒家，打了哈哈囫圇過去，六皇子是皇室男丁，成親大事得去天壇祭祖，向公公來請，向兩個娘娘作了揖接著就出去了。

話到一半，方皇后說起回門。「願意在九井胡同多待就多待會兒，不願意待用了飯就走了也行，左右皇上也不太願意看見妳和老六與賀家和睦的。」

行昭點頭，發嫁從鳳儀殿走，可回門是一定要回賀家的。她姓賀，別人能看明白她的娘家靠山是方家，可賀家才是她正正經經的娘家。

回去點了卯，再同行明說說話，未必就有多難熬。

行昭頭一抬，想起另外一樁事，輕聲問：「您預備什麼時候請平陽王妃進宮來呢？」

「已經讓人去帶信了，她要不明兒個進宮，要不後天進宮，在妳回門之前見她。」方皇后笑一笑。「欣榮也收到信了，擺出一副大牌面來。妳想沒想過，局裡面只要有一個人不上鈎，妳整副牌就全廢掉了。」

「每個人都有弱點，這是您教導我的。」

行昭手上端著茶盅輕抿了一口，箭在弦上，不得不發，她將方塊挨個兒擺成一列，推倒第一個方塊，接二連三就會有第二個、第三個方塊跌倒，誰也避不開。周平甯的弱點她清楚得很，陳婼她卻看不透，便索性不把陳婼這個方塊放在前面。

「只要抓住了弱點，做好鋪墊，後續該如何發展，各憑本事，再與我無干。」

行昭莞爾一笑。

淑妃雲裡霧裡，直到六皇子祭祖完畢，回鳳儀殿來接媳婦兒走後，才敢問方皇后。

方皇后抿嘴笑了笑。「淑妃啊，我們也該反擊了。陳顯之子陳放之雖說在西北，可方家不敢動他。陳顯要循序漸進，一步一步地來，如果這個時候出一個插曲呢？如果這個時候他一向信重愛護的次女狠狠地搧了他一耳光呢？循序再不能漸進，只要陳家計畫一耽擱，我們收復失地，容易得很。」

淑妃能明白不在西北動陳放之的寓意。這不就明晃晃地告訴朝臣，這兔崽子遇害是方家下的手嗎？可陳顯次女會怎麼打陳顯一耳光呢？

淑妃如今是擦亮眼睛拭目以待。

端王府是新修繕的府邸，沒有積年的僕從和複雜的管事關係，這是利，可也有弊，沒有經年的用順手的人就意味著，別人也能輕而易舉地把手插進來，僕從陪房們都是方皇后選了又選的，行昭信得過。可老六不在宮裡頭住了，膳食、用度都不是從內務府發出，採買關卡沒掐得這麼嚴格了，流進端王府的食材、水源還有用品的來源都很複雜。

新出爐的當家主母端王妃，管家的頭一件事不是查帳，也不是立威，是肅清採買關卡。她面臨的從來都不是內宅之爭。

蔬菜上哪兒買，肉食上哪兒買，筆墨紙硯上哪兒買，列下清單嚴格執行，買辦們若是收了回扣想給別家地方說好話，對不起，回扣交上來，您老走人。

行昭這麼對六皇子解釋。「要我是你的敵對方，我會怎麼做？朝堂打擊、權力架空，都是虛的。你人要是直接沒了，還需要費這些心思？」

六皇子連忙表示媳婦兒說得對，媳婦兒說得好，媳婦兒說得呱呱叫。

肅清絕非一日之功，行昭表明的只是一個態度。

三日回門，一大清早就起來，行昭正幫六皇子正束冠，蓮玉叩門入內，小聲道：「昨兒個夜裡傳來消息，平陽王妃要幫平陽王次子正式相看親事了。」

行昭手上一抖，束冠隨之歪了一歪，斜溜兒地掛在了六皇子腦袋頂上。

六皇子腦門上跟頂了個陀螺似的。

六皇子眉角一抬，行昭抬頭望過去這才回過神來，噗哧一下笑出聲，踮起腳尖幫忙將束冠正了回來。

「找個人往豫王府跑一趟。」六皇子仰起頷，方便行昭繫帶子，話便有點變了聲調。

「給豫王透個風，他一向與周平甯交好，再透個信，欣榮長公主要擺春宴，定京城裡說得起話的人家都接到了帖子，再問問二哥打算送什麼禮去？」

二皇子喜好八卦之事，與之相熟的人都知道，讓二皇子去給周平甯說起平陽王妃的打算，周平甯自己會有動靜的。牽絆了這麼些年的感情，在最後斬刀斷流之時，是勇敢放手一搏，還是豁達大氣地親手了結？

六皇子和周平甯並不相熟，結果自然不得而知，可他的小媳婦兒好像摸得很透。

從阿嫵一早就讓他關注平陽王府和陳家，果不其然挖出豪門秘辛，再到行昭那個晚上的情緒崩潰，再到將才的手抖……似乎阿嫵一聽見陳婼與周平甯之事心潮起伏便很洶湧。

舊夢……舊夢……

六皇子眼神往下一看，阿嫵正在極其認真地幫他繫束冠的帶子，明明繡針線都得心應手，偏偏做這個笨手笨腳，六皇子不由自主地嘴角往上勾，他沒有經歷過阿嫵的人生，自然沒有辦法理解阿嫵所經歷過的苦痛和悲哀，一切的情緒都是有跡可循的，可偏偏愛情沒有。舊夢，一個舊字，一個夢字，足以說明一切了。

他不想深挖下去，也有十足的自信不用深挖下去，青梅竹馬地長大，阿嫵身邊連隻雄蚊子都沒有，哦，如果林公公算的話，那就還是有一隻的。夫妻間應當坦誠，可如果坦誠會令人疼痛，六皇子自問還捨不得親手去揭開傷疤。

大概是老六的眼神太勾人，行昭好容易繫好結，感覺臉上火辣辣的，一抬頭正好瞅到六皇子的神情。

從下往上看人，正好看見這個人最醜的角度，雙下巴、塌鼻梁、小瞇眼再加上似笑非笑的神色……

行昭抿抿嘴唇，欲言又止，六皇子偏偏以為自個兒笑得那叫一個風流倜儻，摟了摟媳婦兒的腰，笑說：「想說什麼？只管說就是！」

「你的雙下巴……就不能往裡稍稍收一收？這個樣子真是不好看……」

行昭遲疑著一說完就後悔了——那廝的臉一直板到下馬車。

第九十一章

這回在九井胡同口迎客的是賀二爺賀環，躬著身形上來深福了個禮，手攏在暖袖裡頭笑得很諂媚。「太夫人早曉得王爺和王妃要過來，昨兒個在大興記就訂下了一桌席面，可不是咱們府不能做，是王妃自小就好這口！」

大興記做甜酪有一手，做淮揚菜也好吃，淮揚菜甜滋滋的，行昭從小頂喜歡吃，可太夫人怕她牙齒遭甜食毀了，總攔著。

「是嗎？」六皇子邊走邊掃了眼賀環，笑問。「是賀二爺，賀大人吧？我記得少時和您喝過酒。」

賀環頓時受寵若驚，如雞搗米連連點頭。「是是是！您、豫王殿下還有侯爺，哦哦，還有賀老三，咱們在一塊兒喝過酒！就在賀家喝的，喝的是侯爺珍藏的杏李酒，讓我想一想……您還記得找上門來訛景哥兒的那個軍戶女人嗎？就是那天，您和豫王殿下在窗戶外頭聽……」

六皇子當然記得頭一回見到自家媳婦兒的情景，笑著點頭。「賀大人記性好，都過了快七、八年了吧？賀大人酒量好，等會兒要是有王妃娘家人灌我酒……」

賀環喜笑顏開，趕忙扯開嗓門說：「微臣幫王爺擋！微臣全幫王爺擋完！」

賀環一輩子只能在二夫人面前橫上一橫，行明嫁了個好人家之後，連在二夫人跟前橫都不太敢了。能臨危受命和奪嫡熱灶六皇子端王搭上話，他這輩子都沒想過。

他屋裡那傻娘兒們只曉得說什麼——「你可別太把臉湊過去，熱臉去貼別人冷屁股，反倒讓阿嫵為難，你得記著沒阿嫵就沒行明這麼好的一樁親事！聽說端王殿下本來是不太想娶阿嫵的，也不曉得怎麼七拐八拐才落了定，你可千萬別拖後腿。」

說些什麼屁話！賀行昭是端王妃，見著他的面還得恭恭敬敬叫一聲二叔！臨安侯府眼下是頹了，可也是端王實打實的親戚，要是行昭生了個兒子，他就是二叔公，都是血脈連著的！

他是身分不算顯赫，可端王妃二叔公的名頭拿出去，可比勢頹了的臨安侯庶弟的名頭強上許多！這時候不討好，還能什麼時候討好？

行昭在後頭冷眼看著，說實話要是拿個選擇題放在她面前，是更瞧不起賀琰，還是更瞧不起賀環，她還真沒法答——兩個男人就不是一樣的弱法。

先去榮壽堂，一進大堂，行昭百感交集，她幼時的回憶，好的不好的、笑的哭的全都奔湧而上。

行昭不知道該以什麼姿態去見太夫人，太夫人好像也有同樣的考慮，出來只露了個面，話不挨東邊也不挨西邊地問了兩句，便只推拖自個兒胸口不舒服進去歇著了，最後只撂下句話。「也不曉得臨安侯醒了沒醒，妳給妳母親上香的時候去看看他吧。」

臨安侯老鰥夫多年已經成為了一大笑柄，喪妻停娶一年，在外人口中是應當，兩年是戀舊，三年是癡情，四年、五年、六年……是娶不到媳婦兒了吧？

賀琰已經過了四十歲了，喝酒縱情聲色多年，身子骨雖然沒垮，可是人都瞧得出來他身上的精氣神已經沒了，人一沒了精氣神，再活也只是個行屍走肉。

更何況再娶，誰就能擔保一定能有嫡子出世？

行昭已經好多好多年沒有再見過賀琰了，一出榮壽堂，感覺胸腔的氣陡然從嗓子眼順到了心裡。

六皇子站在行昭身邊，兩個人挨得很近，像在給予她支撐和力量，壓低聲音問：「要去見見臨安侯嗎？」再看行昭，嘆了口氣。「若實在不願意，咱們就去賀二夫人那處，用過午膳就回去，我記得妳的冊子還沒看完，正好回去接著……」

「見吧。」和行昭這句回答一樣輕的，是浮在別山小齋裡的微塵。

守在外廂的面生的丫鬟說：「侯爺正在睡覺，還沒起來。」

果不其然又是一場宿醉。行昭推開門，或許是久無人至，門「吚吱」一聲響得突然極了，裡間帳幔重重垂直而下，渺渺而起，像是故去的塵埃又像是新生的絕望。

隱隱約約透過帳幔看過去，能看見賀琰躺臥在羅漢床上，青筋突起的手搭在床沿垂下來，手裡頭還鬆鬆垮垮地握著一小只酒壺，隔了好久才聽見門響的聲音，手腕動了動，裡間便傳來一陣接連不斷的咳嗽聲，間斷中有男人嘶啞的聲音。

「是誰……」賀琰想撐起身子來看，卻一個不穩，手上還攥著一只酒壺，白瓷釉瓶「哐噹」一下砸在地上，碎瓷混著酒水淌在了青磚地上。

滿屋子的微塵，和一個垂垂老矣的老人被嚇得不知所措。

行昭陡然發現她的心緒如今不是勝利者對失敗者的嘲諷，而是同樣的失敗者對失敗者的悲憫。

京城雙璧，風姿卓絕……

應邑死得早，她也死得好，幸好她還沒有看見這個令她拋棄所有的男人變成了這副鬼樣子，否則一定更絕望。

要是賀琰振作絕地反擊，行昭至少會覺得作為一個女兒，找到了父親最後的價值。

行昭面無表情地轉身離開，六皇子什麼也沒說，緊跟其後。

午膳行昭用得很少，景哥兒回福建之後，賀老三賀現在定京逗留了兩、三日，心裡頭很明白皇帝和皇帝交給他的差事是他如今的保命符之後，便帶了幾十個親隨，連夜趕路返回西北，如今是賀三夫人何氏帶著一雙兒女來迎行昭的回門禮，男賓席上還有點聲音，女賓席上大傢伙兒都在安安靜靜地吃飯。

辭行的時候，行昭兩口子、行明兩口子一道走的，行明挽著行昭說悄悄話。「說賀行曉一直病，母親想讓賀行曉遷到莊子裡去養病，太夫人不許，這事便就此擱下來了。」

萬姨娘的死換來了賀行曉的活，遷到莊子上與世隔絕，賀行曉的活還能有什麼價值？

「她如果安安分分困在賀家過一輩子，我不會有動作，只要她有一點不安分，就下去陪她的生母吧。」

賀行曉算個什麼東西，行昭沒看在眼裡，她看在眼裡的是欣榮擺下的那個春宴。

筵無好筵，古人誠不欺我。

從一開始三房擺下的接風宴，到賞山茶，再到皇城裡的七夕家宴。應邑、陳家、顧青辰，一個接著一個地浮出水面。人湊在一起叫做生活，也叫作戲，人一多，作出的戲也多了，坐在戲臺子對面的觀眾自然也多了起來，看的人多，這樣的戲作出來才叫沒有白費心機。

不信？

您聽——

「鐺鐺鐺！」

好戲開鑼了。

擺宴當然是男人們湊在一塊兒，女人們湊在一塊兒地玩樂，男人們可以流觴曲水、作詩擺畫，女人們能做什麼？打葉子牌、看戲，重中之重自然是說話。

這是行昭婚後頭一次出席做客，頭髮綰得高高的，紅珊瑚珠成一道手釧再在尾端墜了兩粒小珍珠，正好配南珠頭面。

六皇子往前院去，臨行的時候只交代行昭一句話。「凡事不逞強，一招不行咱還有後招。」說完輕輕撓了撓行昭手掌心，道貌岸然地招呼住剛下馬車的二皇子往前院走。

二皇子擠眉弄眼扭頭回望著行昭，還沒來得及開腔說話，就被自家六弟扯著往前走。

行昭滿頭冒汗，僵著脖子扭過頭去，正好瞅見了跟在二皇子身後的閔寄柔，笑著招了招手。「閔姊姊！」

閔寄柔歪著頭笑，朝她揮揮帕子，跟著就往這處走了過來，笑著回應。「得叫嫂嫂了！」又四下張望了問。「綏王妃到了嗎？聽門房說陳家人都到了。」

行昭笑著搖頭。「阿嫵沒看見綏王妃，四哥一向不喜好這些宴請，這次來與不來都還另說。姊……二嫂找綏王妃有事？」

那日山茶賞宴柔情攻勢為了拖住四皇子而叫出口的「四哥」，誰能料得到如今是正正經經得叫四哥了。

嫁了人之後，什麼都在變，心態、情緒、生活作息，連最最基礎的人與人之間的稱謂都變了個面目全非。

「哦，也沒什麼大事。」閔寄柔看起來像是鬆了口氣，像舊日一樣挽著行昭往裡廊走，伺候領路的丫鬟們離得老遠，她還是習慣性地把聲音壓得低低的。「老四和綏王妃成親這麼久，一直不算太和睦，往日瞧著陳氏的模樣總還覺得是個規規矩矩的深閨毓秀，哪曉得從嫁進綏王府之後就和老四不對付，老四本來身子不好，身子不好個性就有些奇怪，吃軟不吃硬，一頭順毛驢，偏偏陳氏每回都逆毛捋。上回老四想辦間煙火鋪子，陳氏偷偷讓人把囤來賣的火藥一把火全燒了。旁觀者清，當局者迷，德妃娘娘託我從中勸上一勸。」

行昭知道四皇子一直對二皇子有不可言喻的情感。出了段小衣一事後，四皇子更加沈默寡言、得過且過，可二皇子的話他還是全都聽得進去。

小兒女不和睦，德妃也急了。

陳媛在胞妹陳婼的壓制下，存在感一直不算太強。人被壓制久了，一旦爆發比山洪還狠，和自家王爺找不痛快，行昭怎麼看怎麼覺得陳媛有點翻身做主人、無拘無束、自暴自棄的意味在。

如果知道陳婼往後的日子過得還不如自個兒，陳媛大概是苦著一張臉，心裡頭很解氣又歡喜吧？

人啊，就是這麼奇怪。

行昭斂了斂目沒跟著搭話，閔寄柔輕輕婉婉地說了半天，話頭變得鄭重了些。「妳和老六去謝恩的事，全聽懋妃說了。妳的請安，我還受不起，豫王更受不起，別因為這個就和豫王府有嫌隙。」

行昭笑起來，同樣很鄭重地點了點頭，輕聲說：「自然是不會的，二哥一向志不在此，好歹也是一塊兒長大的，別人不曉得，阿嫵還能不曉得？」

閔家不想攪進這灘渾水裡，信中侯在西北督軍時，方祈曾救過他兩回命，滴水之恩都要湧泉相報，救命之恩總不能以怨報德。可在宗族情理上，定京信中侯閔家分明又是和臨安侯賀家是通家之好，更甭提還有個女兒是豫王妃了。

兩邊都難辦，情面上圓滿了，理法上又不通了，左右為難，乾脆獨善其身。

反正他們不去爭，至少不在明面上爭，沒必要鬧得個天翻地覆、人盡皆知的，閔家這麼幾百年沒出個什麼絕世英傑，可也沒有淪落到和如今的賀家一樣慘澹的局面，不功不過就算功，全都能歸結到閔家人凡事喜歡留條後路。

閔寄柔輕輕拍了拍行昭的手，長舒了口氣。

要是皇帝曉得自個兒一手力捧的接班人，和被他一手架起來的敵手勾肩搭背、喝酒划拳，老皇帝會不會氣得當場吐血而亡？

兩妯娌說道了一路，到正廳的時候，正好聽見欣榮避在角口裡訓人，隱隱約約聽見幾句。

「今兒個人來得又多又雜，小娘子才多大？怎麼就看不住了！但凡小娘子出了一點什麼事，妳們兩個鼻孔都不用出氣了！」

兩個鼻孔不出氣的只有死人。

是事涉欣榮的獨女吧？

欣榮餘光瞥到兩個侄兒和媳婦兒從長廊裡頭過來了，又急匆匆地交代了僕從兩句。「趕緊去找啊！姑娘還能出到外院去不成？矮灌木叢裡、畫亭裡、畫舫裡，哪兒都得找！」話音一落就迎了過來，眉眼焦灼地朝行昭抱怨。「也不曉得像誰！她爹是個沈穩安分的，我自小就不是四周全跑的，越大越不懂事，頭快昂到天上去了！四、五歲的小姑娘不曉得哪裡來的這樣足的精神頭，一眨個眼睛，人影就不見了！丫鬟跟不住，婆子更跟不住，我都想找皇后娘娘討幾個得力的內侍來跟著她了！」

為娘的煩惱真是千千萬萬。

行昭張了張嘴，話還沒說出來，就聽見欣榮一番話說完，像想起來什麼趕緊轉過身去招呼住佝頭應諾的僕從。「甭聲張，悄悄地找，後院太深的地方，她也不能去，你們就不用往裡頭去很深了，要是驚擾到了客人，誰也甭想過好日子！」

行昭聽懂了。

閔寄柔一眼看見了內屋裡頭的信中侯閔夫人，笑著安撫了欣榮兩句。「都在府裡頭，哪兒都有僕從守著，誰還能不認識九姑姑的心肝兒了？侍從們無能，換了就是，九姑姑別氣壞了身子骨。」便告了辭往裡間走。

行昭挽了欣榮的胳膊也跟在後頭往裡去，邊走邊道：「您可別為了這麼一樁事耽誤找小娘子的工夫，留出個空地來就好，萬一小娘子就在後院，您卻不去找可怎麼辦？」

欣榮直點頭，又打發了身邊兩個人去跟著找，抬眼看了行昭又笑。「我惱的是僕婦不得力，小姑娘皮實機靈著呢，雖淘氣可也曉得有個度，阿嫵也別太擔心。」話頭頓一頓。「二門的婆子好吃酒，如今怕是已經吃醉了，外院的人要有心鐵定能摸進來。從二門到正堂，有條小路，素日裡幾乎沒人走，清幽得很。客人家帶來的丫鬟都歇在那條小路上，要碰見人、要遞話都容易得很，我連後院都空出來了，就怕有人不長眼驚擾了這對鴛鴦。」

哪兒是鴛鴦啊，明明是牛郎和織女。

行昭卻甘做那鵲橋。

兩人偕行一道進了正堂裡頭，行昭一眼就看見了陳夫人，她正和別家夫人說著話，身邊卻已經沒有陳婼的身影了，行昭與欣榮對視一眼，欣榮一抬頷，有個小丫頭竄到身後，與之耳語。「陳二姑娘將才出的門，茶水打翻在裙襬上了，得去長亭居重新換過衣裳綜裙。」

「走了多久了？」

「您前腳出正堂，她身邊的丫鬟過來後，她後腳就跟著出去了。」

「還不到半刻鐘。」

欣榮一邊問一邊望向行昭，行昭輕輕搖了搖頭，半刻鐘能做什麼？還不夠走到後院。

信中侯閔夫人一見行昭進了正堂，拉著手東家長西家短地問，行昭口裡答著話，眼裡卻一下一下地往更漏處瞥，約莫又過了一刻鐘，微不可見地朝欣榮點了點頭。

欣榮隨即朗聲笑開來，招呼著正堂裡十幾位夫人奶奶們。「也不是我王婆賣瓜自賣自誇，長公主府的春景雖說在定京城裡排不上號，可垂柳繁花的，我瞧著也是好看。主人家總得領著客人們四處走走瞧瞧不是？要將自個兒家的景色藏著掖著，定京城上下還不得笑我欣榮摳門小氣啊？」

下頭有夫人笑起來，欣榮嗔了嗔。「得嘞，李夫人這就在笑我了，被我正好抓了個現行！」

欣榮會說話又會熱場面，夫人們跟著逛也能逛得高興。深閨貴婦哪兒有這麼多時光能出來走走逛逛，內堂裡一時間盡是衣料窸窸窣窣的聲音。

逛過畫舫，逛青水船塢，逛完水畔邊，欣榮走在前頭招呼著往後院去。「別處的桃花都謝了，就我們後院的桃花還開著的呢！」

欣榮下的帖子請的人，自然是定京城裡排得上號的人家，走路說話都自有一番儀態，木屐踏在層層塊塊的青磚地上一點聲響都沒有，更別提裙裾上還繫著壓裙襬的碧玉了。

外頭的人在一步一步地靠近，對裡面的人而言，像遠山天際之上的雷光黑霧，壓城欲摧。

花藤柵欄間，有兩人迎面相立。

男子青衫長袍，身向前傾，一個字咬著一個字地說，顯得十分急切和壓抑。

「王妃終究是要給我相看親事了，若我娶了親，妳我二人算什麼？妳凡事要妥當，今日貿然讓宛心進來叫妳，是我不妥當。可事已至此，若我們還無對策商議，妳我硬生生地錯過，我不甘心，我不信妳捨得我們之間的牽絆！」

男人自然就是平陽王府甯二爺周平甯。與其相對而立的俏嬌娘便是陳婼，小字紅線。

紫藤花開，從縫隙中、風中、空氣中直直墜下。

紫藤掛雲木，花蔓宜陽春。

三月春光裡良辰、美景、少年、佳人，還有竊竊私語的少艾情懷，論誰看也是一齣賞心悅目的會西廂，也不曉得崔鶯鶯和張生有沒有想過，西廂記隨時能轉換情景，變成一齣讓人拍手叫好的捉姦記。

周平甯被逼到牆角，沒有心思再顧忌它事，陳婼卻很警醒，四下裡看了看，手握在袖中，話裡轉了幾個圈埋怨周平甯。

「縱算你心裡頭急慌，也不能在這個空檔將我貿貿然叫出來吧！我娘可是跟在一起的，小雀說你有要緊事，這便是你的要緊事？」

埋怨歸埋怨，陳婼到底沈下心來仔細幫他分析。「平陽王妃一向對你不上心，你都快十八、九歲了，也沒說成親事，高不成低不就是一個緣故。王爺喜歡你，希望你能在建功立業後尋門好親事，而平陽王妃與之意見相左，這是另一個緣故。平陽王不提，王妃自然樂得清閒，如今重提舊事，列出來的人選，王爺會滿意嗎？阿甯，你別忘了平陽王府如今是誰點頭作主當家！」

周平甯漸漸平靜下來，接其後話。「挑起爹的不滿意，婚事自然暫時會被擱下來。」

嫡母心眼子小，膽子也不大，會給人下小絆子可絕沒有到兵要血刃的地步。這種人一向好打發，暫時之後呢？一個暫時再加一個暫時，一輩子就過去了。

周平甯扯開嘴角苦笑。「我從下人房裡偷了件小廝衣裳穿，一路從二門摸過來，找到宛心，再讓宛心去叫妳，這輩子我都沒做過這麼下作（注）的事……紅線，我覺得我終其一生也娶不到妳了。再建功立業，再拚死拚活，再努力，我也娶不到妳了，只因為我身上刻著一個庶字，只因為我的生母只是一個下賤的丫鬟，只因為我沒有從王妃的肚子裡爬出來。就算爹肯，陳閣老也絕無可能將妳嫁到平陽王府來。若舊事能再來一遍，鏡花水月一場空，我倒寧願我沒有拾起過妳的那只風箏。」

陳婼眼圈一紅，胸口悶得慌極了，再一眨眼，淚一顆連一顆緩緩砸到了地上。

她想嫁給周平甯，她想永生永世都和他在一起，她也相信以周平甯的手姿才學，總有飛黃騰達、一生富貴的時候。

若她不是當真喜歡周平甯，她今日至於冒這麼大一個險出來見他嗎？

可她等得到那一天嗎？

等得到周平甯能夠帶給她榮耀，讓她戴著九重翟冠，身披青鳥霞帔的時候嗎？

她的父親有句話說得好極了——「人生就像爬山，繞的是彎路，等彎路繞完，熱情耗盡，誰還記得在山頂上看見了什麼？」

急功近利，但是無可厚非地符合了最初的夢想與人性。她想站得更高，可周平甯好像沒有辦法讓她站得高，她鍾情了三、五載的那個他卻沒有辦法滿足她的夙願。

「阿甯……」陳婼淚眼矇矓，伸出手去緊緊握著周平甯的手。「你我相識自五年前陳府的那場春宴上，我的風箏掉到了外院，是你讓人給我送進來的，哪裡能倒流回去呢？覆水難收相思意。那時候陳家才從皖州舉家搬遷到定京城來，我官話裡還帶了皖州腔，京城的小娘子傲氣得很，不與我結交，你便是我在定京城裡認識的唯一的好人。」

年少時候的愛，沒有摻雜那麼多的考量。

初心最易懵懂，陳婼說悔也悔，可在這段感情中她確實更多的感受是歡欣與羞澀。

當斷不斷，必受其亂。她終於感受到了。

「阿甯，我歡喜你，可歡喜能當飯吃、能當衣穿嗎？你也曉得，我是不可能拚死拚活嫁給你的……」

女人心軟，陳婼優柔寡斷許久，終於要親手揮刀斬斷亂麻了，哭得臉上一團花，耳朵卻放得很尖，陡然聽見隱隱約約間有女人的聲響，心頭一顫，幾乎條件反射似的向花棚廊外提著裙裾小跑過去，周平甯趕緊低頭透過空隙朝外望，十幾位夫人奶奶們正往紫藤花棚走過來，一個撩袍轉身朝反方向走。

注：下作，意指卑鄙下流。

捉賊拿贓，捉姦捉雙，只要一男一女沒有被逮著個現行，陳婼有的是理由為自己開脫！

當時選地選的是個僻靜地方，花棚長廊長得沒個盡頭似的，眼瞧出口已在眼前，陳婼抹了把臉加緊步調小步快走。

「陳姑娘，您怎麼在這兒？陳夫人找您許久了！」

陳婼腳下一頓，頭一抬，眼前是一個墨綠杭綢打扮的僕婦婆子扯著脖子一邊喊一邊扠腰堵在廊口，反應極快地遞出兩個銀角子打賞，話還沒出口，便聽見那婆子又歪過頭去扯開嗓門兩聲喊——

「那個穿青衣裳的小廝！站住！就是說你呢，內院也是你好闖的！」邊說邊往旁側一望，隨即從後頭迅速竄出三個壯實的婆子去堵周平甯。

婆子撒起潑來，聲音扯得開又亮，迅速將還站在五十步開外的夫人們的視線吸引過來了。

欣榮身形一歪，往這處一望，一邊抬腳往這邊走過來，一邊呵斥住那婆子。「各家夫人們都還在呢！嚷嚷什麼勁，沒得失了體統！」再抬眼就看見了雙眼紅紅的，大大方方站在紫藤花下的陳婼，眉心一蹙。「陳家姑娘怎麼在這兒？不是去換衣裳了嗎？」

陳夫人一激靈，趕忙跟了過來，她一動，各家夫人也跟了過來。

陳婼渾身僵直，心直往下沈。

第九十二章

手指尖死死地掐著掌心，鎮定……她必須鎮定下來，理智告訴她不能回頭看周平甯的情況，幾個婆子應當是攔不住周平甯吧！她當務之急是趕快離開這裡，撇清關係！

「長公主府裡頭的僕從好家教，迷路的時候死活找不著人，好容易看見個活人，扯開嗓門一嚷嚷，倒將臣女嚇得哭出了聲。」

陳婼面上一笑，雙眼紅彤彤的既是瞞不住，乾脆不瞞了，一面說完一面繞過擋在她身前的婆子，走到陳夫人身邊去並肩站著，餘光瞥向另一側的廊口——萬幸萬幸！沒有看見周平甯！

行昭眼神也望向了那處。

陳婼倒打一釘耙，欣榮眉心一挑，想答話，卻聽行昭陡然開口。

「那婆子不是說還看見個小廝嗎？九姑姑快再讓幾個婆子去捉那個進了內院的小廝，驚擾了陳二姑娘就想跑，九姑姑得捆了他來給陳二姑娘一個交代！」

陳夫人雲裡霧裡，剛想張嘴，卻見行昭做了個一手阻下的手勢，當朝端王妃躍眾而出，話說得很鄭重。「陳夫人宅心仁厚，可長公主府卻容不得這樣作亂的僕從！長公主府頭一回辦這樣大場面的春宴，就出了小廝入內宅這麼大個錯處，莫說九姑姑臉上無光，我們這兒一眾的夫人奶奶們也覺得掃興不是？陳夫人大局為重，我們更要熨貼體貼。」

姑娘家的行昭是個擔了虛銜的溫陽縣主，可嫁了人的賀行昭卻是實打實的王妃，豫王妃閔寄柔是不會瞎摻和這事的，順位順下來，行昭的身分比主人家欣榮長公主還要尊貴些。

老六啊，你家媳婦兒借借你的勢用上一用也沒啥大不了。

陳婼心裡頭像有塊大石頭直直往下墜，手腳冰涼，腦子裡閃得飛快，指尖在抖，飛快地抬眼看了賀行昭一眼，又飛快地斂目垂首，輕輕扯了扯陳夫人的袖口，輕聲說：「等會兒無論發生了什麼，母親都不要慌，更不要緊張。」

陳夫人笑顏一斂，心頭一咯噔，暗道不好。

行昭揚了揚頷，手往廊口一指，身後跟著的三兩婆子飛快地小跑過去。

夫人奶奶們站在一處面面相覷，陳夫人一揚眉，便有夫人笑道：「站這兒正好吹穿堂風，一個犯了錯的小廝有什麼好見的？長公主自個兒就發落了，見了女客反倒不規矩。」

「陳二姑娘話裡話外提的都是長公主府的家教不好，僕從不懂事，我雖將嫁沒多久，可九姑姑與我卻是相熟的，拘下嚴厲絕不護短。今兒的事說大不大，說小不小，總要揪到人還陳二姑娘一個清白，也給九姑姑一個糾錯改正的機會。」行昭話裡有話，餘光往外一瞥看了眼那夫人。「過會兒逮著那小廝之後，蒙上他眼睛，讓他跪在地上趴著，頭磕在地上，不能叫這下人沒得污了張夫人的眼睛。」

事已至此，陳婼再不明白就是個棒槌了。

賀行昭下了個套兒讓她鑽！

方皇后召平陽王妃入宮之後，平陽王妃就開始為周平甯相看親事，周平甯慌不擇路，選在這天貿然威逼利誘都要見她，原是在這兒等著她！

先不管賀行昭是怎麼發覺的，陳婼迅速鎮定下來，很清楚她的當務之急是找到一套合情合理的說辭。

冠冕堂皇地出動人手去找，掘地三尺地找，行昭態度強硬，要為同在方皇后膝下長大的欣榮長公主出頭，女賓們不可能公然拂端王妃的臉面。候了不到半刻，就有五、六個婆子一左一右、一前一後地押著一個著青衫長衣的小廝打扮的男子拿黑布蒙著眼睛、口裡塞著布條過來了。

有夫人一聲驚呼。「小廝怎麼能在這個時候進內院來！」

平陽王妃眯著眼睛瞅，越瞅越覺得身形熟悉，邊想邊搖頭，不能是他，那庶子再作踐自個兒，也不能扮作小廝四處嚇人玩！

後頭的一個婆子面有遲疑，她旁邊那個嬤嬤就乾脆多了，腳一蹬，周平甯膝蓋一彎便「撲通」一聲跪在了地上。

行昭朝後一瞥，輕聲道：「陳二姑娘不上前去認一認，是不是這人驚擾了貴體？」

陳婼腳下往前一挪，身形在抖，面上卻很鎮靜，朝行昭抿嘴一笑，點點頭。「是他，把他拖下去了吧，在場的夫人們怎麼好見外男呢？」

陳婼此話一出，周平甯身形暫態一僵，隨即緩緩頹了下來，幾乎坐在了自己腿上。

「不對！這不是我們府上的小廝！」欣榮彎腰湊上前去，眉毛一抬，那婆子飛快地將蒙眼的眼罩揭開，將布條一把扯了出來，隨之而來的便是欣榮尖細的一聲驚呼。「這是平陽王次子，周平甯！」

平陽王妃手一把扣在身畔的夫人手腕上，定睛一看，半天嘴都沒合上。

情形突然變得神秘莫測！

老戲迷李夫人看得那叫一個津津有味，深覺這齣比聽柳文憐唱戲都好看一萬倍！

驚呼聲此起彼伏，陳婼瞪大一雙杏眼順勢靠在旁邊的行昭身上，手指顫顫巍巍指著周平甯，道：「你是平陽王次子？那你怎麼還穿著小廝的衣裳在長公主府的內院裡?!我……我……我問你怎麼回正院，怪道你不曉得還嚷嚷起來了呢，反倒將我嚇了一大跳！」

陳婼把問題全都拋給周平甯，兩句話，她趁著情勢用了兩句話，就讓自己置身事外了。

這是她情之所鍾的男兒郎，說不顧就不顧了。

行昭心頭苦笑，上輩子的她怎麼可能玩得過陳婼啊。

陳婼只用了兩句話就說清楚了，她是迷路到了後院來，偶遇了小廝裝扮的周平甯，不僅從來沒見過他，這回反倒把她嚇了一大跳，夫人奶奶們都表示同情與理解，只有平陽王妃恨不得上前刮周平甯兩個大耳刮子。

行昭眉梢一抬，蓮玉佝身往外退。

陳夫人摟著次女安撫，周平甯身分揭穿被婆子扶了起來，這個時候沒人不長眼地跳出來追究周平甯穿小廝服、混進內院的原因，將才的四、五個婆子跪在他跟前兒眼淚鼻涕一把一把地流，夫人奶奶們三三兩兩挽著往裡走，場面漸漸散去，行昭和欣榮並肩站著，行昭心頭默數三下，三二一數完，便聽見了身後隱隱約約有帶著哭腔，顫顫巍巍的一個女聲。

「姑娘……姑娘！您快出來吧，夫人們往後院去了！過會兒人多了，甯二爺就出不了二門……」

聲音愈漸清晰，到了最後戛然而止。

陳婼用兩句話開脫了個乾淨，行昭用了一句話將陳婼再次捲入泥潭。

陳婼猛地回頭，一眼就看見了眼中含著淚光、簌簌發抖的宛心，不由自主地直起身來，不可置信地輕呼一聲。「宛心……宛心！」

不是只有陳家懂得制下段小衣的家人，陳夫人將後宅交給次女練手，陳婼為了博取人心，將身邊的貼身丫鬟的親眷要不脫了奴籍，要不擺在了陳家顯要的位置，這個宛心的父親好賭濫情，在外欠了人八千兩賭債，逾期不還先剁手指再剁頭，一個人不夠還，就拿一家人的命來還。

您問欠的是誰的？

哦，欠的是一個賭坊的賭徒——大興記大掌櫃的，大興記落的是杜原默的戶頭，還不是六皇子的私產。

人心難測，是要老子還是要主子，行昭尚且不敢拿這個選擇題去試蓮玉與蓮蓉，宛心沒有理由不反水的。

招是陰招，行昭如今覺著自個兒是通身的福氣，損不了她多少陰德，也傷不了老六多少陰私。

下頭的質疑，不該由行昭這個新嫁娘來說了。

欣榮瞇了瞇眼睛，趕緊接話。「陳二姑娘與平陽王次子，孤男寡女共處一室，是約好了在後院等?!把西廂演到了本公主的府邸裡，還倒打一耙說本公主府的僕從們不規矩了？究竟是誰不規矩?!」

眾夫人譁然。

欣榮說話向來無所顧忌，仗著身分什麼不敢說？

官家小兒女被人撞破私情，在大周幾百年歷史裡也不是沒有過，兩家遮遮掩掩地要不將小兒女湊做一塊兒，要不為了正自家門楣聲譽，不惜讓小娘子剃度出家，甚至有更狠的，一碗藥湯灌下去就當宗族裡再無此人，勢力越大的家族越是忌諱這等醜聞。金風玉露一相逢，便勝卻人間無數，這都是寫在詩詞歌闕中的，放在現實裡能被人拿唾沫星子淹死。

陳夫人勃然大怒。「欣榮長公主慎言！」

行昭眉梢一挑，長揮雲袖，極快朗聲回之。「陳夫人才是應當稍安勿躁！說話之前先掂掂自個兒身分！」

首閣夫人呵斥長公主。

專注看戲三十年的李夫人已經搞不清楚這唱的是哪一齣了，從西廂會鴛鴦演到包青天斷案，現在唱的是剛正不阿大清官力撼天家跋扈女？

陳婼與陳夫人站於一處，陳婼已經比陳夫人高出了半個頭了，聽母親被行昭訓斥，眼神飛快從行昭臉上掠過，跨前一步，氣勢陡然大盛。「端王妃說起身分？為母則強，女兒被無辜指摘構陷，做母親護犢心切、口不擇言，端王妃難不成沒有體會過嗎？」

陳婼在激怒她！

陳婼在用方福戳行昭的軟肋！

常人在怒火攻心之時，往往會大失方寸。

最好的防備是進攻，陳家人一向篤信這一點。

花棚之中，鴉雀無聲。

「是護犢心切，還是護短縱容？是無辜構陷，還是真相大白？我尚且不知陳家家風已經敗落到了此等地步。」靜默之中，行昭怒極反笑，揚高頜，居高臨下蔑看陳婼。「耳聞目見下已是黑白分明，陳二姑娘口口聲聲不認識平陽王次子，那二姑娘貼身丫鬟那幾句提醒又該作何解釋？家母雖已安眠九泉之下，可也曾悉心教導過我，久走夜路必遭鬼，凡事皆當問心無愧！構陷誣賴？誰來構陷妳？欣榮長公主？」

行昭話口一頓，聲音突變凜冽。「還是我?!」

「臣女不敢妄自猜測！」陳婼緊接其話，語氣激動卻極快出言。「宛心是臣女貼身侍婢沒錯，可同樣也是她將臣女引到此處，臣女這才迷了路！人為財死，鳥為食亡，什麼最難測？人心最難測！宛心早不來晚不來，偏偏挑眾人皆在之時，揚開聲音說出這麼一句模稜兩可的話來不是引人誤會是什麼？從平陽王次子著小廝衣裳突兀出現在內院，再到宛心莫名其妙的那幾句話，無端端地打了臣女一個措手不及！宴無好宴，臣女一介深閨弱質女流只因姓陳，竟然遭人這般狠毒算計，女兒家的清白比命還要重，端王妃是想逼臣女一頭撞死在這落地柱上嗎？」

話裡話外，無非是想告訴人們，是因為陳方之爭，她才會受此無妄之災。言之鑿鑿，句句椎心。

陳婼穩住心神，眼圈微紅，脊背挺得筆直，嘴角緊緊抿成一條縫。

她不能慌，只要事情敲定，她就只剩下嫁給周平甯這一條路可走了！不能塵埃落定，絕對不能！

現在只能打言語機鋒，再無他法，宛心已反水，再糾纏一處反倒不利。她只能嘴上扳回，賀行昭照樣也只能打嘴仗。沒有人看見她與周平甯，更沒有人聽見他們說了些什麼，只要咬死不認，誰能奈她何？

「那二姑娘可知平陽王次子為何著小廝衣裳，擅闖內院？」

「臣女自是無從知曉！」陳婼回答得斬釘截鐵，眼神絲毫未動。「端王妃何不親詢平陽王次子？好讓此事水落石出，還臣女一個清白！」

又一次。陳婼又一次把周平甯推向了崖角。

行昭想笑，可理智告訴她這個時候應該嚴肅。

有句話怎麼說來著？最瞭解你的不是你的摯友，而是你的宿敵。

久愛成恨，上輩子的行昭費盡心思想討周平甯歡心，想他所想，憂他所憂，到她死，周平甯也不知道這個世上最瞭解他的人，不是陳婼，而是她，是她賀行昭。

兩輩子加在一起，行昭也未曾想到，她對周平甯的瞭解會成為將周平甯與陳婼推作一堆的最後一根稻草。

「二姑娘先言不識平陽王次子，可定京城就這麼大一點，雖有男女之嫌，來來往往間總會見過幾面。那婆子說是小廝，陳二姑娘從善如流也說平陽王次子是小廝，是否有些此地無銀三百兩的意思在？」

行昭壓低聲音，步步引誘。

陳婼腦子轉得飛快，邊搖頭邊回之。「臣女見過平陽王世子幾面，從未曾見過平陽王次子！次子為庶出幼子，平陽王妃很少帶在身邊，臣女敢問端王妃一句，臣女上何處去認識他？」

事情尚未了結，周平甯沒有這個權利先行告退。

平陽王妃微不可見地連連點頭，自然忽視了身側庶子眼神從亮變暗，手縮在袖中慢慢攥成拳。

她沒看見，行昭在餘光裡卻瞥見了。

行昭輕輕點頭，轉過身去，語氣聽不出喜怒，輕言出聲。「那你呢？你可認識陳二姑娘？先前可曾見過面？今日為何穿小廝衣裳擅闖內院？婆子喚你停住，你為何要跑？」

見行昭轉身去問周平甯，陳婼表情一鬆，一顆心慢慢平復了下來，只要周平甯說他找錯人了，說是他買通了宛心而她絲毫不知情，她就可以全身而退了，沒有任何負擔的全身而退。

他會這樣做嗎？

他肯定會的。

她對周平甯的喜歡是真的，可她很清晰明確地知道周平甯喜歡她，勝過她喜歡他一萬倍。世間什麼事都有輸贏，在感情的博弈中，她毫無疑問地穩贏——周平甯絕對捨不得將她置於險境。

他不是說愛她嗎？她已經給了他機會，讓他能夠好好地愛。

行昭的追問落得很輕，隔了很遠地追問周平甯，兩個人的距離好像已經有了一輩子那樣長了。

眾人的目光都聚在周平甯身上。

周平甯幾乎想大笑出聲，他從來沒覺得他這樣可憐過，庶出的身分不是他自己選的，投胎在平陽王府也不是他自己選的，喜歡上陳婼也不是他自己選的，是心選的，動了心是不是就有了萬劫不復的理由！

行昭安靜地看著周平甯微微發顫的衣袖，喉頭一哽，終究張嘴再問：「擅闖內院，驚擾女客，二郎君將長公主府的規矩置於何……」

「我認識她。」周平甯聲音顫抖地清朗開口，打斷行昭後話。

行昭心尖一抖，若有若無地勾起了嘴角。

「我認識紅線，是我讓宛心帶她到的後院，我們兩情相悅已久。偷穿小廝衣裳只為了好摸進公主府的內院裡來，別無它意，還望九姑姑勿怪。婆子追我，難不成我不跑，待在原地束手就擒嗎……」一個「嗎」字吞嚥在口中。

陳夫人氣得發抖，一個跨步上前，「啪」地一聲，一個巴掌糊到了周平甯的左臉上，是用了氣力的，當下左臉就浮了五個火辣辣的手指印。

「終是水落石出了！是平陽王次子設計攀誣，平陽王妃近日幫平陽王次子擇妻相看，二郎君卻將主意打到我家姑娘身上！女兒家清譽何其珍貴，二郎君心裡可否尚有一絲不安愧疚之感？」陳夫人怒聲問道。

李夫人看這齣戲那叫一個目不轉睛。

周平甯笑了起來，拉扯著左臉的痛，轉身面向平陽王妃撩袍跪下。「事已至此，兒子求娶陳二娘子，不知母妃可否准允？」

周平甯將才那句出人意料之外的「我認識她」話音一落，陳婼放回肚子的心慢慢提了上來，等周平甯說完那一番長話，陳夫人衝上去響亮地搧了他一耳光，再到周平甯此情此地跪地求娶……

陳婼身如抖篩，目瞪口呆地看著他跪在地上的身形。

她該怎麼做……她該怎麼做……她該怎麼做？

事已至此，她該怎麼做？

宛心反水，周平甯反常，好不容易扳回的城池，瞬間輸了個精光！

泰半的夫人奶奶屏氣凝神望著周平甯，另外一半的女人直勾勾地望著佇立於旁、神情僵硬的陳婼。

目光像利劍，流言如江河，陳婼告訴自己要鎮定、鎮定……去他娘的鎮定！被賀行昭下套是她疏忽，可她有把握能反敗為勝，現實分明也是她至少有八成的機會翻盤……只要周平甯夠聰明，將人反誣到賀行昭或者是別的女人身上，任何一個女人身上，她就能置身事外了！

最信重、最篤定的那顆棋反而成為了在背後狠狠捅了她一刀的人！

「周二郎君，你我無冤無仇，你何必滿口謊話？」陳婼語氣尖銳，岸畔之魚尚要垂死掙扎。

「這個哥哥沒有說謊，是姊姊滿口都在說謊……」

欣榮眉梢一抬，飛快向後看，從花棚柵欄間竄出一個腦頂門上還掛了三兩片青葉的四、五歲的小娘子，不禁失聲驚呼。「元娘，妳怎麼在這兒？」

欣榮長女元娘嘴往下一撇，眼眶一紅便撲到母親懷裡頭，死死揪著母親裙角邊。

欣榮又氣又急，既捨不得打又想將長女立時藏在自個兒身子後頭，抬起頭來看了看行昭。

「阿元還小，快進屋去！」小娘子別牽扯上這檔子醜事，行昭心再急，也不至於拿小姑娘去下賭注，她不聰明，可她尚存良心，蓮蓉佝身過去牽王元娘，哪曉得元娘動作一閃，邊躲邊哭哭啼啼。

「阿元偷偷摸摸來後院……過後這個哥哥就來了……」元娘短手指指了指周平甯，一邊哭得打嗝一邊委屈。「後來這個姊姊就來了，兩個人又哭又笑又抱的，說什麼『娶不到』，又說什麼『庶子……丫鬟姨娘的……』，就跟年前阿元跟著母親去寺裡頭拜佛，碰見的得了失心瘋的婆子似的……阿元就不敢出來了，過後母親和阿嫵姊姊來了，阿元就更不敢出來了……可是姊姊說謊……不是好人，晚上要被狼吃……」

小姑娘緊緊地靠在欣榮身後，哭得鼻子泡兒一個接著一個被吹出來，晶瑩剔亮的泡泡還沒來得及吹出來就破了。

童言無忌，何況任誰也不可能拿自家幼女下賭注，去攀誣一個沒有太大干係的姑娘。

真相大白。

如今是真正的真相大白。

陳婼面容扭曲，突兀頹然往下一縮，周平甯還是照原樣跪在地上，卻不由自主地扯開了一絲笑，笑得很勉強也很艱難，像是苦笑，可他卻想真心高興。

他要娶到紅線了。

無論是心想事成之後的高興，還是報復後的高興，他只想高興起來。

可他卻悲哀地發現，他好像再也高興不起來了。

定京城平復了這麼些年，這幾年來最大的醜聞大概就是在世人眼中馮安東與應邑那樁醜事了吧。

顧青辰那張絲帕也能算是醜聞，可她的身分還不夠格讓人背後說閒話。

事情塵埃落定，再無轉圜餘地。

陳夫人氣得暈厥倒地，前院吃酒的陳顯當即派人到內院來接陳夫人、陳婼母女，來人依言給欣榮長公主磕了三個響頭，說的盡是些賠罪話。「好好一樁春宴被攪得不安生，我們家夫人身子一向不好，夫人厥過去驚擾了春宴，改日陳閣老定攜親帶友向王駙馬、欣榮長公主，還有端王與端王妃好好賠禮致歉。」

話說得多諂媚，陳家的身段就放得有多低，正如陳家一貫示人以謙和、克制、有禮的門楣姿態，可絕口不提引起波瀾的導火索——陳婼與周平甯私會一事。

一臺戲一波三折，旁人只恨看不夠。

看不夠也得走了，專注看戲三十年的李夫人最先告辭，之後各家夫人便知情識趣地告了辭，好留給主人家收拾局面的空檔。

陳夫人被人一左一右攙著往外走，陳婼昂首挺胸跟在陳夫人後面，面色十分鎮定。

行昭靜靜地站在門廊處看，陳婼像是感受到了行昭的目光，步子一停，抬起頭便往這處望了過來，與行昭直直對視不到半刻，便重新啟了步子往二門而行。

「陳二姑娘不是一般人。」閔寄柔輕撚裙裾，悄無聲息地站到行昭身後，語氣淡漠道。「若換成我，早就哭得東西南北都找不著了，除卻將才平陽王次子倒戈相向、一口承認時，陳二姑娘面上變了顏色，她再沒有失態失色過。與妳對峙之時，氣勢大盛，語氣雖有收斂可逼問與暗喻浮於言辭之上，如若平陽王次子沒有順水推舟，今日鹿死誰手，妳我都不得而知。」

行昭抬了抬頷，笑了笑。「是她自己逼周平甯倒戈的，什麼都算計到了，可就是沒有算計到人心。不管陳夫人是真暈還是假暈，陳夫人一暈先給了陳家一個臺階下，再一家人慢慢從長計議。」

再怎麼從長計議，陳婼這顆棋都廢了，比起嫁給沒有前程的庶子，她一開始表現得有多果決無畏，情況反轉之後，她這個人就有多可笑無情，這才是擊潰陳婼的最後一根稻草。

可行昭卻覺得陳婼臨行時的那一個眼神卻在表示，她從不會被輕易擊潰。

太自信，往往是失敗的奠基石。

「往前綏王妃對我悄悄說過，她胞妹從記事起就沒有哭過了。」閔寄柔跟著笑起來。「有時候一認真就輸了，可一直認真一定會贏。我不認為她還有翻身仗可以打，可個性堅韌之人，怎麼樣活都不會太難受。」

有的人像碗蓮，要日日用清水澆灌，避開日曬、避開雨淋，嬌弱生長出盈盈一握的嬌花。有的人卻像迎春花，三、五場春雨，隨地種栽便可盎然生機。

可陳婼是朵美人蕉，要靠別人的血肉來成就她的堅強。

行昭對閔寄柔的話不置可否。

正午烈陽當空，曲終人散盡，小姑娘阿元抱著欣榮的大腿拿臉去直磨蹭，行昭進屋裡去時，正好看見阿元像小犬一樣眼睛眨巴眨巴地趴在欣榮腿上，小姑娘一見行昭過來，腳下一衝，「呼」一地一聲就撲了過來抱住行昭的腰。

欣榮眉毛一豎，小阿元有些怵，躲在行昭身後邊，聲音拖得軟軟的。

「母親要打阿元屁股。」

行昭摸摸小姑娘腦頂毛，伸手護住，面有愧疚。「差點讓阿元身涉險境，千算萬算沒算到阿元在那兒。若不是阿元機靈，沒出聲，我真是一點也不敢去想後果。」

欣榮招招手先讓阿元過來，阿元抱著靠山不撒手，欣榮被幼女氣得頭皮都在跳，沈下聲。「我數三聲，妳要是再不過來，我就讓人拿雞毛撢子來了！」

哪個世家大族的小姑娘被雞毛撢子打過啊，欣榮遇事就拿雞毛撢子唬幼女，可從來沒拿出來過。

一聽雞毛撢子，小阿元把頭埋到行昭腰間，扯開嗓門「哇」地就尖叫起來，邊尖叫邊哭嚷。「六表嫂救救阿元！六表嫂救命啊！」

明明很沈重的氣氛，被這小丫頭一打岔，行昭一個沒忍住，噗地一下笑出來，把阿元護在自個兒懷裡頭，又真心實意給欣榮賠罪。「千怪萬怪都怪我與老六……」

欣榮揮揮手，真是哭笑不得。「小丫頭太淘氣，還敢跑到後院灌木叢去縮著，關妳和老六什麼事？又不是你們讓她去的！小姑娘牽扯到這種醜事是不好，可我在，皇后娘娘在，妳和老六在，誰敢說我們家阿元一句不好，也不怕閃了舌頭！我是氣她被人嚇得哭哭啼啼的，反倒叫人笑話！」

行昭吁出一大口氣。她就怕是老六留的後手，若當真是，她真是不曉得該怎麼和欣榮交代！

還好不是。

在長公主府留了飯，又逗留了一會兒，六皇子派人來請。

套住了獵物自然是心情大好，欣榮拖著兩個小輩妯娌打葉子牌，阿元到底受了驚，行昭有些愧疚，便每把都輸，每把的牌面都不大，可加在一起看，輸掉的總數還是滿驚人的。

欣榮贏了牌自然樂呵呵的，一聽來人通稟。「端王殿下說馬車都已經備好了，來問王妃什麼時候得空回去？」頓時笑得樂不可支，笑眯眼睛看行昭。「還得王妃有了空檔回去，端王才敢走？回去告訴你家王爺，王妃得玩得盡興了再走。」

閔寄柔捂著嘴笑。

行昭只管低頭看牌，只當什麼也沒聽見。

又過了會兒，二皇子也來要人了，欣榮牌一推，贏了個大通吃，攤著手挨個兒收了銀子，這才放了人。

第九十三章

行昭一掀馬車車簾，這才發現六皇子已經盤腿坐在上面了，六皇子伸手去拉行昭，男人骨節分明的一雙大手牽著女子的手，行昭這才覺得心落回到了實處。

明明只有一個上午，行昭卻覺得像打了一場硬仗，後背和腦門全是汗。

馬車顛簸，六皇子輕聲開口，率先打破沈默。

「我已經讓人帶著那個丫鬟的親眷往東南跑了，那丫鬟不敢跑，只說『還不如死了，好拿這條命去贖罪』。可見大義大忠大孝，很多時候都是一場悖論。」

待在六皇子身邊，行昭才敢放任自己的情緒恣意蔓延，她親手把陳婼與周平甯送做一堆了？她簡直像是作了一場夢，根本說不清楚這份情緒，覺得可笑也覺得可悲，陳婼的狠絕自私，周平甯破釜沈舟的報復，都在她的算計當中。

陳婼倆並不高明，可勝在她瞭解他們，因為瞭解，她能夠很清晰地知道事情暴露之後陳婼的反應；因為瞭解，她照樣能夠想像得到在陳婼一逼再逼之後，周平甯的絕望。

而六皇子從來沒有問起過她為什麼這樣瞭解。

六皇子語氣淡淡的，還在說話。「後院的事不出三刻就傳到了前面來，陳顯沒有什麼大動作，只是召來小廝附耳叮囑了幾句，小廝顛顛地跑出了府，過後他也沒有要求要進內院來，更沒有要求要先行告辭，只給王駙馬透了一句話，『拙荊身子不太好，被不孝女這麼一氣怕是要厥過去，還煩勞王駙馬先請了大夫來。』後來，果不其然，陳夫人暈……」

六皇子的話沒接著說下去，因為行昭一個反身環抱住了他。

她是多麼感謝今生遇見他啊！

六皇子呆呆地愣了片刻，隨即慢慢笑開來，他想的事情和他媳婦兒想的事當然南轅北轍——再隔幾天就能名正言順地連皮帶骨把小媳婦兒吃下去了，一想想就覺得歡欣。

剛打道回府，六皇子去小書齋見端王府長史杜原默，行昭徑直回正院，將脫了繡鞋換上木屐，黃嬤嬤就一臉嚴肅地進來了，雙手奉了盞銀耳羹之後便望著行昭欲言又止，行昭朗聲笑開，直說：「嬤嬤把心放回肚裡去吧！」

黃嬤嬤鬆了口氣，眉梢一挑，四處看了看附耳輕語。「那……那個人要什麼時候從通州接到定京來？」

「今兒晚上就接過來，戴上黑幃帽，別讓人看見她的臉。明兒個託林公公直接送到宮裡的樂伎苑去，都先不慌，還得再等幾日才會用到她。」

行昭抿了口銀耳湯，便隨手放在了小案之上。

第二日上朝，皇帝照舊稱病不早朝，有事啟奏，無事退朝，難得有御史越眾而出，列下長長清單，彈劾皖州官場眾人，罪責有二十二條，上至皖州知府，下至七品縣丞皆在彈劾之列。

上朝彈劾的摺子不用經過內閣，直接遞到御前。

皖州是什麼地方？

是陳顯的老窩。
皖州官場上的都是什麼人？
都是陳顯的門生、同科、至交心腹。
御筆未批，再隔一日，端王殿下親自出列彈劾西北陳放之十五條罪狀，再彈劾首閣陳顯府邸規建逾制，皇帝雖也沒批摺子，可卻沒有原樣返還，六皇子彈劾陳顯的摺子留中不發。
陳顯要循序漸進，他們偏要打陳顯個措手不及。
家事未平，再有累牘長篇的政事，陳顯又當如何平定山河？
六皇子扳著指頭算行昭及笄的日子，有了盼頭日子過得自然是一片祥和。

陳家府邸也很安靜，安靜得讓人想捂上耳朵。
陳家老宅靜悄悄的，一連幾日下人們只敢小聲窸窸窣窣地說話，若走路比往常快了些，都得引來管事一頓好罵。
趁月黑天高之時，住在後罩房裡的幾戶人家一夜之間就搬了個人去樓空，去哪兒了？人還活著沒？是趁黑燈瞎火被人拉扯出去的？還是自個兒揹著包袱跑了的？
旁邊住的奴僕們不敢瞎打聽，只敢三三兩兩聚一塊兒，趁著摸黑互通一下有無。
「都是二姑娘和夫人身邊得臉的人家，宛心一家脫了籍跑得快，把自個兒閨女兒就撩這兒了。這一連幾天都沒見宛心那丫頭，八成是……」胖嬸子手往脖子處一劃拉。
「『噫』……」又壓了壓聲音，字卻落得重極了。「八成是嗝屁了！」

背後陰了自家姑娘一把，要是那丫鬟還活著，簡直愧對陳顯的名聲！

眾人嘖嘖稱是。

宛心還活著嗎？

陳婼也想知道，可她不敢問，她輕喘出的氣都能打亂這間隱蔽小屋的節奏，她已經跪了快三天了吧？不對，她也不知道具體已經過了多少天了，小屋的窗櫺全都被黑紙蒙上了，她不能透過窗子通過日月星辰來計算時間。從長公主府一回來，她連她父親的面都未曾見到，就被幾個婆子揉搓成一團塞到了這間小屋。

小屋裡空空一片，沒有凳子、沒有桌子、沒有燈，只站著兩個凶神惡煞的嬤嬤。

她必須對著門跪下，否則那兩個婆子就會一邊一個地用腳蹬彎她的膝蓋，逼迫她跪下。

陳婼知道這是天牢裡拷問死囚犯的架勢，也是她父親表達憤怒的方式。

不許說話，不能交流，屈膝彎腰地跪在偌大且空蕩無人的黑屋子裡，先擊潰她的防線，再挫敗她的銳氣，再盡情地宣洩計劃被人無端打亂的憤怒。

夜裡也能睡，累到極致了跪在地上就算立著也能睡著，每睡了半個時候，婆子就拿涼水沖臉，一個激靈便醒了。

陳婼輕抬了抬頷，半瞇了眼睛，想透過門縫捕捉到那縷直透而來的光線，動作一大自然牽扯到僵直的脊背和蜷曲的大腿，還有已經沒有了知覺的膝頭。

「嘎吱」一聲，門縫裡那道細線般的微黃光亮，慢慢變得寬敞起來。

陳婼手被捆在身後，身子向前傾，慢慢瞇著眼睛向上看去，瞳孔漸漸由大縮小，囁嚅嘴唇、語聲沙啞地輕輕出言。

「周平甯來提親了嗎？」

短短一句話說得慢極了，聲音嘶啞得像水流衝擊下的砂礫，又像從地下三尺悶聲傳來的低鳴。

她是陳顯教大的，她太明白了，如果周平甯久久不來提親，頂多五日，她就會被送到皖州去，再過半載，她這個人就不見了，是死了還是又去了別的更遠的地方，全看她的母親能不能勸住父親。

逆光之下，來人的身影莫名地拉得又長又細，陳婼的語氣像問句，可言語之間很篤定。

來人身形一滯，避開眼去不忍再看，側身一讓輕聲道：「妳父親來了。」

黑紙被一把扯了下來，陸陸續續搬進了兩把有靠背的太師椅，一個小木案，兩只燭檯。陳婼被婆子一把扯了起來按到凳上坐著，她只覺得她的腿像兩根木棍一樣吊在腰下，燭光混著日光，陡然一下光亮起來，陳婼緊緊閉了眼再猛地睜開，便正好看見她的父親頭戴方巾，手背於後踱步而進。

渾身上下不自覺地一抖。

陳婼低下頭，她甚至能清晰地嗅到自己身上的那股陳腐朽木般的味道，還好，她發出的還不是死屍味。

「什麼時候開始的？」陳顯聲音放得很平靜。

「五年前，才從皖州到京的時候……」

陳顯沈聲打斷陳婼後話。「我問的是那個丫鬟什麼時候開始出現異樣的！」

陳婼手在抖，緊緊地握成拳後，手還是止不住地在抖，三天三夜的折磨讓她腦子像一團漿糊，她必須清醒起來。

「大約是春宴四天前，宛心稱病不能進屋服侍，我便放了她三日的假……」

「妳知道妳敗在哪裡嗎？」陳顯勾起唇角，神情顯得很嘲諷。

陳婼脊梁一涼，愣了半刻，抬起頭來神色很倔強。「我還沒有敗，周平甯來提親，您為了全陳家名聲不願落得個陳家薄情冷血之名也會將我嫁出去，是妻是妾不重要，只要我還活著，我就沒有敗。」

「妳已經死了！」陳顯勃然大怒。「這個世間不會再有陳皇后了，妳敗在了盲目信任和太過自負上。妳以為丫鬟不會反水，結果她反了；妳以為周平甯會一肩扛下所有罪孽，結果他將妳一起扯下了泥潭。妳到最後都還把希望寄託在周平甯會來提親，我才不會對妳下狠手上。蠢人！蠢人！妳不知道賀行昭尚有後手的時候就應該按兵不動，妳憑什麼把所有的賭注都押到周平甯身上？那個丫鬟出現，妳根本就不應該給賀行昭和周平甯直接對話的機會。妳從春宴一回來就應該示弱，是裝病也好、是自殘也好，妳必須勾起我的注意力，才能讓我為妳放手最後一搏。被周平甯涮了一把之後，竟然還把希望放在他身上；屎是臭的，妳卻吃了一次還想再吃第二次。陳婼，妳和妳姊姊的心智有什麼差別？」

陳婼睜大了眼睛，靜靜地注視著盛怒的父親。

她就是這樣長大的，所以變得這樣自私、狠戾、決絕，還能怪她嗎？

她本應該是陳家得勝之後的那根定海神針，如今她卻變成了破開陳家棋局的那個缺口。

陳顯漸漸平復下來，眼神望向次女，又迅速將眼光移向他處，艱難地嚥下口中的苦味，聲線平穩出言。「這是我最後一次教導妳。陳家女不能為妾，妳若死了，人都不在了，我的什麼教導都白費了。嫁給周平甯，安安分分當一個庶子嫡妻，周平甯既然敢在事後過來提親，至少能證明他的膽量不小。如果妳連周平甯心裡頭埋下的芥蒂都消不了，我就當白白生養了妳一回。」

她從缺口變成了棄子。

陳婼笑起來，她死了就什麼價值都沒有了，她活著至少還能攏住周平甯。

她的死活是由她的價值而決定。

陳媛指婚老四，她的父親為了從這樁婚事裡得到最大的利益，不惜打四皇子和天家的臉。

兩道光摻在一起，陳顯抖了抖袍子站起身，邊徑直向前行邊說：「宮裡探聽到的消息，已知形勢有變。妳必須攏住周平甯，妳要他向左拐他不能向右拐，這是妳最後的價值。記得我說過吧，人活在這世上都是有價值的，妳便宜點就死得早，貴重點就活得長更活得好。讓我看到妳的價值吧，做不成陳皇后，做個攝政王妃，我們陳家也沒虧。」

陳婼與周平甯的婚事在三日工夫裡納吉、問名、擇期就全定了下來，甚至還有了平陽王要花八千兩銀子為次子娶親的謠傳，唾沫星子一沾到地上，傳得快極了。

陳婼親事一定，陳顯說到做到，讓陳家大管事帶了滿滿當當兩車禮，一車送到欣榮長公主府，一車送到端王府，由頭沒明說，只說是賠禮致歉的。

當日在場的夫人奶奶們都是出身世家大族，任誰也不是張著嘴巴四處說道的人，可遇見自個兒親家、親戚，總得意味含蓄地品評上兩句，話裡話外說起春宴那件事，無非兩個意思——

「平陽王次子素日裡不顯山不露水的，這次倒還麻溜也夠男子漢，若這事攤到我家郎君身上，無論嫡庶，無論是不是我生的，我都不可能娶陳閣老家的閨女兒，更不可能辦事辦得這麼麻溜浩蕩的。」

「易得無價寶，難得有情郎。有些人的命重就該福氣重，鬧上這麼一齣，還有人不離不棄地接著，也活該人趾高氣揚地過。」

夫人奶奶們沒說明白，丫鬟婆子就沒這麼多忌諱了，所謂三人成虎，眾口鑠金，添油加醋地差點沒把陳婼說成「殺女得后的則天皇后」，同樣的狠得下心腸，同樣的能言善辯，同樣的讓男人愛也愛不得，恨也恨不得。

只多了一樣，則天皇后可沒被人當場揭開臉面，鬧了個沒羞沒臊。

陳婼應當很高興吧？她可真算是火了。

歡宜那天沒去，遺憾極了，關注點有些奇異。

「妳說要是平陽王次子不去提親，陳婼的下場會是什麼？」

「他一定會去提親的。」行昭笑了笑，沒再繼續說下去。

周平甯個性古板，一見定終身，無論陳婼變成什麼樣子，他都會去提親的，他想得到她，這是執念也是根深柢固的夢想，僅此而已。

當兩個人的維繫變得比窗戶紙還要薄，拿細鐵挑子一戳，什麼都會漏到一地。

時值季春，六皇子一連串遞上去的摺子總算是有批覆了，不是因為老六攢的勁足，全是因為陳顯要大義滅親，自斷臂膀——他隔天附議彈劾皖州知府貪墨徇私，並呈上帳簿證物。

皇帝翻了翻後勃然大怒，皖州知府上任不足三載，竟徇私舞弊、買官受賄，刮了近十萬兩雪花銀，當即罷官，抄家流放。

再隔一日，便有吏部侍郎舉薦他人出任皖州知府，皇帝親詢陳顯意見，陳顯顧左右而言他。「皖州是微臣發跡之地，微臣本應當舉賢不避親，可朝中和市井之中風言風語頗多，家風不嚴，臣心有所愧，不敢再妄議。」

皇帝到底還是用了舉薦之人，更是連讚陳顯。「一片丹心，迢迢可見。」

呸！

陳顯像給皇帝下了蠱似的，下的還是情蠱！

七月盛夏，東市集的攤販們皆擺攤不過晌午，等新鮮的瓜果魚肉一賣完，立馬捲蓆收攤。

攤販們一走，原先熱熱鬧鬧的街巷陡然間就靜了下來。

高牆柵欄那頭的八寶胡同也靜悄悄的，端王府前頭兩尊鎮宅吉獸頂著烈陽昂首挺胸，過了一會兒先有還留著頭的小丫頭端了盆水出來，手腳麻利地灑在地上，算是去灰除塵，又隔了一會兒從端王府的東側大門裡頭出來了六個穿紅著綠的丫頭，低眉順目，行止穩重得宜，接著是端王府的長史官杜原默換了正經朝服出來領頭站著，沒一會兒老六兩口子也出來候著了。

大熱的天，六皇子打扮得一如既往的莊重，頭戴方巾帽，身著長衫衣，右衽長襟把從脖子到腳脖子包得那叫一個嚴實。再觀其旁，六皇子媳婦兒倒穿得很隨興，行昭畏熱，腳上趿著木屐，身上套了件水波紋綾衣，恰好罩住木屐鞋，頭髮綰得高高的，脖子後頭便一派清涼。

行昭拿眼瞥了瞥老六，悶聲笑。「你要再加件外衫，再捂捂，回去揭鍋撒鹽，再放點椒粉、孜然，刷上層辣椒麵，今兒晚膳就不用上別個菜了。」

六皇子神情很嚴肅，輕咳了一聲。「可別逗了，妳又不吃辣。」停上一停，正兒八經再解釋。「況且，捂熟的和烤熟的，壓根兒就不是一種吃法。」

行昭哈哈笑起來。

方皇后喜歡打人個措手不及，今兒個一早，六皇子剛下早朝，林公公候在儀元殿旁邊扯著六皇子說：「王妃及笄禮將至，皇后娘娘那日就不過去了，今兒就算提早出宮去給王妃賀禮。您看皇后娘娘是過午去端王府合適，還是臨晚過去合適？都隨您。」

明明就是居心叵測的突然出襲，偏偏還隨和地都依他。

六皇子快被方皇后的善解人意感動哭了。

自然是晌午之後去端王府合適。宮裡頭宮禁得早，這麼多年方皇后一向自持得很，很少出宮。邢氏回京、方家嫡長孫女洗三禮，都沒請旨說想要出宮瞧瞧，到底還是求了皇帝說是想出宮去瞧一瞧自己一手養大的姑娘，話說得倒是很可憐——

「今上一向聖明，哪裡瞧不出來老六和阿嫵從來就沒搭上過眼？阿嫵是我一手教養大的，我就想去瞧瞧她過得怎麼樣……」

皇帝煙雲霧繚中迷迷糊糊一想，嗯，沒啥大不了的，准了，只添了一條——「八寶胡同離雨花巷可遠著，看完溫陽就回來，皇后身分尊貴，別胡亂走動，沒得惹了忌諱。」

皇帝經年來脾性越來越怪，如今連方祈也不讓方皇后見了。方祈連朝都不上了，也讓嗑多了的皇帝潛意識裡忌憚著。

方皇后臉色絲毫沒動，點頭應諾。

也沒讓小倆口候多久，沒一會兒就有輛極為素樸的青幃小車「軲轆軲轆」地往八寶胡同口裡入，杜原默先斂眉低首趕緊迎上去，六皇子和行昭緊接著上去規規矩矩行了禮。

方禮皇后沒戴冪籬，踩著杌凳下了馬車，掃了眼杜原默，接著眼神從六皇子身上掃過去，最後落在行昭身上。

小丫頭沒瘦，臉上倒還多長了幾兩肉。

當真是出嫁不由娘，是個沒心沒肺的。

方皇后心裡酸酸的，朝行昭招招手，行昭邊笑邊小碎步過來攬過方皇后，嘴上直埋怨。

「天這麼熱，您要是想我了，就召我進宮去，坐在馬車上又不通風，就悶著人熱，汗散都散不出去。」

「我還沒來瞧過端王府，看畫像也看不明白……馬車上擱了冰塊來著……妳也就初一、十五進宮來，素日我哪兒敢召妳？都是一樣的兒媳婦兒，召了妳進宮，召不召閔氏和陳氏？我一看到陳氏那張臉就想到陳顯那張馬臉，煩得我喲，一晚上吃不下東西……」

兩個女人往前走，六皇子跟在後頭插不上話。

插不上話索性不插了，進了正堂，方皇后坐在上首，兩口子一左一右在下首就座，坐定上茶，方皇后輕抿了口茶水，笑道：「福建的茶葉一向好得很，景哥兒大粗老爺們兒不識貨，每回送回來的要不是潮了的，要不就是沒炒好的。羅氏一進門，連送進京的茶葉都好了不止一個檔次，明年開春送來的年禮怕是得更好些。」

「福建海寇再起，揚名伯明年過年怕是又回來不了。」六皇子接話，面上笑了笑。「母后可要帶信給揚名伯？戶部正好要往東南寄冊子去，走官道既快又沒人敢審。」

戶部走一趟夾帶的私貨還少了？

有時候戶部的官員來尋六皇子，給蓮蓉瞅見了，嘖嘖地直說：「當真是通身的氣派，杭綢緞子、老坑玻璃種配件，嘴上一抹怕都是油水。」戶部戶部，躺在錢眼眼上活，隨手蹭點怕都是一簍子的錢。

皇帝近幾年不管事，陳顯把持朝政，他不下狠手管，誰說也沒用。

老六一向眼睛裡頭揉不得沙子，心裡頭憋著股勁，面上不說，別人送的全都收下來，背地裡備了個小冊子，專門記誰送了什麼到端王府來。

「不了，讓阿嫵寫封信帶給她哥哥就好，我寫信失了體統。」

方皇后擺擺手，一邊將茶盞擱在小案上，一邊繼續說話。「今兒個來也不是來說這些事的，攏攏家常話罷了，瞧瞧你們小倆口日子過得好不好的，淑妃離不開宮，否則她也想跟著過來了。」

既然不說政事，六皇子真心不知道該聊什麼家常了。穿得多，渾身上下都在發汗，規規矩矩地把手放在膝上，跟凳子上有刺似的，眼風往行昭那處一瞅，行昭便笑了起來，笑眯著眼睛衝方皇后嗔道：「您讓阿慎陪您嘮什麼家常？您可快放了他吧，阿嫵陪您可勁嘮。」

方皇后手撐在椅靠上，擺擺手。

六皇子如釋重負。

第九十四章

六皇子一走，行昭搬了小杌凳就往方皇后身邊靠，方皇后摸了摸行昭腦袋，舒了口長氣，話軟下來。「好容易長到十五歲，及笄禮那天我是來不了的，正賓、司正，還有贊者都請了誰？」

「正賓是舅母，司正是請的欣榮長公主，贊者是歡宜。」

正賓是插簪，司正是托盤，贊者是扶簪。

正賓分量最重，要真心想請十分尊貴的，方皇后能把顧太后從床上撈起來，可光擺場面活兒有必要嗎？陳婼十里紅妝，娘家、夫家都不計前嫌地造起了勢，旁人照樣要在背後說道她。上輩子的及笄禮聲勢浩大，定京名流女眷齊聚一堂，可到最後她丟臉卻丟到了嘉峪關。

成長這回事說大不大，說小不小，行昭只想自己家人有目共睹就夠了。

行昭抿嘴一笑，繼續言道：「賓客們也定下來了，幾家親眷來，方家、閔家、豫王府、綏王府還有黎家，哦，還有羅家和行明……」話頭頓了頓。「也給太夫人送了摺子去，後日就到及笄禮了，賀家還是沒回音，八成是不來了。」

方皇后連連點頭。「嫁了人，什麼都得靠自個兒了。擺宴、請客、到別人家做客、送禮、收禮……定京城像個大染缸，各家各戶連著姻、帶著親，都得琢磨清楚……」

行昭以為方皇后會就著話頭順勢說起陳家那樁事，哪曉得方皇后話音一轉，問起了蓮玉、蓮蓉的歸宿。「妳嫁得急，身邊人都沒安頓好，屋子裡也都還缺個管事嬤嬤，黃嬤嬤一人到底不容易，偌大個端王府妳可別親力親為去做，女人本就容易顯老相。別看老六比妳大個幾歲，等老了就看不出了，女人顯老就顯得快了！」

行昭一嫁出來，就把蓮蓉的家裡人全安排到了端王府，她的婚事她的家裡人操心更多點。蓮玉是老大難，一個眼神不好使的寡母，想活動說親都沒地去。

她還是不願意把她們倆這麼匆匆忙忙嫁了，笑嘻嘻地滿口答應方皇后。

方皇后捏了捏她臉，連聲說：「妳可別敷衍我！」

行昭捂著臉直嚷嚷疼。

方皇后說只是攏家常，誰信哪？

可行昭等來等去等了半天也沒等到正題，打的腹稿、準備的打算，方皇后全沒問，只提了句。「那個從妳通州莊子裡送到樂伎苑去的女人還得讓她唱青衣，蔣明英去看了看，一口皖州腔改都改不過來，也不曉得從哪處天橋下頭拜的師父，唱起戲來連她哥哥十分之一都及不上。」

那個小娘子姓段，段如簫。

羅家在雨花巷相看猛男兒那回，正是這個段如簫讓行昭留了意，其實兩個人相像，眉眼五官長得像是一方面，更多的是氣韻、身段和舉止像，行昭覺得她像極了一個人，讓蓮玉到後臺去等著，小姑娘年紀不大，嘴特別硬，一開始說自個兒姓袁，絕口不提籍貫舊鄉，可鄉音難改，蓮玉一聽就聽出來了皖州腔。

蓮玉沒時間陪她耗著，其婉有的是時間陪她耗。把她送到通州的莊子上去，好吃好喝地招待著，就是不許她出去。這麼一、兩年耗著耗著，那小姑娘到底鬆了口，只說：「我家哥哥自己賣身換了錢給我與弟弟吃飯，後來他被人帶走了，我和弟弟也被人帶走了，我去了皖南的一戶人家裡當閨女，後來那戶人家遭了難又把我給賣到戲班子裡了。打聽說道哥哥在京城，我也沒跑就跟著戲班子一塊兒到京裡來了。」

人人都有故事，有的故事悲，有的故事喜。

悲中之人還沒有察覺自己的悲、一種重蹈覆轍的悲，行昭也不知道這算是福氣還是更大的可惜。

小姑娘無辜，行昭自然不會殃及無辜。

行昭笑起來。「那讓她好好學，左右年歲不太大，三月半載的總能學出個名堂來，咱們不慌。」

方皇后也頷首點頭。

話從東說到西，天漸漸昏黃起來，方皇后不留晚飯直接回宮，方皇后要走，老六和行昭便送到大門口，送了半天才折回正堂裡去，兩口子坐在炕上呼呼索索吃了晚膳，六皇子斟了盞苦蕎茶遞給行昭。「母后要來妳的及笄禮嗎？」

行昭接過茶盞，抿了口茶水，搖頭。「應當是不來了，那天不好出來，所以挑了今兒個來給了我支簪子。」想一想又道：「沒和我說起陳婼，也沒說起陳家，更沒說起西北，就是攏家常而已。」

方皇后一向希望她能走一步看三步，政事朝事從來不避諱她。

難得一次，姨甥倆老老實實地嘮嗑，半分沒提及廟堂之上。

六皇子又拿茶盞斟了口水，再把糕點往前推了推。「晚上就沒吃多少，仔細夜裡又餓得慌。」話一頓，笑起來。「皇后娘娘是希望我和妳一道商量吧。」

行昭看了眼六皇子，瞬間明白了方皇后的意思。

同舟共濟地商量著過日子，沒有比這更好的磨合感情的辦法了。

六皇子見行昭沒注意到桌上的糕點，又往前推了推，示意行昭快吃。

行昭這才注意到了，撚了塊芋頭酥，就著苦蕎茶小口小口地吃，一塊吃完了才發現，自個兒這才用完晚膳壓根兒就不餓！

一挑眉抬頭看老六，怎麼看怎麼覺得這廝最近殷勤得過了頭。

蓮玉撇過眼去。

鄉間裡坊，大過年的都興先把豬養肥了再宰。

新嫁娘同理。

七夕一過，生辰就到了，十五歲生辰一到，就該行及笄大禮了。

大周舊俗，女子只在兩種情形下綰髮戴簪，一是嫁人，二嘛，就是過了十五歲，成人了。

行昭早在嫁人時，就將頭髮高高綰了起來，及笄禮的綰髮戴簪對她的意義其實並不算太大，嗯，對六皇子的意義八成還更大些。

六皇子的意思是多請些人來觀禮。「前頭九姑姑的那場春宴不作數，這才是定京城裡端王妃的開場禮……」話還沒說完，被媳婦兒一瞥，咳了兩聲轉過頭。「不過宴無好宴就是了，誰在咱們家不長眼觸到霉頭，反倒是咱們主人家的錯處。」

話圓得還算不錯。

行昭風輕雲淡地轉過眼去，開玩笑，大辦宴席累的是誰？累的可是她和內院這些姑娘們，各家都得面面俱到，出不得半點岔子。夫人社交是要的，可不是現在。陳家是文官清流，方家是武將莽夫，自己家是名正言順的宗室勛貴，如今局勢涇渭分明，通家之好、知根知底的人家就那麼幾家，宴席要辦大只能請些不熟悉的人家來充場面，人都不熟，做出個什麼事來，後悔都來不及。

如履薄冰之時，謹記不能張狂，一張狂立時落到冰水裡頭去，澆得你非立時清醒不可。

「那天沒男賓來觀禮，舅母來主持局面，你只管去雨花巷尋桓哥兒，我讓人帶了信的。順道把母后從宮裡頭帶來那幾條狗一併帶過去，讓桓哥兒幫忙調教調教。」

方皇后來，把原先養在鳳儀殿裡預備要咬老六的那幾隻狗都帶來了，說是她一人住看著這麼一群狗鬧騰得很，這狗不是定京城裡慣有的性格溫馴乖巧的京巴，是蔣僉事從西北送來的，四、五個月大長得就有人半身高了，看著有點駭人，行昭本是不想留，偏偏老六看上眼了，那就只好留下來了，看家護院也好，平日裡逗個樂也好，全由老六定。

行昭一邊幫忙把帶給方祈的兩壺酒備好，拍了拍粗瓦酒壺，一邊又交代上了。「這個是帶給舅舅的，他要讓你陪著他喝酒，你可別喝多，聊聊哥哥的事，實在不行就把桓哥兒頂上去。舅舅喝燒刀子喝慣了的人，你喝二兩花雕臉都紅得像上臺唱戲的，把桓哥兒慫上去，你不就能得了清閒了嗎？」

所以古話說女生外向，古人誠不欺我。

喝多了要被媳婦兒唸，不喝要被舅舅嫌棄，把桓哥兒頂上去又要被長姊罵。

六皇子覺得自個兒的涵養功夫是練得越來越好了。

到正日子，行昭醒了個大早，一睜眼轉過頭就看見睡在外側的六皇子，他還沒醒，且睡得正熟，仰躺入睡，雙手規規矩矩地擺在胸前，睫毛老長且翹，呼吸均勻，嘴角微微向上勾。

行昭輕手輕腳地翻過身，手撐在耳朵邊，借過暖光來看他，看著看著唇角就往上勾了起來。

其實老六是個很板正的人，不是不會兵行詭道的板正，是很倔強的板正。他一向都很明白自己想要什麼，也很明白怎麼做才能得到，一步一步地來，走得腳踏實地，讓人心安。

她自己處事就是慢慢拖拖的，再遇上個行事徐緩不急的老六，慢慢拖拖地說話、吃飯、養花、逗鳥，日子可算是過到一塊兒去了。

公卿世家的男、女主人一向是分房而居，一個東廂一個西廂，衣裳褲襪都是分開放，吃飯的時候碰個面，每月有幾日挨在一塊兒睡，然後再也見不到了；可第一天他們的箱籠就併在一塊兒放了。

大抵是窗戶沒有關嚴實，早風細吹，宮燈暖光被水色的罩子一漾，陡然變得散漫和輕盈起來。

行昭靜靜地望著出神。

再隔了一會兒，窗櫺外頭就有一陣規律的叩窗板聲，還有黃嬤嬤的聲音。

「王爺、王妃該起早了！」

黃嬤嬤話聲一落，六皇子就醒了，睜開眼扭頭去瞧身側，看行昭已經醒了，伸手摟過她，又把眼睛合上了。

這是什麼意思？

行昭愣了半刻便笑起來，往後縮，邊推老六邊說：「快起來了！上朝遲了怕不怕！」

「不怕。」六皇子眯著眼睛老神在在。「反正父皇今兒個八成也不露面，還不如陪著媳婦兒用早膳，妳看四哥什麼時候準時去過？」

你家四哥如今連樂伎苑都不管了好嗎？

和你家二哥比也能讓人欣慰點好嗎？

話雖這樣說，可端王殿下到底也沒遲了，行昭照舊把他送到二門，踮腳為老六正了正朝珠，老六目光灼灼地佝下頭來壓低聲音。「生辰快樂，晚上等我回來。」

男人的聲音一壓低，無端就多了點纏綿悱惻的意思。

行昭臉上不紅一紅都對不起老六一番做作。

大周上朝上得早，六皇子走了之後，東邊的天才剛顯出了點魚肚白，行昭趕緊回正院去梳洗、打扮再換了身湖色素面衣裳，用了幾口百合粥就聽人通稟，歡宜公主與平西侯夫人到了。

這二位來得頂早，邢氏一進屋子就忙開了活兒，歡宜陪行昭坐在床上閒聊。

歡宜眉飛色舞地話裡話外全是阿謹，行昭便跟著笑。

再沒一會兒，羅家夫人和信中侯閔夫人也來了，邢氏在外廂招待著，兩家都是通家之好，跟進來瞧了瞧，羅夫人說起羅氏送回來的書信有些喟嘆。「往前看景哥兒還不覺得，如今真成了自個兒女婿便跟著有些與有榮焉，年少得志又拎得清的郎君有幾個？小倆口過年不回來也好，安安分分地守在福建，別叫那些漁民們過年都過不安生。」

有些文臣才能真正的心懷天下。

羅閣老入閣時間最短，又是行景的岳丈，被陳顯捏得死死的，可人家既沒被排斥出內閣，大事小事上又從來沒失過體面，能是個簡單人？

閔夫人接著就說起了信中侯那年去西北的舊事。「方都督救了我們家侯爺兩次，景哥兒為我們家侯爺擋箭擋了一次，那時候景哥兒才頂多十五、六歲吧？就已經是個很有擔當的小郎君了，說起來還沒正經給方夫人好生擺桌宴謝恩。」

方祈都被免了上朝了，閔夫人仍舊稱的是方都督。

邢氏覺得閔夫人會說話，再想想見過的豫王妃話雖然不多，可句句都能讓人舒心，連忙笑著擺手迎合。

女人家繞來繞去就繞得遠了。

接著豫王妃閔寄柔和綏王妃陳媛也來了，兩妯娌一進來，行昭的眼神立馬被陳氏勾住了。陳氏穿著一襲亮靛青色繡寶相花月華裙，外頭罩了件杏色褙子，頭髮綰得高極了，唇紅齒白，眉黛上揚，眼神明亮，整個人都顯得很有精神。

陳婼倒了楣，她的胞姊這樣高興，這算是符合人性吧。

等人都來齊了，觀禮的夫人們便往正堂候著，行昭又坐在靶鏡前頭上了一道妝，蓮玉勸她把衣裳換得隆重些。「您的生辰，您的及笄禮，綏王妃自嫁了人當真性子有點古怪了，穿得這樣喧賓奪主的，是想壓著誰呢？」

蓮玉向來厚道，難得說人是非。

行昭笑起來。「請的都是自家人，自然怎麼舒坦怎麼來。人家未出嫁的姑娘行及笄禮行得隆重，是為了讓各家夫人都瞧一瞧這家待嫁女有多出色，我這兒都歸了人了，還能吃著碗裡的望著鍋裡頭的？」一邊笑一邊將頭髮放下來。「反正她不是想壓我，這不就夠了？」

行昭和蓮玉說著話，黃嬤嬤便很緊張地瞅著沙漏算時辰，沒錯，方皇后讓欽天監算了個及笄正禮開始的吉時，還算了算該怎麼走合適，是從坤位到乾位呢，還是從東邊到西邊呢？

行昭本意是不想鬧得個沸沸揚揚，說及笄禮就是過生辰，禮隨到了，其實人來不來真的無所謂。

對這一個觀念，方皇后表達了高度的讚揚，同時也表示。「人可以不請多了，可寧可信其有，不可信其無，照著吉時走，反正也沒虧。」

薑還是老的辣。

行昭抱著反正也沒虧的心態掐著吉時，走過坤位，揚了揚外衫規規矩矩地跪在了早已備好的墊席上，黃嬤嬤拿著黃楊木梳子幫她舒順。

邢氏就站在她跟前，篦子的齒刮過頭皮，輕輕癢癢的，恰似行昭現在所有的感官。

梳滿九十九下，再將頭髮綰了一個高髻。

欣榮長公主是司者，形容端穆，揮了揮手，蓮蓉端著紅漆托盤埋首而來，欣榮掀開覆蓋其上的大紅細絨布，親手執起裡面的邢支嵌紅寶石赤金麒麟紋簪子遞給邢氏。

正堂裡都是女人，偏偏鼻尖只能嗅到一股濃郁的檀香味。

行昭仰頭望邢氏，邢氏目光柔和地回望她，接過欣榮手上的金簪，十分莊重地揚聲道：「事親以孝，接下以慈。和柔正靜，恭儉謙儀。不溢不驕，毋詖毋欺。古訓是式，爾其守也。」

行昭亦朗聲對曰。「女雖不敏，敢不祗承。」

砰、砰、砰——

三聲輕擊竹節之聲。

邢氏將簪子插在行昭的頭上，歡宜趕緊斂裙上前虛正髮簪。

又是「砰砰砰」悶聲悶氣的三聲——終是禮成。

行昭緩緩起身，欣榮率先笑起來。「又大了一歲！午膳得用長壽麵，我這個司者得一路做到底，我來幫妳挑麵，鐵定手腳麻利地挑根最長的！」

歡宜也笑。「我今兒個也要沾沾壽星公的喜氣，九姑姑也得幫我挑根長壽麵條來！」

欣榮笑呵呵地自然滿口答應。

行昭越發覺著只請自家人來觀禮實在是太明智了，沒那麼多的言語機鋒，也不用心下暗自揣測著對方一舉一動都藏了些什麼用意，和和氣氣地圍坐在一塊兒用午膳，顯得很親切也很放鬆。

下午自然也安排了節目。

端王府才修繕好沒多久，嫁娶的時候又趕上了風口浪尖的時節，正好趁這時候帶著大傢伙兒地四處轉一轉，行昭換上素衣糯裙走在最前頭，換了支羊脂玉蝙蝠簪簪髮，七月分日頭大，便大多都往遊廊裡間和有庇蔭的地走。

王府並不算很大，比起原先的臨安侯賀家還小一點。端王府只有個水池子，賀家可是有窪碧水湖。

後山也不算高，走了不到半個時辰就到了頂上了，行昭請眾位往下望，笑著一點一點地指過去。「府裡分東苑、西苑，正院在中軸線上，後頭是後罩樓，過了後罩樓挨著過去就是韶池，在上面看能瞧清楚是葫蘆的形狀嗎？上頭一個小圓，下面是一個大圓，中間留個細徑口通水，盛夏請你們來看荷花。王爺全撒的荷花種子，也不曉得長不長得起來……再過去就是竹心院、怡神所、寶樸小閣，咱們站的後山頂就是妙香亭……」

六皇子喜歡用完晚膳和她一塊兒在府裡走走停停，自個兒的地界老早就熟透了。

南風易起，春葉難逢。

她感覺在這兒住上一輩子也不會膩。

上山容易下山難，閔夫人嚷嚷走不了了，行昭便把夫人們都安排到放著冰塊的內廂裡打葉子牌，將進屋就一人呈上來一碗百合蓮子綠豆羹，行昭招呼著。「冰鎮了的，可也不算太涼，太涼燒心！」

小姑娘也長成了能撐場面的心思細密的小婦人。

邢氏心裡頭有些感慨。

時人嫁女常常嫁的是門楣，時人娶媳常常娶的是德性，這樣的婚姻如何能幸福？兩個人湊在一堆就當是搭夥吃飯，誰也不是真在乎誰，男子要納妾納美，女子得著手操辦，才能擔得起當初娶進門看中的那份賢慧德性。邢氏再抬頭看了看面容光潤、言笑晏晏的行昭，再嘆了一聲，嫁出宮的阿嫵就像放出籠子的鳥，若是當初阿嫵沒有堅持六皇子，今日她又會在哪裡？泰半不會像如今一樣笑得這樣真心吧？

邢氏的感嘆一直持續到華燈初上，捱到最後一個才告辭打道回府，行昭去送邢氏與歡宜，送到大門口，等歡宜先上了馬車，邢氏從袖裡偷摸掏了只小巧的白瓷雙耳瓶出來塞到行昭手上，悄默聲兒地和行昭耳語。「且收著，也不曉得皇后娘娘交代妳了沒……都是頭一回，男兒漢又不曉得輕重，傷了疼了的就搽一搽，這藥膏能管用！」

還好天黑了！

行昭手上一涼，哪裡還不曉得邢氏給她的是什麼。

兩世為人，說實話行昭是沒把這事當作什麼天大的不得了的事，可不代表她對誰都知道她的私隱房事無動於衷。

行昭只好紅著臉胡亂點點頭，趕緊地將邢氏送上馬車，折轉回正堂，天熱一動就是一身的汗，蓮玉帶著小丫鬟們收拾屋子，蓮蓉在給各家的禮登記在冊，行昭便問了其婉。「王爺打發人來說他什麼時候回來了沒？」

其婉搖頭。

行昭坐著等了等，也沒見六皇子的人影，索性進浴房梳洗換衣去了，舒舒服服洗了澡，換了身素綾小袍披著頭髮出來才覺得爽快了許多，陪客說話也是個體力活兒，等會兒她又要迎來另一項體力活兒……

趕緊打住！

其婉拿著篦子輕手輕腳地幫行昭篦頭髮，一下一下從上梳到尾，行昭閉著眼睛也不曉得過了多久，迷迷糊糊感覺有點不太對，睜開眼往後一瞅，後頭篦頭髮的已經換了人了——六皇子輕手輕腳地拿著一束頭髮從上往下梳，聚精會神。

「什麼時候回來的？」行昭笑著問。

「剛回來沒多久。」六皇子做什麼都認真，梳媳婦兒頭髮也不例外，行昭每晚上要梳一百下，心裡頭就默唸到一百這才停了手，一邊探身將篦子放到鏡子前，一邊起了身正了正行昭肩膀，讓她正對鏡子，然後從懷裡掏出個匣子來，一打開原是一支君子木簪子。

銅鏡裡的兩人一個站著，一個坐著，卻都同樣的神態寧和。

行昭接過簪子，抿嘴一笑，直直看著銅鏡中的六皇子。「和你第一次送給我的君子木簪子是一對，那個雕的是蓮花，這個雕的是梅花。」

歡宜成親之後的那個月夜，也是，頭一回互訴衷腸的那個月夜。

行昭話頭頓了頓，又把簪子遞給六皇子，對著鏡子輕聲道：「幫我把頭髮簪起來吧。」

六皇子輕笑一聲，從善如流。

行昭頭髮生得很好，又密又黑摸在手裡跟緞子似的，六皇子梳頭髮還湊合，至於綰頭髮……就聽天由命吧……

行昭等了等，這才發現與其說六皇子在風雅綰髮，不如說他將頭髮拿在手上把玩，從上順到下，手上的觸感滑溜溜的，接著就將手放在了她的肩膀上。

隔著薄薄一層素綾小袍，六皇子的手心燙得她心尖一顫。

接著便聽見男人從喉嚨裡逸出來的一聲輕喚。

「阿嫵……」

「嗯……」行昭低低地應了聲。

屋子裡不知道什麼時候只剩了兩個人，行昭也不知道她什麼時候坐在了床上，頭髮披散在身上，青絲如黛，鬆鬆垮垮的小袍順著肌膚往下滑，露出了繫在頸脖上鮮紅的細帶子，大紅肚兜繡著戲水鴛鴦，黎青色、大紅色還有女人肌膚的白皙，全都攏在了水色紋蕩漾的床帳裡。

六皇子的唇從眼睛一路往下滑，摩挲著她的嘴唇，再落到她的頸脖，再慢慢地、慢慢地向下。

行昭頭不由自主地往後仰，含含糊糊地說：「洗……洗澡……」

「已經洗過澡……也換過衣裳了，不信妳聞。」他從嗓子眼裡擠出一聲悶笑。

窗櫺外不知從什麼時候開始落雨，細雨淅淅瀝瀝地砸在地上，透過窗櫺看出去黑影模糊，只能聽見從清風緩雨，漸漸變成狂風暴雨律動著襲捲而來。

盛夏月夜下的那場大雨，將八寶胡同的灰牆綠瓦一點一點地氤氳上了透著霧氣與水氣的濕意。

吻與成長都是急切而疼痛的。

只有這雨，潤物細無聲。

第九十五章

小雨纏綿，落了一夜，把庭院裡的芭蕉樹洗刷得一塵不染。到早晨，雨水才慢慢收了起來。

空山新雨後，天氣也沒有晚來秋，照舊有悶熱之感。

落了雨卻沒落透，人就像被捂到蒸籠裡，渾身想散發水氣偏偏汗出不來。

別人像蒸在屜籠裡的包子，行昭卻覺得自個兒像只豆沙花捲——從腰間被人猛地一擰，然後餡就出來了……

疼了之後，渾身上下都在痠，懶懶散散地瞇著眼靠在貴妃榻上全當作補眠。

是的，補眠。行昭終於明白後苑的沙場有什麼用處了，合著老六把練起來的體力全往她身上用了！少年郎頭一回憋著股勁，初戰嘛，總是很難告捷的，可人家自有一股毅力在，愣是不洩氣！

一鼓作氣，一而再再而三，彼竭我盈故克之。

行昭被克得一覺睡到大天亮，睜眼一看身邊早就沒人了，問了蓮蓉才曉得——

「王爺準點起的床，讓我們甭叫醒您。」

行昭不死心再問：「精神頭不太好吧？今兒個晚上燉隻老母雞……」

一抬頭發現自家姑娘眼下一片青黑，蓮蓉臉上紅紅的捂著嘴笑。「王爺精神倒是很好，拿沙參燉隻老母雞也行，正好給您補一補。」

聽聽！

這還沒嫁人呢，臉皮就厚起來了！家裡頭沒正經婆婆的優點這下顯了出來。

那些上有高堂，中有妯娌，下有小輩的世家夫人們哪個能偷得浮生半日閒？腳下連軸轉，跟個陀螺似的。一大家子的吃喝拉撒什麼都得管，管得好是妳應當的，管不好就是妳天大的錯處。

行昭舒舒服服地泡了個澡，那股子難以言明的疲楚也煙消雲散了，再安眠到中午，家裡沒人，一個人用膳也沒意思，行昭讓小廚房煮了碗銀絲麵，就著湯慢條斯理地用完了，一大盆麵行昭吸吸呼呼吃了個精光，倒讓黃嬤嬤高興起來。

黃嬤嬤瞅了瞅空碗又問行昭。「姑娘要不要再來點泡饃？小廚房剩了點羊肉，咱們撕成條熬點高湯再撒點芝麻、孜然還有香菜……」

是老六開了葷，又不是她開葷，好像她幾百年沒吃過東西似的！

行昭趕緊搖頭，見黃嬤嬤神色一落，笑道：「嬤嬤給我再備點乳酪來喝吧，正好消化。」

黃嬤嬤連連點頭。「好好好！咱們再淋上點蜂蜜棗泥？酸酸甜甜的正好解膩開胃！」一邊喜孜孜地笑，一邊收拾完空碗捧在手上往外走，其婉跟著她身後服侍，見黃嬤嬤高興便笑著逗樂。「您從昨兒晚上再到今兒早晨可是變了得有三道臉，昨兒晚上是坐也坐不安生，到如今笑得合不攏嘴。下頭的小丫頭們不敢說您的嘴，可眼裡嘴裡都在笑話您咧！」

黃嬤嬤腳下輕快，昂首挺胸走在遊廊裡。

她不該高興嗎？

年少的丫頭們哪裡懂得這麼多，姑娘沒嫁的時候擔心嫁了之後會遠香近臭，好容易嫁了，兩個人恩恩愛愛地打情罵俏過下去，又得擔心那回事合不合心意，夫妻間再琴瑟和鳴，若那回事沒契合，兩個人心裡頭都得結下個梗，女人家都還好說，若男人在一處得不了滿意，一日、兩日拖過去也就成了，日久天長之後，鐵定得去另外地方尋樂子！

她一聽值夜的丫頭們回稟說：「王爺與王妃要了三次水，到三更的時候要的最後一次水。」哎喲喲，她的一顆心可算是趕緊放下了。

等敦倫大禮一行完，又該操心生兒育女的事了，得好生將養將養，才好產下一個身強力壯的小郎君！

黃嬤嬤滿身都是勁，用都用不完！

大概是上午的回籠覺睡足了，行昭下午精神頭起來了，一手墊在雙福錦軟墊上有一搭沒一搭地搖著團扇，一手翻看王府裡各房各處的人事。出嫁半載，她沒大動人事，只交代蓮玉把府裡上上下下人員調度的狀況全查明清楚，籍貫何處？家中有幾人？分別在何處當差？曾在何處當差？往日裡當差有無過失？若有過失，是誰將他保出來的？

快詳細到祖宗十八代了。

蓮玉頭一回上手，有些做不慣，只說：「有些事做下人的存心想瞞倒也瞞得住，六司出來的宮人來自四面八方的，咱們也不好跑山西、山東、四川挨個兒查吧？」

六司來的人最亂，哪宮裡出來的都有，偏偏往前又是皇奴，生平事蹟都不太好調出來看看。

行昭這樣教蓮玉。「同樣的問題問兩遍，一遍問事主，一遍問與事主有嫌隙的人，問過之後再對照來看看是否有所出入，出入太大的就呈上來，另外著重關注這兩個人的為人處世。」

最瞭解你的，往往是你的敵人。

人活三尺瓦下，誰還沒個把冤家啊？

旁敲側擊問事的活兒，蓮玉表示自己口拙舌笨，強烈推薦蓮蓉來擔任主審，她從旁協助，知人善任，行昭自然答應。

姊妹齊心，其利斷金。

行昭一頁一頁地翻過拿簪花小楷寫得工整清秀的冊子，上上下下近七十人，全都記錄在冊，一個人近三行字，若是一家人字數多一點，全都解釋得很清楚明白。

行昭挨個兒看完，拿筆在三個人的名字下頭畫了條槓。

蓮玉接過一瞧，一個小廚房管點小事的嬤嬤，往前在王懋妃宮中擔過職，懋妃晉位之後，六司重新分理人手，這個嚴姑姑就回了六司。一個是原臨安侯府白總管的徒弟，現在管著通州莊子的張德柱。還有一個是家世很清白，一直為宮裡辦事，負責採買鮑參肚翅，如今重操舊業的外院管事。

行昭默不作聲，蓮玉卻曉得該怎麼做了，告了辭就退了下去。

老六回來的時候，正好趕上晚膳，一進屋就望著行昭傻樂呵，這可是當著滿屋子的人啊……行昭趕緊斂眉低頭盛了碗雞湯遞到老六手上，湯上浮了層油看著沒冒熱氣，實際上燙著呢，老六樂呵呵地大喝一口以表歡欣，當下就燙得蹦起腳來。

行昭既想笑又心疼，心裡頭憋了股悶笑，趕緊揚聲。「快拿碗冰塊進來！」又去拍六皇子的背。「誰讓你接手就喝了，燙出水泡來沒?!」

六皇子包著冰塊說不上話，覺著嘴裡不燙了，便嚼巴嚼巴「咯吱咯吱」地把冰塊嚼碎嚥下肚去，再瞇著眼睛搖頭，衝行昭咧嘴一笑。

餵飽了就沒思考能力了，饜足了的男人還有智力嗎？

她完全不敢想老六就是這麼傻笑著上朝、下朝，往戶部應卯，再一路回來的場景。

行昭扶額，乾脆埋頭吃飯！

七月分的天黑得晚，等兩口子用完晚膳往後苑散步時，天正好有一團又一團紅澄澄的火燒雲被風捲到了南邊，暮光映在青石板小路上，把兩個人影同時拉得老長。

氣氛很平和。

行昭挽著六皇子的胳膊，沒說話，慢慢梭梭往前走。

從正院走到妙香亭，六皇子輕笑一聲。「今兒個下朝二哥偷摸叫住了我。」

行昭仰頭看他。

六皇子眼神溫和往下看行昭，接著言道：「我原以為他又要說哪家少爺養了個外室，哪家姑娘看上個小廝，結果他同我說他要有兒子了，我這個六叔還是這世上第三個曉得的人。」

行昭眉梢一抬，心裡有些驚詫，瞬間想到了昨兒個閔寄柔過來的時候臉上敷粉，腰上墜璧，神情看起來一如既往的婉和，飲酒吃茶也沒有顧慮。

既然不可能是閔寄柔，那是誰？亭姊兒?!

「是石側妃嗎？」行昭問了出來。

六皇子向後揚了揚頭，算是舒展了頸脖，輕輕握了握行昭挽在他胳膊上的手，回答：「是她。如今只有她、二哥還有我知道——至少二哥是這樣認為的，豫王妃閔氏說話處事都不是蠢人，她知不知道尚且還是個謎。」

行昭啞然。

若亭姊兒生下了這個孩子，女兒都還好，給個郡主的名頭便算尊貴到頂了，若是個小郎君那就是二皇子頭一個兒子，正常的男人們對待長子總是有種莫名的寬容與耐心。

二皇子這個時候就知道應該瞞著閔寄柔了！

豫王府的妻妾之爭明裡暗裡也許多次了，閔寄柔占著身分、二皇子的偏向、自己的手段心機，十回裡頭亭姊兒能贏上一回，這還得靠二皇子的不忍心。

瞞得住嗎？

怎麼可能瞞得住！

王府裡側妃姬妾的小日子都是要上冊記錄的，誰月事不調、誰晚了、誰早了，都明明確確記著呢，除非亭姊兒才診出有孕最多三個月，否則就從這分上都瞞不過去。閔寄柔心思細膩又面面俱到，如果二皇子明擺著要遮掩，她這個王府主母是不可能拆臺子親手挑破的。

「二哥要瞞著豫王妃，無非是聽了亭姊兒的話。」行昭輕聲喟嘆。

內宅把戲就這麼幾樣，二皇子這事上要瞞著閔寄柔，就是想護住亭姊兒肚子裡的那塊肉，閔寄柔該怎麼想？除了傷心就是心寒，女人的心寒幾乎意味著死心，兩口子中間一個人心都死了，若再想把兩顆心縫起來，簡直難於上青天。

六皇子小動作不斷，抬手輕揉了揉行昭的腦門，笑問：「妳覺著瞞得了多久？」

「頂多下旬吧。」行昭回過神來。「二哥的嘴巴哪是管得住的？跟你說了之後緊接著大家就都能知道了，等大傢伙都知道了，陳家的態度也能見分曉了。」

失了陳婼這麼一顆好棋，陳顯是繼續捧皇長子，還是另想他法，改變謀略。

拿這件事一試，準靈。

二皇子沒瞞多久，初秋一來，亭姊兒顯了懷，便想瞞也瞞不住了。

不算歡宜這個女兒生下的阿謹，這算是皇帝名正言順的頭一個孫輩，更何況出自皇帝最中意的兒子，皇長子膝下，父親是夠顯赫了，可母親拿出來說又不夠正統了——亭姊兒雖是出身世家勛貴安國公石家，可到底只是個側妃，就算生下個兒子也只是庶長子。

懷著的是天家頭一份的血脈是該重視，可一個側室若是太過重視，也叫做沒了規矩。

王懋妃大喜過望，賞下流水的好東西從宮裡出來直接抬進了亭姊兒的東廂，連在閔寄柔的正院裡擱都沒擱一下。再隔了兩日又從六司選了兩個經年的婆子賞到豫王府以作養胎安心之用，亭姊兒一時間風光無限。

她是該風光的，往小裡說是為夫家綿延子嗣之功，往大了說就是為江山社稷定邦安國之功。

立儲，看身分、看生母的地位、看自身的能力，再看什麼？再看成年皇子的子嗣康健。前朝就有舊例，當選太子的那個皇子什麼都沒有，就有幾個好兒子。

相比之下，如今的二皇子確實是一路領先。

除了自身能力和母妃宗族稍遜一籌，其他的是占盡先機。

前一個，皇帝已經選好了所謂的扶持之臣了，後一個嘛，也好解決得很。

恰逢秋高氣爽，行明捧著肚子摸到了端王府的門。行昭笑著望她，只說：「虧得妳還有個小保護神在肚子裡頭，否則我及笄那日妳缺席的帳可沒這麼容易算完。」

行明面上紅潤，分明就沒敷粉上妝，兩腮卻跟抹了胭脂似的，氣色看上去好極了，趕緊頂回去。「分明就託二嫂來告假！」

口中的二嫂就是欣榮，欣榮自然幸不辱命，行昭一聽行明嫁了這麼幾年頭一回懷了孩子，趕緊從庫房裡刨了尊白玉觀音像讓人送過去。

算起來這還是行明頭一回來倒也不客氣，身子還沒顯懷不好亂走，行昭就扶著她從暖閣一路逛到抱廈，進了正殿就趕緊歪在軟緞抱枕上側躺著，沒那個精氣神說閒話了，直入正題。「妳曉得三郎年前調進禮部任職了吧？」

這還是託老六使的勁，行昭點頭。

「往日禮部清閒著咧，這幾天上面幾個頭忙慌了神，妳猜猜忙著做什麼？」

沒祭祀、沒大婚、沒年禮……

行昭眉心一蹙，便聽行明接著說了下去。「忙著幫后妃選封號！選的都是恭啊、莊啊、昌啊這麼些頂好的字。三郎一個小郎中湊不進堆裡去，可他存了個心眼回來給我說起這事，幫正得寵的顧婕妤擬封號可用不上這些太鄭重的字，原先她做和嬪時的和字就頂好。往上的幾位娘娘，淑妃、德妃都在四妃裡頭，不需要再擬封號了，就兩個惠妃與懋妃，都還只是從二品的妃位。」

行昭恍然大悟！

動作不大，可一試就把陳家的反應試探出來了——陳顯還沒改變謀略。

「在選定王懋妃的封號吧。」行昭婉聲出言，邊轉手給行明遞了盞乳酪，邊道：「要晉王懋妃什麼位？四妃之首貴妃位？四妃裡頭還有兩個空缺，卻只有貴妃能加封號以示鄭重。皇上什麼時候透的意思？」

「就前幾日。」行明忍著噁心喝了口乳酪。「三郎私心揣度怕是為了給豫王殿下增顏面。戲文裡頭還看少了，捧一個壓一個的，算起來端王和豫王都是庶出，誰都不占優，往前王懋妃娘娘宮人出身，身分不高，可人家今時不同往日了，和淑妃娘娘可是平起平坐了，還壓了一筷子頭，可算是誰也不怵誰了，你們可得經心著點！」

行明說話直來直去的，倒是從來沒變過，這些話也好擺在明面上說？行昭笑一笑，親手撚著帕子，幫行明擦了擦嘴角沾著的乳酪。

皇帝雲霧繚繞得快活似神仙，哪有心思想到這事。

行昭心裡頭有了個底，要留行明用膳，正巧六皇子也趕回來了，在正堂兩個人碰了面，六皇子先拱手作揖。「三姨好。」

斯文敗類的小樣倒把行明鬧了個大紅臉，側身避開這禮，又捂著肚子屈膝深福了福，順勢便推辭告退。「最近六部都忙得很，阿嫵好好陪王爺用頓晚膳。」

行昭拗不過她，乾脆扶著她送到大門口。

兩姊妹聊著聊著話題就拐到了別處去了，從亭姊兒說到了偏房妾室，行明說起妾室來是咬牙切齒。「託皇后娘娘的庇護，把我嫁到王家去。妳是曉得的，小時候我娘受那些姨娘多少氣，要把我嫁到那些沒規沒矩寵妾滅妻的人家去，我怕是早就進了順天府尹了！」

行昭目瞪口呆地望著行明，隨後就聽見行明的解釋。

「要不是我一把火把那些小妖精一塊兒燒成灰，要不就是我拿著鐮刀把那些女人的腦袋一個一個全剁下來！」

行昭趕緊捂住行明的肚子，小孩子家的，這些話就不要聽了。

行明噗地一聲笑了出來，言傳身教。「有些話妳那些公主嫂嫂、姑姑們是不好說的，以她們的身分也用不著擔心。妳自個兒可得留心著點，丈夫就一個，別人一爭一搶就沒了，長子一定要從正院夫人的肚子裡爬出來，我寧可擔些惡名，那些通房丫頭們一侍寢，無論與我多親厚，我都會一碗湯藥就賜下去，我不生，她們休想生！別人只要不當著我面罵，我就什麼也不知道。」

王三郎是沒有妾室，可他有通房丫頭，時人眼裡只要男人身邊沒妾室就算在女色上十分自持了。

通房丫頭不算人，就算個玩意兒。

華燈初上，行明珠圓玉潤地上了馬車然後漸行漸遠，行昭靜靜地站在原處待了片刻。

無論是人，還是玩意兒，這輩子只要她還有一口氣喘著，這些東西就甭想進她的家門。

折身回去，和六皇子說起皇帝要晉王懋妃位分的事，六皇子反應一點也不驚訝。

「懋妃晉位一事絕對和陳家脫不了干係，陳顯要捧二哥，父皇樂見其成。看起來陳家的打算尚且未變，可事無絕對，陳婼一步棋廢了，陳家行事不可能再像往日那般平穩了。他自斷臂膀捨棄原來的皖州知府，近日卻下大力氣打壓羅閣老，羅閣老本就資歷尚淺，如今的內閣行事大多都避在羅閣老未在的時候商議。」

陳婼一事塵埃落定，陳顯行事之中反而較以往多了張狂和外露。

是手上握著的力氣已經慢慢成形為拳了？還是急不可耐？還是被逼上梁山？

行昭從善如流答道：「我改日備上好禮去羅府拜訪羅夫人。」終究是因為羅閣老是行景岳丈緣故，陳顯連爭取他都嫌麻煩，直接打壓。

近日戶部事忙，皇帝已經要到知天命的年紀了，修繕皇陵加固邊北都要趕緊動起來，行昭看六皇子眉間有倦意，有些心疼，嘆口氣靠到六皇子身邊去。「阿慎，你說，我們到底在爭些什麼？利？權？財？地位？」

「命。」六皇子合了合眼，打了個呵欠。「我們爭的是命而已，在農間鄉頭妳我辛勤耕織一生，爭的是命。身處鬧市街坊妳我算帳賣貨，爭的也是命。老天爺把我們放在這個位置，要想自己活命、身邊人活命，就要爭。」

行昭壓低了聲音問：「那爭到之後呢？」

「阿嫵，這個世上有比活命更要緊的東西。等爭到了，妳我皆要勿忘初衷……」六皇子亦輕聲回之，疲憊到了極點，反將頭靠在行昭身上合眼入睡。

比活命更要緊的東西是什麼？

問羅閣老，他八成會答是風骨與情操。

問陳顯，毋庸置疑是地位和自尊。

再問賀琰，這世上沒有什麼比活命更要緊的東西。

行昭和六皇子認為比活命更要緊的是什麼呢？

大約是一顆本心罷了。

禮部擇的都是好字，呈上去，皇帝朱筆一圈，選了最後一個昌字。

冰玉其質，賢德其昌，可說成是讚女子教養、涵養的。也可說是昌盛興邦、德全瑞鄉了，可以謂之國體了。

昌貴妃王氏？

行昭看著眼前這個弱柳扶風的弱質女流簡直想笑，皇帝緊著貴重的字安到王氏的身上，也不曉得看看王氏這盈盈不足一握的腰肢，弱柳一般的畫眉，小巧纖弱的姿態擔不擔得起一個昌字。

「顧和妃、昌貴妃還有孫貴嬪，今兒個是頭一回晉位之後跟大傢伙見上一面吧？」方皇后端坐其首，姿態很端方。「再讓幾個孩子都同妳們認認真真行了禮，特別是老二家媳婦兒，得趕緊去恭祝母妃有這樣大的福氣。」

王氏晉位，皇后在皇帝面前提了提皇帝心尖尖上的人物小顧氏，再提了提誕下七皇子的孫氏，最後一喜變三喜，趕在年前兩妃一貴嬪拿了金冊金寶，得了禮成。

今兒是初一十五進宮請安。

行昭挨著陳媛坐在尾端，一抬眼，眼神落在閔寄柔身上，再往上一瞥，便看見了規規矩矩地垂眉斂目站在閔寄柔身後的亭姊兒。

閔寄柔神色很平靜，照舊將手擺置膝上，眉目淺淡如畫。

聽皇后這樣說，閔寄柔趕忙起了身，閔寄柔一起身，陳媛和行昭也跟著起了身，只聽閔寄柔話說得很是柔婉，先向方皇后福了一福。「無論是兒臣還是母妃的福氣都是皇上與皇后娘娘給的，於情於理都得同您先道個萬福！」

方皇后叫了起，閔寄柔這才乖乖順順地挨個兒行禮過去。

聽閔寄柔將才那番話，昌貴妃王氏心裡無端像堵了塊糍粑一樣。方皇后什麼時候給過她福氣？什麼時候庇佑過她？她入宮這麼二十來年，從永樂殿的宮人爬到良家子，再從良家子爬到才人，然後王嬪，再來懋妃……這麼幾十年，縱使她再乖順再卑躬屈膝，方皇后一直待她不鹹不淡，從來沒有熱絡過，甚至時不時還喜歡敲打她幾句，攛掇別人來下她臉面。

東邊那個陸淑妃什麼也沒做，一入宮就是淑妃，到死還是淑妃。還有那個陳德妃，養個別人的跛腳瘸子，養得自得其樂得很，平日裡什麼建樹也沒有。只因為她們都是出身世家的女子，所以她們能名正言順地湊成作堆。

幸好她還有個好兒子。

昌貴妃望著閔寄柔姿容秀美的那張臉，心頭一窒，嘴上沒叫起，話裡卻轉了話頭，笑呵呵地招手讓站在椅背後的亭姊兒過來。「有了孕就站不了了對吧？如今有四個月分了？胎站住了嗎？母妃送過去的湯藥吃著都得用吧？」

亭姊兒斂住裙襬，小碎步蹭過去，紅著臉低下頭也不說話，先搖頭再點頭，最後索性將頭縮在脖子裡，只露了一雙紅耳朵在外頭。

一個妾室被昌貴妃拉著手親親熱熱站得筆直，堂堂正室卻躬著腰屈著膝作恭敬狀，王氏越發猖狂了。

方皇后沒開口，卻把眼神瞥向行昭。

行昭哪裡還不曉得方皇后的心思──方皇后這是要閔寄柔受她個人情。

行昭心下嘆了口氣，上前一步將閔寄柔輕扶了扶，閔寄柔借勢起了身，行昭便笑著朝昌貴妃王氏屈膝行禮。「俗話說得好，少不抱子老抱孫，貴妃娘娘如今正風華，竟習起了古語裡的行狀了！您可得憐惜憐惜石側妃，您瞧瞧人耳根子都羞成石榴紅了。」

媳婦兒熬成婆。用了個熬字，便足見其艱難。

方皇后這般剛烈的人物將嫁的時候，還要俯在顧太后跟前立規矩做臉面，婆婆想給媳婦兒罪受真是太簡單了，嫁給皇子就等於有了兩個婆母，一個嫡母、一個生母，嫡母得敬著，只要大事上不出錯，皇后也得顧忌顏面不會太過刁難，可對待生母的態度就懸了，太尊敬便是打了當朝皇后的臉，不尊敬又是打了自個兒夫婿的臉，兩廂難做。

不過昌貴妃王氏要在方皇后跟前擺婆婆款兒，太離譜了。

行昭笑著轉頭，輕輕推了推閔寄柔。「昌母妃正問話呢，二嫂還不挨個兒答下來？」

主母當然有權利代替妾室答話，不僅有權利，甚至是責任與義務。

亭姊兒臉唰地一下更紅了，耳朵紅得像透著血絲的琥珀，飛快地抬頭看了眼行昭，然後飛快地低了頭。

閔寄柔輕輕柔柔接過話，回答卻是正對著方皇后，姿態不卑不亢，答得很清楚。「請了太醫來瞧，說是胎兒很健康，懷胎三個月的時候才發覺，如今四個月多一點，平日裡石妃也不大站，多是躺著或臥著，太醫卻說這樣要不得，母親得日日活動起來，孩子才能康健成長。」

行昭也不曉得讓閔寄柔來回答這些話是解圍還是殘忍。

二皇子這個人真的很簡單，也從來沒藏過什麼壞心，行動常常由情緒支配，他覺得亭姊兒看起來可憐，便帶她出去遊燈會，給她孩子，再幫她瞞住正妻。同樣他喜歡閔寄柔，可閔寄柔從始至終表現出來的都是堅強與端和，這個女人不需要人庇佑，在男人放心之餘，便會將多出來的心軟與耐心分給其他人。

這就是為什麼方皇后原先要教導她，多示弱、會示弱。

閔寄柔是正室模範，也被擺在了正房夫人的位置，她要賢淑、她要尊敬夫君的體面，所以只有放下自己的愛與恨。

前世是這樣，今生還是這樣。

閔寄柔聰明，但她心不夠狠，前世恨毒了陳婼，卻也下不了決心動陳婼的兩個女兒，與現今的情形何其相似。

方皇后是留了飯的。等準備出宮打道回府的時候，太陽已經落到一半了，霧靄又起，從行昭熟悉的鳳儀殿外慢慢地落下。

三個妯娌走在前頭，陳媛愈加彆扭走得飛快，閔寄柔便扭頭吩咐人。「陪側妃慢慢地走，不著急。」然後只剩下她與行昭兩人並肩而行，走得雖近，可兩人一路無話。

不是慣常示弱之人，何必垂淚扮可憐。

走過順真門，眼瞅著三家王府的青幃馬車候在門口，閔寄柔轉身朝行昭抿嘴斂眸一笑。

「這是我這些天走得最輕快的一段路了。」

這話輕得像天際的浮雲，行昭聽了心中有悶苦，勾起嘴角回之一笑。

正要攀轅上車之時，陡然聽見身後閔寄柔比前一句更輕的話——

「阿恪根本就不適合成為帝王，挾天子以令諸侯的曹孟德必定謀朝篡位。」

閔寄柔的話叫行昭說不清楚什麼滋味。

她也曉得她們倆的立場，皇帝要把二皇子捧起來，為了維穩，就勢必要把另一個兒子壓下去，六皇子就做了這麼個倒楣蛋。老二是個自得其樂的，她卻一直都知道閔寄柔的本事。

不是什麼人在至高的權杖跟前都能把手拿開的，拿不拿得到是一回事，伸不伸手去拿又是一回事。

上一世她做晉王妃的時候，與閔寄柔無話不談，可如今呢？

從鳳儀殿到順真門那麼長的一段路，她與閔寄柔交談過幾句話？

是不可能深說的了，普通的妯娌尚且還有嫌隙齟齬，何況兩個嫁到皇家的小輩媳婦兒。

最後那句話讓她心裡頭懸吊吊的。

第九十六章

一進正院就看見六皇子盤膝坐在炕上，木案上的帳卷疊得老高，上頭幾本是敞開著的。行昭探過頭去瞧，帳冊是靛青藍布縫的封面，有幾本書脊處還蒙著塵，裡頁泛著黃，是很久之前的戶部帳目明細了吧？再瞧了瞧，模模糊糊看見「水澇」、「旱災」這幾個詞，下頭載的全是名目各樣的銀兩數，蹙著眉頭問：「怎麼將這些公事拿回來做了？杜大人呢？」

成親這麼幾個月了，六皇子論外頭事再忙再繁，也沒把公事帶回家過。小小習慣卻讓行昭沒來由的很高興。

六皇子一抬頭見是行昭，停了手下的動作，輕擱了筆，麻利地把帳本都重新疊好推到一側去，在小案上騰出塊空地來上茶和糕點。

「事情多，沒做完不安心，只好搬回來做，妳可算是回來了。從戶部出來便差人去內宮問，結果說是母后留了飯，我總不好去鳳儀殿尋妳。」六皇子拍了拍身側的軟墊，示意行昭過來坐。「見到二嫂了？氣色瞧著都還好吧？那個石氏瞧起來怎麼樣？二哥雖沒和我細說，可話裡話外對她沒說過不好的。」

是怕他來內宮接她，會讓閔寄柔心裡不舒服吧！

行昭沒過去，先繞到屏風後面去換家常衣裳，一邊解扣子脫大裳，一邊說：「見到了。昌貴妃分明喜歡亭姊兒更多些，二嫂都還好，不管是明裡暗裡都能穩得住。倒是後來我與二嫂兩個人說話的時候，二嫂可是把我給驚著了。」
屏風是磨砂琉璃做的，上頭嵌著幾十顆碎米粒大小的紅寶石，光照過來磨砂的乳白和熠熠的鮮紅後頭，有具婀娜的身段剪影。
六皇子眼神一動，心不在焉地接話。「都說了些什麼？」
「二嫂說二哥不適合被推到那個位置。也說了曹孟德，我不知道她是想將陳家比作曹操，還是想將二哥比作劉阿斗。」
行昭邊說邊從頭上套了件白銀條紗衫出去，接過蓮玉手上的帕子，認認真真擦了臉又擦了手，這才坐到了六皇子身邊，嘆了口氣。
「我本是不願意多想的，可在這節骨眼上二嫂跟我說這話，我腦子裡亂得像漿糊似的，一會兒想二嫂是不是想藉端王府的手把亭姊兒給除掉，一會兒想她是不是想將我們與陳家的風浪搧得更大點……謀朝篡位都說出來了，我沒答話，可心是真慌。」
行昭不是一個慣以最壞猜想去揣度別人的人，可江山從來都是最重的籌碼。
人性都是有底線的，別將任何東西放在江山的對立面，沒有幾個人能禁得住考驗，不要讓自己和別人都失望，這就是底線。
溫水沁在臉上，秋後天漸涼，夜裡從北風蕭颯的室外進到屋內，行昭一張臉蛋慢慢變得紅撲撲的，身上沾染了鳳儀殿熟悉的薄荷花香，被熱氣一熏也清清淡淡地散了出來。
「想得這樣多，平白嚇自己。」六皇子沒覺得這是什麼大事，安撫道：「閔家盡出通透人，信中侯凡事留一線，什麼事也不做絕，妳舅舅告假在家，信中侯這些時日去左軍都督府也都是應卯點兵，從來沒有什麼大動作。我倒是覺著二嫂至少有七分真心說的這些話，退一步說，二嫂若模稜兩可地說，妳就模稜兩可地聽，以不變應萬變，實在被逼到變無可變，妳忘了這不是還有我在這兒頂著嗎？」

歸納起來就一句話——天塌了還有個子高的頂著。

這算什麼安撫?!

行昭瞄了眼六皇子，心卻漸漸放寬了。說起二皇子，不由自主地嘆口氣。「你說二哥究竟是怎麼想的？寄柔是他求娶來的吧，明明是很喜歡寄柔的，豫王府後院裡除卻一個王妃、一個側妃，便再沒有美人兒了，偏偏就這麼兩個女人都搞得雞飛狗跳，不得安生。」

看看人家賀二爺，後院十幾個美人兒一天一個，安排得妥妥當當，就沒出現過這樣混亂的場面。

妾室就是妾室，別給妾室足夠的資本和正房爭，否則後宅難得安寧，這可是連賀環都知道的道理啊。

這女人瞬間就忘了正事，說起閒話來了。

六皇子手上再合了本冊子，神情十分認真。「大概是二哥嘴裡說出的家長裡短，全報應在自個兒身上了。」

惡毒，忒惡毒了。

行昭最喜歡看老六人模狗樣地說笑話，嗯……有種逼良為娼的快感。

兩口子坐在一處，老六謄抄近十年江南一帶的帳冊，說是——

「今兒一個郎中翻到這些帳目，這才發現江南早十年前就是一堆爛帳，前幾年去泡在河裡命都要沒了，也沒能完全徹查下去，治標不治本，等發作起來讓人更難受。江南的帳做得噁心人，別人不管，我不能不管。」

這是六皇子自己尋的差事來做，行昭覺得他傻又覺得與有榮焉。

進宮請安荒廢一天，行昭就靠坐在他身邊看庫房冊子勾選年禮，時不時地問上一句。「你覺得母妃是喜歡菩提子的手釧還是紅珊瑚的？」、「母妃喜歡用茉莉香的撲粉還是玫瑰味的？」

這裡的母妃當然是指陸淑妃。

天曉得女人的茉莉香和玫瑰香有什麼區別啊！

六皇子言簡意賅。「我們送的，母妃都喜歡。」

行昭隨即喜孜孜地挑挑揀揀了幾大頁。

兩個人一起忙好像做得比平日裡更快。爬到羅漢床上，行昭探身將燈盞移近，呼地吹滅了燭火，蓮玉進來照例要把擱在床邊的宮燈熄滅，卻被六皇子止住了。「就這樣亮著吧，等會兒再熄。」

行昭要整個堂間都黑黝黝地才能睡得著覺，看了六皇子一眼，臉上比往日燙了些。

內廂裡暗了下來，只有一、兩點微弱光在跳動。

行昭往裡側身睡，六皇子抱著她的腰，沒隔一會兒手就從下面慢慢往上，在昏黃曖昧的光中，摸索著把扣子挨個兒解開，明明很靈活的手這時候偏偏變得慢吞吞。

就像火花「噗」地一聲衝上半空，卻久久不見煙花的模樣。

行昭惱他故意，一個翻身，便與六皇子面對面了。

「促狹！」六皇子悶聲笑起來。

心思沒停，手上的動作也沒停，扣子一解開，他的手便順勢貼在了肌膚上，順著脊梁骨一寸一寸地往下滑，男人的掌心發燙，行昭身上顫慄，伸手勾住了他的脖子，將臉埋在老六的頸脖裡，熟悉的沉水香味道充盈而來。

大概日子就是這樣，初次的磨合總讓人疼痛，慢慢地從小心翼翼變成隨意與習慣。合適，並不是一點一點地將兩個人的稜角都磨去，而是讓兩個人輕絲暗縫地契合於一體。

歡愉地、不帶猶豫與遲疑地契合一體。

秋來天高，行昭卻覺得屋子裡像一個灌了水的蒸籠，他的氣力越來越大，行昭身上就越來越熱，身體裡像有一股熱氣在橫衝直撞著，又像沙場之上萬馬奔騰，閉上眼腦中一片空白，只能將頭往後仰，身體卻向上抬。

羅漢床床腳特意留了光，六皇子俯下身，嘴貼近行昭的耳朵，壓低聲音，斷斷續續。

「阿嫵……睜開眼睛……看……看著我……」

行昭緊緊攥著床巾，輕啟唇，眼睛迷濛睜開一條縫。

正好看見男人大汗淋漓的一張臉，和極亮的一雙眼。

慾望，像什麼？

黑暗中的那團火，大水裡的浮木，燭光裡的飛蛾。

人因慾望欲死欲生，行昭卻因慾望腰痠背痛。

偏偏新年在即，新任端王妃必須打起精神來，應付各家各戶的年禮往來，打理府內的差事管事，日日都要見人，通家之好的夫人們，從莊戶上來拜年的莊頭們，還有遠方的親眷派過來請安的嬤嬤婆子。

哦，行昭還得再加一樣，準備參加宮裡的除夕家宴。

宮中已經許久沒辦過家宴了，宴無好宴，皇帝心頭暗忖一把老骨頭可算是怕了宴上出的那些么蛾子了，索性不給這個么蛾子機會。今年可不行，三妃晉位，皇家娶新婦、添新丁，怎麼說都是大事。方皇后是主張要辦的，昌貴妃吹枕頭風，顧和妃也吹枕頭風，皇帝被風一吹，主意就變了。

如皇帝所願，今年的家宴恐怕又要出么蛾子了。

到了除夕，定京城這才落下舊年的最後一場雪，新年的頭一場雪。

初雪來勢洶洶，打了京城裡人們一個措手不及，行昭透過窗戶往外瞅，雪撲簌簌地往下落，僕從們來不及清理，沒多久就在青石板路面上積起了一寸有餘的積雪了。

端王妃當機立斷地說：「咱們用過早膳就進宮，順便去母后那兒蹭頓吃喝。萬一趕點去，馬車趕得快，路面又結層冰，容易出意外。」

端王婦唱夫隨，趕緊表示媳婦兒太英明睿智了。

故此，端王府兩口子就成了今兒個到得最早的夫妻。

蔣明英得了信，在鳳儀殿外頭候著，白雪茫茫的，大老遠就瞅見有人影過來了，趕忙迎上去。「王爺和王妃趕得早，您進了順真門，皇后娘娘這才得了信，午膳沒備齊，趕緊吩咐小廚房加菜……」一邊扶住行昭胳膊，一邊笑問：「酸漬黃瓜條、八寶羊肉鍋子、醉香梅肉，您趕緊再想想看還想吃什麼。」

「嗯，還想吃山藥細麵。」

方皇后照顧她，鳳儀殿做飯都是清淡的，行昭回望了眼不疾不徐跟在後頭的老六，再笑了笑。「姑姑去瞅瞅小廚房還有牛肉沒，切得薄薄的，再拿芡粉一裹，和著雙椒一塊兒炒，鮮嫩鮮嫩的。」

自家姑娘可是從來不吃辣……蔣明英跟著看了眼六皇子，隨即朗聲笑起來。「一準有！」

一進鳳儀殿，地龍燒得整間屋子既暖和又亮，六皇子規規矩矩地先給嫡母行了大禮，行昭跟在他身後福了身，方皇后樂呵呵地讓碧玉一人塞了個香囊，行昭拿手一掂，像是銀票的大小，還是厚厚一疊呢！

方皇后這是給他們貼補家用吧。

行昭有點汗顏，她往前在莊子上時，是聽過鄉間裡壩的有做母親的逢年過節偷偷摸摸塞給閨女兒錢花，是當私房錢也好，還是貼補到公中去也好，都是把娘家東西拚命往婆家搬，只是未曾想，他們一家這天潢貴胄的，也得讓丈母娘偷摸塞錢花。

「我們都多大歲數了，您還給壓歲錢！」

「只要還沒生孩子，自個兒就是個孩子，就能得壓歲錢！」

行昭琢磨來了鳳儀殿，跟著就去淑妃那處請安，方皇后也攆她和老六。「讓淑妃一塊兒過來用午膳！」

哪曉得宮廊都還沒出，將拐了個彎就碰見了淑妃，行昭趕忙上去扶住。「雪這樣大，我與阿慎正預備去接您。」

淑妃笑得眼睛眯成條縫，行昭還算是新嫁娘，尚且還許進宮穿著一身紅，辭舊迎新的好日子穿得既貴氣又喜慶，站在雪地裡像團暖人心的火，再瞅瞅安靜地筆直站在兒媳身後的兒子，心裡頭全是滿足。

這樣就已經很幸福了。

用過午膳，小倆口坐在一處陪兩個娘說話，沒一會兒綏王府兩口子倒率先到了，一進殿綏王妃陳媛就先瞅見了其樂融融的場面，心裡頭湧上來的也不曉得是什麼感覺，老二有昌貴妃，閔氏有閔家撐著，老六有方皇后，賀氏本來自己身分就貴重，等嫁了人，先甭管老六心裡頭是怎麼想的，就在明面上也不會得罪賀氏。

她有什麼？只有她什麼也沒有，娘家是陳婼的後盾，老四是個瘸子，唯一能依靠的丈夫根本就是個靠不住的。

還好還好，這片濕濘的泥潭裡，陳婼正在往下墜，她那最親愛的妹妹會掉下來陪她的。

綏王夫婦先問方皇后和淑妃的禮，老六和行昭再站起來給哥嫂請安，六皇子和四皇子碰了面，兩個男人就從席上避開了，剩下幾位女人家。陳媛從不主動開口與行昭搭話，行昭做弟妹的卻不可能不表示親厚。行昭向外看了看，笑著與綏王妃嘮家常。「哪兒能想到今兒的雪能落得這樣大，綏王府與豫王府一向挨得近，二哥二嫂怕是在路上遭這天氣耽擱了。」

陳媛看了行昭一眼，似笑非笑地挑釁。「怕不是在路上被耽擱了，是在昌貴妃那處耽擱了吧。」

行昭說不清陳媛究竟是怎樣的眼神，說是狠戾也不至於，說是幸災樂禍有一點但不是全部，說是孤傲清冷卻不那麼妥帖。

綏王妃陳媛越來越瘦，行昭最早看見她，她還是一個面容紅潤、眼神怯生生的小姑娘，如今卻瘦得顴骨突起，眼窩往下陷，便顯得面容有點凶。

有些時候，只有凶神惡煞，才能掩飾住擔憂和懦弱。

其實不該把一段感情、一樁心願、一份執念折磨得氣數已盡，這才發現其實早已大勢已去。

行昭嘆口氣，不回擊也不挑破，順勢轉了話頭。

又隔了一會兒人都陸陸續續地過來了，幾位長公主缺了八娘，駙馬只來了兩位，到了這一輩兒，宗室已經沒有多少近親，幾個遠房的縣公裡只來了還和朝堂上搭得上關係的令易縣公，行昭瞧半天沒瞧見胡蘿蔔，再一問人家小姑娘早就遠嫁泰州了！

平陽王府出了那麼老大個洋相，又何必舉家送到別人手上去，一早就辭了這次家宴，只推說——「身子不暢，心恐有礙龍體。」

二皇子一家並昌貴妃王氏最後才到。

皇子進了宮沒先到鳳儀殿請安，卻先去了生母宮中。

行昭悄悄讓蓮玉去打聽後才曉得，原是昌貴妃王氏讓人去順真門截胡來著。

行昭很想問問王氏，貴妃，您的腦袋什麼時候被驢踢過了？您剛才是發瘋了嗎？

方皇后靜默旁觀什麼也沒說，旁人自然也不好說，滿殿的人都候著當今大周朝行將就木的帝王。

方皇后打發林公公去問，林公公一回來，躬著身子，複述原話。

「皇上讓皇后娘娘領著人先去暢音閣，皇上與和妃娘娘片刻便到。」

行昭發現今天自個兒盡在嘆氣了。

如今的皇宮內院就像一個醜態百出的戲臺，皇帝就是最大的笑話，每個人都在盯緊方皇后看，就等著方皇后出手收拾殘局——就像以前一樣。偏偏鳳儀殿這麼幾年都沒有動作，捧了一個小顧氏，緊接著又捧孫氏，然後又縱容王氏得意囂張，鳳儀殿一直在冷眼旁觀，卻在緊要處微不可見地推波助瀾。

無論是誰在推波助瀾。一臺戲沒唱完，最後停在哪裡，又有誰能篤定呢？

方皇后點的主戲，點戲的摺扇繞過昌貴妃，昌貴妃王氏臉色暫態就不好了。遞給陸淑妃，淑妃擺手只稱「看什麼都是一樣的」，便又將點戲的摺子遞給閔寄柔。

閔寄柔笑著點了齣【桃花扇】，【桃花扇】唱腔溫婉柔和，眼神在身後亭姊兒身上落了落。「石妃懷著孕，鑼鼓喧天的怕是得驚著。」

閔寄柔也沒往昌貴妃那處遞，長幼有序順下來，綏王妃點了齣戲。

行昭點了齣【點絳唇】，笑說：「這齣戲是考校花旦功夫的，看看樂伎苑的花旦功夫減退了沒，若是不如前了，我這份打賞可甭想拿！」

前後點了五折戲，時辰算下來，戲一完正好往太液池用晚膳。

嗯，怕是用不了晚膳了吧。

行昭思緒不知飄到哪裡去了。

對面的戲臺子備齊活兒了，小羊皮鼓先起，鼓點叮咚，緊接著就是胡琴悠揚、鑼鼓喧闐，喜慶聲將行昭的思緒拉了回來，下意識地挺了挺脊背，努力聚精會神起來。

女眷們坐在暢音閣二樓，男人們在三樓。

方皇后坐在中心最靠前的位置，貴妃、淑妃一左一右，陳德妃坐在淑妃的左手側。

三個小輩妯娌坐在第二排，能透過前頭人的肩膀縫隙往前瞧，再往後怕就只能黑壓壓地瞅見人腦袋了，壓根兒瞅不見戲臺子上演到了哪齣，不過這皇家的家宴瞧的哪是戲臺子上的戲啊，明明是這些人精演的戲。

皇帝是臺上正唱到芸娘歸家的時候來的，臺上的旦角唱得正期期艾艾，這頭是三呼萬歲，宗室男眷們小牛皮靴踢踢踏踏地趕緊下來，跪在前頭，行昭緊挨著老六跪下，口裡頭隨眾唱福。

「都起來吧。」皇帝的聲音蒼老無力。

方皇后率先起了身，從小顧氏手上扶過皇帝，笑吟吟地道：「您來得正好，沒錯過好戲。阿嫵點的【點絳唇】，說是要考校考校宮裡頭樂伎們的功力，您一錘定音，好好品賞品賞，千萬甭叫阿嫵得意！」

皇帝眼皮向下耷拉，看了幾圈這才找到了皇后口中的阿嫵。

阿嫵是誰？皇帝皺著眉頭想了想，哦，是老六家的媳婦兒，方家的外甥女，也是他硬塞給老六的，這兩口子怎麼還沒打起來？

皇帝再動了動眼球，看見了二皇子，抬起手招了招。「老二過來，過來挨著朕坐。」

立馬有小宮人手腳麻利地端了杌凳挨在中央的椅凳旁，二皇子抬頭看了看垂垂老矣的父親，又趕緊埋首往這處走，昌貴妃王氏輕輕抿了抿嘴，極力克制住想上揚的眉梢。

皇帝沒接方皇后的話，場面已經有些冷了，皇帝偏偏提起老二……

綏王妃嘴角一挑，飛快地瞥了行昭一眼，行昭有些無語。

皇帝落了坐，眾人才敢落坐，皇帝選在二樓落坐，再沒有人敢坐在三樓，男眷們全都下來了，宮中早有準備，幾扇大屏風一隔便將男女之別隔了出來。

再往臺上望，正好演到了一齣新戲【點絳唇】。

【點絳唇】考的是花旦功夫，定京城裡誰是花旦名角？

先有柳文憐，再有段小衣，之後便是臺上這位袁尋君了吧？

和段小衣相似的身段，更加柔媚的五官，師承一脈的唱腔，這位袁尋君會一炮而紅的。行昭很篤定。

戲臺之上，鼓點密集，胡琴悠揚。

這才將開始，花旦尚未出來，如今在臺子上的一個丑角，一個小生正在唱著。

唱腔倒是很敞亮也能見功底，丑角畫著花臉繞著小生轉悠，小生英姿挺俊，目不斜視，站得筆直。這正演到小生張懷喪父，這丑角黃老闆趁火打劫奪取張家製墨機密的時候，這是開場，製墨方子也是這齣戲貫穿始終的線索。

行昭手指扣在身旁的小案上跟著樂點打拍子，看得目不轉睛。

閔寄柔很輕鬆地靠在椅背上，壓低聲音笑道：「大過年的怎麼點上這齣了？後頭雖是大團圓，前頭也看得忒憋屈了點。黃老闆奪墨不成，反倒買通人手讓張懷參軍前線，然後就此沒了消息。張懷之妻晚娘一個女人哭過之後，一肩撐起門楣，攢夠了盤纏就此踏上漫漫尋夫路。妳行事一向妥當，何必在這節骨眼上點齣這樣的戲讓上頭不安逸呢？」

閔寄柔邊說邊將眼神橫向和方皇后並排坐著的皇帝。

「哪兒能惹得人不安逸啊。」行昭眼神沒動，心不在焉地輕聲回之。「後頭不是喜慶起來了嗎？晚娘先去前線，輾轉反側之後再入京尋夫，哪曉得夫婿張懷已經軍功卓著、戰袍加身了。尋夫尋到了，張家先有戰功，再向皇帝獻上百年製墨之秘，可謂是名利雙收，張家夫婦既沒有落入秦香蓮、陳世美之類的悲劇，又沒有像寧采臣、聶小倩生死相隔。這分明是京戲裡頭難得的一齣好戲。」

是一齣好戲。現實裡圓滿不了，女人們便到戲裡去尋，論它好壞邏輯，一齣喜劇便足夠安撫人心了。

閔寄柔認認真真地看了眼行昭，這才轉了眼，隨即嘴角一勾，纖手往臺上一指。「喲，花旦主角出來了！」

袁尋君出來了。

粉裙水袖，娥眉粉黛，杏眼含淚，側面示人，眉梢初抬將起，緋唇一張，唱腔柔婉卻自有風骨，朝看客們娓娓道來。「妾苦來——郎君不知何處去。墨黛青荇染鬢來，紅妝十里為張婦。秉燭夜觀始起時，今朝突聞郎君故，妾身滿心何坦然。何坦然！」

尾音直抖，循序漸進地往上揚，最後戛然而止，乾淨俐落地守在聲高嘹亮之處。水袖朝兩側甩開，花旦的正面終於完全顯露人前。

菱紗水袖尚未垂地，雙袖尚漾於空中之時，行昭便聽見了屏風那側陡然出現茶盅砸地之聲，茶盅在地上滾過幾圈，發出「軲轆軲轆」、瓷器摩挲青磚地的鈍鈍的聲音。

行昭眼神一垂，往下望。透過屏風底座的空隙，看見了一灘慢慢向外溢的茶水。

之後便聽見有男人特意抑住聲量的呼聲。

「綏王殿下，您這是怎麼了？」

兩邊隔得近，女人家都能聽得見，只有坐在最上首的皇帝迷迷糊糊的什麼也沒聽到。

方皇后回首望向屏風那側，再不著痕跡地從行昭臉上一掃而過。

不久之後便傳來了六皇子的聲音。「無礙，四哥只是手滑罷了，大傢伙兒接著看戲吧！」

這是最好的解釋。

女人們轉過頭來接著看下去，只是一個無關大雅的插曲，場面自然都很平靜，哦，除了兩個人，綏王與綏王妃陳媛。

陳媛慢慢地、一點一點地從椅凳上坐起，瞳孔聚焦，然後再慢慢渙散，臺上那個人……臺上那個人是那個戲子……叫什麼來著？叫什麼來著！父親為保妥當在陳家老宅裡教那個戲子唱戲、走戲、眼神功夫和練身段，每天早晨都能聽見那個人吊嗓子。她偷偷去瞧，那個人就一個轉身衝她勾唇一笑，戲妝還沒下，長眉拖得老高，媚得簡直就像初春裡那株早開的桃花。

後來他不是被父親送進宮了嗎？後來他不是死了嗎?!那臺上那個人是誰？五官相似，妝容一模一樣，眉眼處卻略有不同，那個戲子是男角，多了些男扮女的驚豔。而如今這個是女角戲花旦，實打實的就是女人家的媚和柔。

陳媛腦子裡攪得像一團漿糊，有東西在亂竄，可她卻撈不住，父親教導她事有首尾，一首一尾抓住再一抖，條理就清楚了。父親不滿意她的這樁婚事在前，可皇命不可違，至少那個時候父親想不出辦法來擺脫這樁賜婚，所以就要從賜婚裡得到更大的利益。所謂更大的利益就是讓皇帝覺得愧疚，對陳家、對父親的愧疚。世家大族的親事裡，若是小郎君婚前荒唐，姑娘完全可以藉此退婚。若是皇子荒唐呢？所以父親將與二皇子有五、六分相似的那個戲子悉心調教之後送進宮去，旨在眾目睽睽之下揭開，她那個時候越可憐，陳家能得到的好處就越多。

事情到此為止，她是理得清楚的。

可慢慢發展之後，她就看不懂了，父親也從來不與她詳說，每回都是囫圇說個大概，她問多了，父親便會很溫和地說：「我們阿媛是富貴命，哪裡有必要曉得這樣多的東西？」

父親笑的時候是最可怕的時候。不與她詳說，卻整日教導陳婼該如何行事。

姦情沒有如願被揭開，她甚至連場都沒出就嫁給了那個瘸貨，可陳家還是得到了好處，父親抓住機會終是一躍而上了！

瘸子和戲子的姦情沒被撞見，是方家那個丫頭跑得快，撞上了六皇子這才破的局。天底下人這麼多，有一個、兩個長得相似也不是不可能，如果是六皇子和方家找的人，他們這麼做的目的又是什麼呢？父親善後不可能處理得不妥當，當下就把皖州知道這件事的人處理的處理了，能送走的都送得遠遠的了，藤都找不到，怎麼可能摸得到瓜！

只是來揶揄她與老四？

臺上這個人究竟是誰？她以這樣的方式出現在這裡到底目的是什麼？是巧合還是安排？目的在四皇子還是陳家？

陳媛心亂如麻，她想找她的妹妹商量，陳婼一向聰明，若現在是她在這裡一定能看透的，一定能夠立馬把住脈絡，可為什麼偏偏是她在這裡！

行昭坐得很安穩，眼神往旁一瞥，探過身去先輕笑一聲，手輕輕摁在陳媛的肩上，湊近輕言。「四嫂這是怎麼了？擔心四哥？」行昭眼往屏風一掃，笑道：「就是個茶杯沒拿穩罷了，四嫂和四哥果然鶼鰈情深，這樣也能擔心得不得了？」

陳媛瘦得肩膀全是骨頭，行昭無端端地覺得膈手。

陳媛在抖吧？她當然不可能不知道，當初她的父親要拿齷齪手段算計她的夫婿夫，她當然應該知道的。

行昭神情很關切。

陳媛轉過頭，有些警惕地看著行昭，隔了一會兒才扯開嘴角笑得很勉強。「沒事。這是樂伎苑新來的角兒，喚作什麼來著？唱得還不錯，是在宮裡頭拜的師父，還是外頭承的師？」

行昭撚過帕子笑起來。「我哪裡曉得這麼多！只曉得這是新來的花旦，大約是因為唱得好，一來就唱主角！喚作什麼、拜的哪兒的師父，聽戲聽完了不就知道了？」

也是，定京舊俗，一齣戲完了，頭一回上場的新旦得出來叩頭再自報家門。

陳媛慢慢緩了下來，衝行昭一笑，扭過頭再看戲臺子上。

哪曉得一晃神，戲已經快唱到尾聲了。

正如行昭所言，結局是大團圓的，晚娘妻憑夫貴，鳳冠霞帔加身叩拜皇恩。整齣戲唱得很好，行雲流水唱下來，該哭的時候惹哭了一票女人，該笑的時候嘴都合不攏，方皇后先打賞了五十兩白銀，昌貴妃也打賞五十兩，到淑妃、德妃那兒終於降了下來，一人賞了三十兩。

等挨個兒賞賜下來了，便到了新花旦叩謝天恩的時候了，袁尋君撩袍叩地在地上結結實實叩了三個響頭，朗聲道：「賤妾叩謝天恩浩蕩！」

便再無後話了，等了一會兒，從後臺走出了個太監打扮的內侍，撩袍行了禮，躬身笑著介紹。「這是樂伎苑唱新戲的旦角兒喚作袁尋君，師從樂伎苑老旦，頭一回上臺唱戲，得蒙主子們恩典，唱得還算清亮，只是不太會說話。」

皇帝迷迷瞪瞪眨了眨眼。

向公公趕緊上前揮揮手，表示此事揭過不提。

內侍又是叩恩拜謝三聲，把袁尋君一把扯了起來，躬身往後退去。

陳媛的氣一點接著一點地往外舒，一顆吊上嗓子眼的心漸漸回復原處，卻眼見都已經快退到黑幕之後的袁尋君陡然發力，一把掙開那內侍，小跑到臺子正中央，「砰」地一聲跪在了戲臺子上。

女聲吊得很高，可卻不像在唱戲，尖利而淒涼的聲音聽在人耳朵裡，像是刺得心尖尖都在顫。

「奴才命苦也如晚娘一般，可奴才沒晚娘那般好命，苦苦尋人卻終究尋不到啊！」

峰迴路轉，陡然來了這麼一齣，這可比光看戲好看多了。

第九十七章

皇帝被吊得老高的女聲猛地一驚，腦子裡頭醒了醒，努力睜開眼去看戲臺子上。

向公公趕緊一揮手，從戲臺兩側飛快竄出了四、五個身強力壯的內侍要去拉扯袁尋君，袁尋君「哇」的一聲哭了起來，哭聲裡尚能聽見清晰的說話聲。

「晚娘尋的是夫君，奴才尋的是兄長！兄長賣身葬父，給奴才與弟弟留了幾缸米之後便再無音訊了，奴才恐哥哥險遭意外，便四處打聽。從皖州尋到泰州，再從泰州尋到京城，為了找到兄長，奴才一路討過飯也睡過橋洞子，被人打得鼻青臉腫也在狗堆裡搶過吃食，奴才是充人數被選到樂伎苑裡來的，奴才只想找到哥哥，皇上千古明君，戲文裡的皇帝都是天皇老子，能找人、能救人……」

皇帝蹙了蹙眉頭，聽到後話再慢慢舒展開來。

天皇老子好！天皇老子能長命百歲！

「小娘子一片癡心……」皇帝往側靠了靠，指了指戲臺子上。「向德明，再賞她一百兩銀子吧。」

向公公應了聲諾，搭了拂塵再朝戲臺揮了揮手。

這回換成行昭一顆心慢慢攥緊了，眼神落在挨著皇帝坐的二皇子身上。定京城中年婦女之友，這就是展現你專業素質的時候了啊，你還在等什麼呢？上啊，衝啊！

行昭手攥成拳，袖在寬大的雲袖之中。戲臺之上，內侍又去拖袁尋君，袁尋君身著大紅褙子在地上一寸一寸地往裡挪，哭聲慢慢從尖利轉為嗚咽，哭腔低迷，縮在嗓子眼裡咕噥，一張臉早已哭花，看上去很可憐。

她身子一點一點地往裡挪，行昭心一下一下地跳，快得像立馬要迸出喉嚨似的。

「等等！」

行昭一顆心飛快下落，長舒出一口氣，眼神極亮地看向二皇子。

只見二皇子伸手向前，再提高聲量道：「等等！」皇帝沒反應過來，二皇子扭頭解釋得有些急切。「人生常常不盡如人意，可戲文裡卻通常都是圓滿結束的。晚娘既然能找到張懷，尋君為什麼不能有機會找尋到她的哥哥？父皇是聖上、是皇帝、是天子，便聽一聽尋君怎麼說，再下聖諭可好？兒臣知道這不合規矩，父皇為何現在不當自個兒就是天皇老子斷民案、辦民事呢？」

行昭慢慢靠回椅背之上。

攻城為下，攻心為上。

布一個局的時候要考慮到若干人的心思，以及由這種心思帶來的後果與動作，她斷定二皇子不會袖手旁觀，可她卻沒有算到二皇子竟然會以這樣善良而溫暖的理由插手。

行昭轉過頭去看閔寄柔，卻發現閔寄柔神色複雜地直視著二皇子。

皇帝是糊塗了，可糊塗的人常常會牢牢記住心頭的執念和對一個人的喜惡，皇帝糊塗之前最喜歡且看重的就是長子，二皇子開口，皇帝沒有道理打掉一向喜歡的長子的顏面。

皇帝神色稍顯遲疑，向公公趕緊拿手往下一揮。

戲臺子上的幾個內侍連忙鬆手，袁尋君順勢跪在地上向前爬，邊爬邊磕頭。「奴才叩謝皇恩，奴才叩謝皇恩浩蕩！」

二皇子嘆了口氣，抬了抬手，示意她起來說話，又問：「家在皖州？皖州哪裡？多少歲了？家裡除了哥哥還有誰？妳哥哥是怎麼失了蹤跡的？當初賣身賣到哪處去了？去他賣身的地尋他了嗎？當家的怎麼說？」

一連發問了這麼多問題，袁尋君挨個兒答，慢慢止了哭，俯在地上不敢抬頭。「回殿下，奴才家在皖南段家村，今年將滿十七歲，哥哥是奴才十一歲的時候離的家，奴才不敢去找買哥哥的人，也找不到，因為買哥哥的那些人……買哥哥的人……」

袁尋君聲音漸小，默了下來，二皇子等了半晌沒等到後話，蹙緊眉心輕聲問：「買妳哥哥的人都是誰？」

「買我哥哥的人是皖州官衙裡的官士！」

袁尋君一語言罷，頭便俯得更低了，險些貼到地上。

陳媛猛地大驚，下意識地往前探，腰前卻被人的手臂緊緊攔住，眼睛還來不及動，耳邊便聽見了行昭的輕言——

「綏王妃別動，稍安勿躁啊，否則只會弄巧成拙，想一想妳的胞妹。」聲音壓得極低，也說得很輕緩，沒有什麼力度。

陳媛身形卻一緊再一鬆，慢慢緩下。

二皇子驚詫！「什麼官士？為什麼不敢尋？」

「皖州府衙裡的人，奴才小家小戶不認識。當初哥哥離開的時候，便說了別去尋他，否則奴才與弟弟都會被人打死。」

「府衙買人當長工是常有之事，家屬去探望也是常事，妳哥哥卻叮囑妳尋他會被人打死……」事不尋常，二皇子陷入沈思，靈機一動。「莫不是妳家哥哥怕妳與幼弟日日上門打秋風?!」

若不是處在節骨眼上，行昭真是想噴老二一口冷茶水。

袁尋君哭著猛搖頭，直否認。「絕不是！哥哥甘心賣身為奴為僕，又怎麼會拋棄奴才與幼弟？哥哥一去之後，奴才與幼弟便被買哥哥的那些人送到了離家鄉很遠的地方，給家境殷實的人家當兒女，奴才不僅改了姓還改了名，新家的養父母說奴才與哥哥再也不是同一個祖宗了。後來家裡出了事，新爹娘便將奴才給賣了換糧食吃，後來奴才被賣到戲班子裡，奴才逃了十幾次才逃出來，然後四處尋兄，奴才找不到買哥哥的人，便四處打聽，裝成叫花子守在城門口，要不糊黑一張臉守在皖州官衙前頭，打聽了一年多總算打聽出來，哥哥一早便被人送進京去奔前程了，奴才一個人逃到京裡，正巧樂伎苑缺人手，奴才又被人捉到了樂伎苑裡……」

編的故事當然與實情有出入，要合理抹去行昭找到她，拘了她一、兩年的那段時光和事實。

「妳哥哥被人買了？可妳和妳弟弟卻被送到家境殷實的人家裡去？妳哥哥還被人送到京

裡來奔前程？他一個僕人送到京裡來奔什麼前程？」又不是定京的小廝比皖州的值錢些，二皇子完全摸不著頭腦了。

行昭卻聽見屏風那側有顫顫巍巍的一個輕聲問——

「妳哥哥……妳哥哥叫什麼名字？」是四皇子的聲音，輕得像一陣風，飄無又忐忑。

「段如笙……」袁尋君輕輕抬起頭，再一字一頓地輕緩出言。

「哥哥的乳名是小衣……段小衣……」

屏風之後靜了下來，「砰」的一聲，方皇后與陳德妃卻同時打翻了茶盞。

一個作戲，一個卻是真心驚詫。

段小衣被皖州官士買下。

段小衣被買下之後，他的幼妹、幼弟隨後就被送到了家境殷實的人家。

段小衣被送進京來奔前程。

段小衣入宮進樂伎苑。

段小衣被老四注意到，在盛宴上攛掇老四扣下重臣之女。

皖州、陳家、段小衣、四皇子、方家！

陳德妃一向不笨，前後聯繫一想，顧不得拿帕子擦乾灑在裙上的水漬，手一撐而起，前跨兩步當場跪在皇帝與方皇后身側，嘴一張，兩行眼淚就從面頰之上滑下來砸在了地上。

「臣妾求皇上、皇后娘娘作主！朝中有居心叵測之人陷害老四！」德妃情急之下，哭聲陡起，四皇子玩的伎人像他親哥，又被那挨千刀的下九流玩意兒哄得失了一輩子的生氣和活頭，她原以為是老四自個兒不爭氣，哪曉得是旁人做了個局，就等著讓老四往裡鑽！其心之險，使招之毒！

她壓根兒就不敢想若老四沒那點軟心腸，當時聽了那戲子的話將方家姑娘按到太液池裡了斷性命了，她現在、她兒子現在還能不能活著坐在這兒！

德妃一跪一哭一喊，後頭的宗室女眷們默了片刻，隨即「哄」地一聲議論了起來。

方皇后一把將陳德妃扶住，順勢站起身，身形站得筆直，朗聲穩住局面。「好戲成雙！豫王宅心仁厚，體貼良善，堪當賢王典範。袁姑娘尋君一路曲折，尋君至今，一片孝心、癡心和忠義之心，堪為楷模。古有晚娘尋夫，今有尋君追兄，今兒個是真正的好戲成雙，本宮再賞袁姑娘一百兩銀子！」

真正的大氣，大紅蹙金絲大袍裡的鳳凰銜著東珠，在光下熠熠生輝。

方皇后指甲透過衣裳，掐在陳德妃胳膊肉裡，德妃一疼便醒了。

蔣明英尋機，佝頭從僻靜地方往外走。

方皇后言罷，女眷們心中縱有千般疑慮也慢慢靜了下來，袁尋君被人帶了下去，再上場，便又是一齣新戲。

好一齣鬧劇。

皇帝靠在椅背上，瞇著眼睛看，蹙緊眉心。這位年已垂暮的君王還未反應過來，方皇后身形往旁一探，附耳同皇帝輕聲解釋。「您還記得當年誤了老四的那個戲子嗎？」

皇帝眉心擰得越來越緊，隔了半晌才點了點頭。

「那個戲子是被人精心設計送到老四跟前的，您的骨肉，當朝天潢貴胄，竟然著了別人的道，德妃氣的、怨的、怒的便是這個緣由。」

皇帝勃然大怒。

方皇后趕緊安撫皇帝。「大庭廣眾，休要再提此事。您想想可憐的老四和德妃，想想皇家的顏面和德妃的體面啊！」

皇帝身形一鬆，手在椅靠上扣緊，從喉嚨深處擠出幾個字。「等家宴結束，從長計議。」

老四再瘸、再跛、再無能，都是他的兒子，都是帝王的兒子！

眾人的關注點與猜忌都在德妃與四皇子身上，嗯，只有一個人的關注點很奇怪，新出爐的昌貴妃王氏陡然發現，方皇后打賞得比她多了整整一百兩！昌貴妃瞬間悲憤了。

兩齣戲唱得快極了，晚膳是定在春喜堂用的，晚膳一用完，該告退的一刻也不敢留，就怕城門著火殃及池魚了，都是聰明人，令易縣公家的夫人最先告辭，緊接著一個、兩個的都來向方皇后福禮辭行了。

方皇后笑著也不留客，只是淡聲說道：「好戲看完了便忘了，等下回再看的時候也有點新鮮不是？牢牢記著，再四處去告訴別人這齣戲是怎麼演的，只怕別人心裡頭也沒感激，只有埋怨。」

話交代了，至少表明宮裡不會秋後算帳，甚至是一氣之下遷怒。

夫人們走得倒是都很心安。沒一會兒，春喜堂就只留了幾個人下來了。

三家王府的人都在，德妃紅著眼也在，方皇后側坐在上首，皇帝閉著眼靠在榻上，神情很疲憊，一張臉卻繃得很緊，像是極力在忍耐什麼。

方皇后輕聲問：「要不要讓三個媳婦兒都先去偏廂候著？」

皇帝分毫未動。

殿中靜了下來，方皇后沈了口氣，環視一圈，正要開口，卻陡然聽見皇帝的聲音。

「老四留下，老六留下，老二帶著媳婦兒先回府去。老四媳婦兒和老六媳婦兒去偏廂等著，不許進正堂來。」

這番話說得倒很清楚，可行昭卻很清晰地看見，皇帝搭在把手上的那雙手抖得很厲害。皇帝現在還不能死，他一死，宮裡宮外必定大亂。

陳媛先起身草草福了福往外走，行昭跟在她後頭，屈膝深福了一禮。「父皇仔細著身子骨，千重要萬重要也沒您的康健重要。您長命百歲了，小輩們才能心安舒暢呢。」

皇帝最喜歡聽人說長壽，眉梢展了展，輕抬了抬手。

行昭趕緊佝頭躬身往外走，將走到門口，輕抬了眼，與六皇子的目光碰了個正著，心裡一暖，腳下的步子便穩健了很多。

豫王府三人得了令要出宮，行昭是弟妹，照禮數說得去送送長兄長嫂，可陳媛不提，行昭也不會提，閔寄柔卻朝行昭笑著招了招手，行昭心下一嘆，只好撚了裙裾去送。

二皇子攙著石側妃走在後頭，行昭與閔寄柔走在前頭。

夜色迷濛裡，閔寄柔往後一看，神色很平靜，輕啟朱唇，壓低聲音，像是在和行昭說話，又像是自言自語。「皇家想掩下的秘密，被人又一把揭開來了。人身上的傷口成了痂，再揭開又要疼一回，只是這回不曉得是誰疼了。」

行昭轉頭看了閔寄柔一眼，笑著接道：「反正不是咱們疼。」

閔寄柔也笑，笑著點頭，長舒出一口氣，輕聲道：「疼多難受啊，能舒服誰想疼啊？可若是別人不疼，就得自個兒疼，我閔寄柔捫心無愧地活了這麼二十來年，只是這樣活得太累了、太疼了。」

行昭猛然扭頭看她，話堵在心裡出不來，也嚥不下去，便索性堵在那處吧。

將閔寄柔送到順真門，閔寄柔與石側妃坐一輛馬車，二皇子騎馬，女人家都上了馬車，二皇子有些擔憂地問行昭。「四弟不會有事吧？」

是了，二皇子什麼也不知道，準確地說，對於那樁事連淑妃與歡宜都不知道，闔宮上下帝后知道、德妃知道、六皇子兩口子知道、四皇子兩口子知道，再無他人，宮外怕是只有陳賀兩家摻和了進來。

「我上哪處曉得去？」行昭翻了個白眼。與二皇子自小一塊兒長大，一向親厚，說話行事向來不拘著規矩。「二哥心且放下，凡事都有德妃娘娘衝在前頭護著呢。倒是你，二嫂幫你悉心照料著石妃，大不了兩邊一樣重，別厚此薄彼地做在了明面上，仔細寒了別人的心！」

二皇子喲呵一聲，笑起來。「妳和老六當真夫妻，話都說得一模一樣！」

行昭只好再送了個白眼給他。

豫王府一騎絕塵出了順真門，行昭便折身慢慢往回走，將步子拖得很慢，腦子裡卻轉得飛快。段如簫唱完那兩齣戲就被蔣明英帶到了鳳儀殿，只等皇帝召見，皇帝一召見，順藤摸瓜，摸出樂伎苑的幾個管事來，再往深一挖，段小衣當初是誰送進宮來的？又是誰送到四皇子身邊去的？再往下挖，皖州人士段小衣是怎麼進的京，又是拜的哪位師父？什麼都能挖出來。

陳顯心狠手辣、過河拆橋，將關鍵處安置的人手要嘛發配，要嘛滅口，若不是段如簫後來的養父母也心狠手辣，轉個面就將她給賣了，段如簫壓根兒就活不成了。

要找原來的人，是一定找不到的。可是沒關係，人手什麼的，六皇子都已經布置好了。段小衣進京通行的章是陳府的管事幫忙搞的，拜的師父是陳顯請的，樂伎苑裡一個半大不小的管事內監收了陳顯的錢財，便將段小衣安插到了能離四皇子更近的地方。

若再想深查，也可以，皇家的手就伸到皖州去了。皇帝若真想在皖州查個底朝天，怎麼可能查不到線索？

陳顯草蛇灰線地算計皇帝的兒子，即使是垂垂老矣的病獅也不可能無動於衷。

行昭一路走回春喜堂偏廂，便看見陳媛癱坐在椅凳之上，對她沒興趣，眼神一轉便定在了雕花隔板之上，可什麼也看不破。

春喜堂一直在來來往往地召人，進人，出人。

更漏撲撲簌簌地往下落，行昭心裡在算時辰，等了很久，腳坐在凳子上快要麻了，這才聽見正堂「嘎吱」一聲，門將打開，六皇子第一個走出來，接著是四皇子扶著德妃出來，德妃形容很憔悴，可一見陳媛，眼睛便陡然一亮。

「啪！」

一聲清脆極了。

德妃氣得渾身哆嗦，使盡渾身的氣力，搧了陳媛一巴掌。

陳媛有沒有哭，行昭不感興趣也不想知道了。出宮的馬車一路顛簸，早就宮禁了，趕車的夥計停了停拿出牌子才放了行。

行昭靠在六皇子身上，身子總算是完全放鬆了下來，話很軟綿。「皇上的決斷是什麼？」

「讓信中侯閔大人接手陳顯部分差事，並從明日起便著手調查此事。」

「讓信中侯去皖州？」

六皇子搖頭。「就在定京城裡查。父皇是很生氣，氣得險些厥過去，可仍舊沒有對陳顯下狠手。」

不讓信中侯去皖州徹查，皇帝在騙誰呢？騙他自己吧。

行昭笑了笑，正如前言，糊塗了的人對沒糊塗之前的人事有股執念，覺得誰好、覺得誰能信重，便牢牢記著，很難再改變了。

「憑一個戲子還扳不倒陳家。」六皇子順手攬住行昭。「甚至憑現在的父皇也很難在這一時三刻就扳得倒陳家。要想陳家倒，必須要等陳家自己先動。父皇雖然留了力氣，可到底會作勢抬信中侯壓制陳家，陳家如今箭在弦上不得不發，是逼宮也好，是篡位也罷，父皇一有異動，情勢就一定會有變化，陳家會跟著動，這一動就非同小可了。」

「是成是敗，皆在此一舉。」

做什麼都要講究個名正言順，若是陳顯叛亂在先，六皇子扶正在後，就算沒了那一紙詔書，不照樣也能功成名就？他們還沒妄想到憑一個段如簫就能讓陳顯失了勢。

行昭緊緊揪住六皇子的衣襟，半晌無言。

天黑風大路難走，老六啊，我們要一起走。

端王兩口子將到王府門口，馬車外頭便有一串急促連貫的小跑步聲，六皇子撩開車簾，看見了端王府長史官杜原默的臉。杜原默大喘了幾個粗氣，說話斷斷續續。

「豫王府……豫王府的石妃小產了……」

行昭手驀然一鬆，「砰」地一下砸在榆木板上。

六皇子一下子回了神，一把將行昭的手撈起來，緊握在掌心裡，看了杜原默一眼，抿了抿嘴角，輕聲道：「進去再說。」

天已經全黑了下來，雪光在夜裡顯得有些暗，六皇子幫行昭披了披風再將她攬在懷裡，聲線一直都壓得很低。「手疼不疼？」

行昭仰了仰臉，安靜地認真地望著六皇子，再輕輕搖頭。

她說不清現在是什麼情緒，臨行之前閔寄柔對她說的那番話其實已經表明了態度和兆頭，前世的閔寄柔再恨再怨，也未曾對陳婼的兩個女兒下手，如今前路尚未明朗，亭姊兒腹中的是男是女都不知道，閔寄柔竟然陡然發力，狠絕了起來。

愛，讓人改變。

變得更好，變得更自私，變得更……面目可憎。

行昭長嘆了一口氣，她手上也沾了血的，應邑、應邑尚未出世的孩子，可那是因為恨，而閔寄柔卻是因為愛；無愛無憂亦無怖，也不知道到底哪一個更可悲。

亭姊兒可憐，閔寄柔可憐，二皇子也可憐。

明明是兩點成一線，二皇子偏偏要兩邊都維穩，人心又不是三角形，哪裡立得穩啊？最後三個人都痛苦。

舊時光，呵，舊時光便再也回不去了。

「京中雪大，豫王一家是落了黑才從皇城出來。那個時辰路上已經積了好大一灘雪水了，雪一化就成了冰，走到雙福大街的時候，馬車在冰上一滑，豫王妃與側妃都在馬車上，側妃滾落下來，豫王妃為了攔住側妃往下滑，哪曉得自個兒也摔了下來。側妃正好摔到肚子，豫王妃的右手脫了臼，頭撞在車轅上一下子暈了過去。二皇子先派人到臨近的藥堂請大夫抓藥，又趕忙遣了人去宮裡請太醫，最後讓人來問您回王府了沒，微臣這才知道因果緣由。」

杜原默回得井井有條。

女人狠起來，寧可自傷一千，也要傷敵八百。

行昭聽後沒說話。

屋子裡還有人，六皇子卻仍舊輕輕握了握行昭的手。轉頭吩咐李公公。「你親自去豫王府走一趟，從庫裡找點藥材送過去。」

李公公有些為難。「現在？怕都宵禁了吧……」

「現在。」六皇子聲音很穩。「拿上我的帖子，把東西送進去再給豫王磕個頭。同豫王說今夜先不慌，這事大，明兒個一早再讓人去宮裡通稟，父皇身子不暢，先把口風漏給昌貴妃與皇后便可。二哥既然派人來問我回王府了沒有，我自然不能辜負信賴。」

李公公應了一聲。

行昭抬了抬眼，蓮玉便麻溜地跟了上去。

人一走，六皇子伸手攬過行昭，溫聲說：「妳好歹歇一歇，李萬全是個得用的人。」

行昭嘆了口氣，靠在六皇子肩頭，隔了半晌才道：「我是知道閔姊姊要動手了的，我去送他們的時候卻沒和二哥明說，暗示得很隱晦，二哥那樣的性子哪裡聽得懂啊……」頓了頓。「要嘛全部對我好，要嘛一點也不要對我好，一半的一半，我也不稀罕要……閔姊姊大概就是這樣的個性吧。」

六皇子手臂攬得更緊了些。

累得很，心累身也累。

外頭在放除夕的煙火，一朵咬著一朵衝上天際，一下子綻開亮得如同白晝，東市集熱鬧地宣洩著過年的喜慶，勞作了一年的人們笑著、鬧著，以最大的歡欣與鼓舞去迎接來年的豐收與日復一日的辛苦。

再苦也要過下去，也要笑著過下去，這大概就是生活的意義。

第九十八章

行昭與六皇子在內廂守歲，她以為自個兒是睡不著的，哪曉得大清早睜眼發現自己窩在六皇子的手臂裡，瞇了瞇再睜開，終於覺得神清氣爽了起來。

初一不出門，朝廷也休沐。

過年過節的見血出紅，究竟不吉利，方皇后最先知道，緊接著昌貴妃也知道了，這出禍事既非人為又非人禍，一場飛來橫禍，讓豫王府一個側妃小產，一個王妃至今昏迷不醒，昌貴妃對這個孫子寄望有多大，如今的怒氣與失望就有多大。想遷怒閔寄柔，可豫王妃閔寄柔為救有孕的妾室至今昏迷在床，誰也沒討著好，上哪兒去遷怒？只好讓二皇子把當日趕車的、套車的、餵馬的王府家丁全部杖責。

大年初一滿京城的鬧得個沸沸揚揚，這樣大的事存心想瞞皇帝也瞞不住，昌貴妃只能遷怒家僕，皇帝卻把帳算到了別人的頭上。

大年三天還沒過完，皇帝擢升重用信中侯閔大人，雖尚未入閣，可修繕皇陵、竣工河道、打定官員年末考評三樣事務，都從陳顯的手上移交到了信中侯的手上，這三類事務前兩樣是無關緊要的，後一樣卻是頂重要，頂在風口浪尖上。

行昭聽六皇子說起皇帝這一番所謂的「責罰」，突然覺得很荒唐，笑著與六皇子玩笑。

「做權臣做到這個分上也算是夠了，頂大的罪，皇上既不徹查也不嚴罰。陳顯的人一點沒動，說是分權，只是把能撈點油水、看起來威風，實際上沒多大用處的權分了點給信中侯……你說，父皇與陳顯到底是個什麼關係啊？」

六皇子面無表情地回彈了行昭一個腦袋崩兒。

新年將起，事繁事冗得沒個完，預示著這一年怕是都會過得不甚清閒。

豫王府哭聲喊聲一片鬧得不安寧，不幸中的萬幸，大年初八閔寄柔總算是清醒了過來，可陳家照舊不安寧。

陳家的所有不安寧都是隱蔽的、靜悄悄的，就像冰封河面下急流暗湧的河水。

陳府沒有異樣，陳顯爽快放權，沒有向宮裡打聽除夕那夜究竟唱了哪幾齣好戲，也沒有進宮求覲見皇上，悶聲悶氣地在正月十六將陳婼嫁到了平陽王府，定京城的夫人奶奶們記性雖不好，可陳婼那齣大戲沒個三年五載的還是忘不了，端著身架，大多都是人沒到禮到。

陳家的心腹們也沒來，一來不就昭告全天下——快來看看啊，我就是陳顯的人了！記得把我薅薅（注）下去啊！

經此一役，陳顯會按捺不住了吧？

還是陳顯會等來一個天時地利人和的時候，掀起大浪，將海上的船全都打翻？

這個年過得有些鬧心，端王府兩口子倒都還好，一過元宵，桓哥兒親自登門把六皇子託付他馴養的幾隻犬都拿繩子拴了帶來。

幾隻犬都長得很雄壯，烈性是烈性，可被人馴養得認主也認得快，幾隻長得半大不小的狗兒圍在老六旁邊親親熱熱地亂竄，六皇子喜歡得不得了，又偏偏少年老成得很，喜怒不形於色，面無表情地用過晚膳便一手挽著媳婦兒，一手牽著狗往後院散步去。

行昭離那狗遠遠的，直笑他。「歡喜得想笑便笑唄，仔細憋壞了。」

六皇子仍舊肅著一張臉，腳下卻跟著那犬小跑起來。

這男人悶騷得不像樣。

日漸相處久了，夫妻之間壓根兒就沒了秘密了——連那誰什麼時候要去上恭桶都知道，還談什麼秘密可言？

成親本就是一場相互容納與包涵，在人生漫長的歲月裡，那人的缺點便慢慢浮出水面，愛上與習慣一個人的優點與長處都是容易的一件事，可他的缺點呢？

老六講究、對人的容忍度低、個性板正固執、很討厭變化與變通——用慣了的書齋擺設一點也不能變，行昭心血來潮變了內廂的格局，老六悶了三天終究忍不了，和行昭打起商量。

「小木案能不能不擺在左邊？擺在床的右側不也挺好的？」

看著老六這三天愁得眉毛都快掉了，行昭愣了愣反倒哈哈大笑起來。

應當還有很多這樣那樣的毛病，可在行昭眼裡，這些都是可愛的，無傷大雅的。

可如果容忍不了呢？

入了豫王府，行昭看著頭上纏著白布，背靠在床畔邊的閔寄柔，心裡什麼味都有，嘆了

注：薅，拔除、揪的意思。

口氣小步往前過去。

閔寄柔神情很平靜，頭上纏著白布繃帶，臉頰很蒼白，連唇上都沒有血色，人瘦了是瘦了，但到底還是沒有陳媛瘦得沒了形。

她一抬眼看見了行昭，嘴角往上勾了勾，聲音很輕柔地招呼行昭。「妳倒趕了個先，連昌貴妃派過來的內侍，阿恪都讓人打發走了，他倒讓妳進來。」

石妃小產，坐小月子都哭得梨花帶雨，日日將二皇子留在偏廂裡，王府裡經事的嬤嬤婆子都說坐小月子晦氣，男人家最好別進去，可石妃一哭，眼淚含在眼睛裡淚光盈盈的樣子，二皇子心一軟，什麼舊俗避諱，全都顧不了了。

尋了個休沐的日子，六皇子與行昭過豫王府來，一個陪自家二哥紓解情懷，一個陪二嫂嘮嗑說話。

行昭又嘆了口氣，坐在床邊的小杌凳上。「二哥和端王在前院呢，一聽我要來瞧妳，差點沒給我燒香拜佛。」

閔寄柔輕垂了首，抿嘴一笑，沒接話。

行昭也不知道該說什麼了。

約有三成的人懷疑是閔寄柔動的手腳，可也有三成的人當真覺得這是一樁意外，行昭十五日進宮請安的時候，方皇后這樣說的——

「亂上加亂，渾水摸魚，可偏偏敢把自己的頭往車軸上撞，又敢拿自個兒當人肉墊子去接側妃……旁人就算心有懷疑，口頭上也得讚一句豫王妃賢淑正直之名。」

苦肉計，誰都會用。

行昭卻很疑惑，閔寄柔既然拉住了石妃，落下去的時候更是把自己當作人肉墊子擋亭姊兒，她自己都護好了亭姊兒，她哪裡來的把握，亭姊兒就一定會流產，就不怕丟了夫人又折兵？

或者說……不是閔寄柔下的手？

連行昭如此篤定之人都有些動搖，何況別人。

行昭探身替閔寄柔掖了掖被角，語聲平靜淡定。「亭姊兒還好吧？我也沒這個立場去瞧她，二哥說她一直哭一直哭，又說作夢夢到她腹中的孩兒哭著叫她娘，又說是個很健康的男孩……」

「是個男孩。」閔寄柔合了合眼，再睜開時一片清明。「五、六個月的孩兒，已經長成形了，是大夫用白布蒙著那個孩子抱出來的。」

行昭眉心一蹙，心裡陡然升起疑惑，腦子一下子轉得很快，話便衝口而出。

「妳當時不是暈了過去嗎？」行昭的聲音有些顫。

閔寄柔反而抬起頭來了，很認真地直視行昭，望著望著便輕笑出聲。

「沒有。」她邊說邊搖了搖頭。「我並沒有暈，我就被架著歪在內廂的貴妃榻上，整個王府，哦，除卻正院的僕婦們都圍著裡間的那張床，除了正院的幾個丫鬟，明月、清風還有聽水，再沒有人守在我的身邊。僕婦們沒有，阿恪也沒有，阿恪來來去去，從內廂走到外堂，端水、送藥、安排事宜……他沒有看過我一眼，我半瞇著眼睛，暈暈乎乎地躺在貴妃榻上，手往額頭上一摸，手上便全是血，血就順著我的額頭流到我的下巴，再一下子砸到了地上。阿嫵，妳知道嗎？那個時候的血是涼的，沒有溫度的，我像被一盆冷水猛地從頭淋到了腳。」

閔寄柔的聲音很淡，一字一句裡，仍舊透出當初那個端和穩重的大家閨秀的模樣韻味，可行昭卻從裡面聽出了絕望。

「子嗣重要。事急從權，有急有緩，亭姊兒有孕在身，當時的傷受得應當比閔姊姊更重些。」行昭也輕輕地說。「一個在流血肚子疼，一個昏迷過去卻沒有極重地傷到筋骨，這頭是急事，那頭是可以稍緩一緩的情形，二哥當時怕也是慌了……」

「沒有流血！」閔寄柔情緒陡然激動起來，大家閨秀的激動與失態卻也僅限於那麼一瞬間，即刻平復了下來，話裡又複述了一遍。「她沒有流血。我們兩個一起墜下馬車，我擋在她前面，是我的手緊緊摳住車轅，也是我先落下去，她並沒有落在地上。她掉在我的身上，是我為她擋住了衝擊和傷害，她的孩子和她在當時根本一點危險都沒有，這些都是阿恪親眼所見了的！」

行昭大愕，那亭姊兒的孩子是怎麼沒的？

她生養過孩子，她知道，有些孕婦身體健壯，除卻前三個月要悉心保養，後三個月要注意，在鄉下農間，婦人懷著六、七個月分的身子勞作餵豬的多得是。亭姊兒身體好，這一胎太醫的診斷也一向很健康，如果當真如閔寄柔所說，最大的衝擊和碰撞她都先受了，那有了緩衝之下的墜落，又能造成多大的傷害呢？

行昭抬起頭，輕輕握住閔寄柔擱在被子外面的手，一字一句道：「馬車意外，石妃當夜小產已成事實……」話到此處，輕輕一頓，行昭深吸一口氣再問：「究竟是不是妳？」

屋內陡然大寂。

窗櫺輕輕打開了一條縫，風便從那條細縫中「呼呼」響地向裡灌進來，初春的風帶著水意的透骨涼，閔寄柔陡然打了個寒顫，伸手緊了緊衣襟，低頭避開行昭的眼神，重新展了笑問：「阿嫵喝不喝茶？今年的新茶，是大紅袍。哦，妳那兒哪會沒有啊，妳哥哥就在福建呢，買茶送茶怎麼都方便……」

閉口不談，張口揭過。

行昭的身形微不可見地往下一頹，從心裡長長地舒出一口氣，滿心說不出來究竟是什麼情緒，什麼情緒都有，憐憫、悲哀、失望，哦，她沒有資格對閔寄柔失望，她也沒有資格要求閔寄柔做任何事情，任何善事、惡事，她更沒有資格站在道德與人性的制高點感到悲哀。

這只是行昭的一個從篤定，到疑惑，再到確定的過程，可這卻是閔寄柔從寬容，到怨恨，再到恨絕的，一個慢慢往下墜，慢慢地往深淵與滄海墜落的瞬間。

是閔寄柔。

是她做下的局。

是她。

從豫王府出來，閔寄柔堅持要下地去送，二皇子與六皇子走在前頭，兩妯娌走在後面，走過二門，行昭讓閔寄柔回屋去，閔寄柔有氣無力地靠在清風的身上，只朝她擺了擺手，像一棵仲春落敗的柳樹。

行昭眼圈一下子就紅了，轉身回抱了抱閔寄柔，貼在她的耳邊輕輕說了一句話，便斬釘截鐵地轉身往外走去。

這麼些天，閔寄柔一直沒哭，偏偏聽完這一句話後，眼圈一燙，眼前頓時變得迷濛一片。

「折磨，不只折磨的是別人，愛與恨、恨與怨、怨與自憐，更多折磨的是自己。用自己的不成人形與良心譴責去將別人也拖進泥潭，妳自己想一想，是不是得不償失？」

是啊，她是在扒皮抽筋地折磨著自己。

雪天路滑這是外因，可被人抹了甘油的車輪則是內因，亭姊兒掉下馬車落在她的身上，她不想胎兒有事，胎兒在那個時候也不會有事，可請的那位大夫開出的藥卻是催命的利器——在她暈暈沈沈、頭痛欲裂之時，二皇子的表態與選擇，便已經給出了終止他們三個人糾纏不休的結果與緣由。

她的絕望，是最後一根稻草。

如果二皇子當時守著的是她，而不是只在嘴上嚷嚷著疼、身體卻健壯得很的亭姊兒旁邊，這個悲劇或許就不會發生。如果二皇子當時守著的是她，至少讓她看清楚了二皇子的那顆心，至少讓她決定這樣就行了吧，至少能讓她滿足，至少……至少那個孩子還能健康地出生，頂著長子的名分活在這個人世間。

她的考驗，在現實面前不堪一擊。她的幼稚的、愚蠢的考驗，讓三個人都陷入了悲劇當中。

她是設了一個局，可這個局的賭注卻不是亭姊兒可以依賴著耀武揚威的那個孩子，而是她的良心。

閔寄柔靠在清風的身上，手攀在石拱門的邊緣，陡然失聲痛哭。

從豫王府一回來，行昭一直蔫蔫的，回了端王府，行昭囑咐人給亭姊兒收拾點藥材送過去，等蓮玉選了人參、燕窩、鹿茸這些子滋養的藥材呈上來給行昭查驗時，行昭看了看單子，嘆了口氣便放下來了，只說：「算了算了，別送過去了，別人看著堵心也虛偽。」

蓮玉點了點頭，再無言語。

日子見天地過，終究還是有好事發生，四皇子難得出府來串門拜訪，與六皇子把酒言歡。男兒有淚不輕彈，只因未到傷心處，爺們兒喝酒，行昭不好插言。四皇子一走，老六跟著回了正堂，開門見山地道——

「四哥想把段如簫接到綏王府，我不覺得這是好主意，可四哥說得情真意切——『小衣過世，留下幼妹如浮萍飄零，我定竭盡所能照料如簫，是放在身側也好，還是為她尋一門好親事也好，我終究要護她周全』。」

除夕當夜，段如簫便被秘密送出了宮，連夜趕路送到了行昭通州的莊子裡去。行昭本是打算將她送到福建，請羅氏幫忙，要不找門好親事，要不就學門手藝活兒，再一輩子順順當當活下去。

哪曉得四皇子要橫插這麼一腳，還準確無誤地找到了端王府來。

行昭派人去和段如簫遞話，小姑娘明確地不願意，只說：「下九流人也有下九流的念想，是哥哥對不起四皇子在先，我更沒臉再見四皇子。」

六皇子原話遞給了四皇子，終究是就此作罷。

等日子進了仲春，六皇子下令徹查江南官場一事已經隱隱顯出些眉目，六皇子這些時日樂意同行昭多說些——都是想事，想想好事總比老想衰事來得強吧？

「江南官場分成幾股勢力，原先的江南總督是臨安侯賀琰的人，還記得我在江南落水一事嗎？藉此扳倒了臨安侯賀琰在江南的勢力，於我們而言是好事，於江南官場而言，也是好事。藉此一役，他們何嘗不是順勢扳倒了京城勢力在江南的控制？沒了挾制，沆瀣一氣，勢力深的更深，一手遮天的更加猖獗，中央勢弱，主弱則僕強，江南官場圈地為王，近些年更加沒了遮掩。做假帳、吞公糧，打壓中央派遣過去的朝廷官員與監察使，甚至與身處皖州的陳家舊勢兩相勾結，一點一點地從南向北蠶食蔓延。」

六皇子是戶部出身，做事和思考也擅於從帳冊數目上尋找端倪與出入。

「妳知道每年朝廷要撥給江南多少賑災物資嗎？」六皇子問行昭。

行昭搖頭。

六皇子手上比了一個數。

行昭皺著眉頭問：「三萬兩白銀？」

六皇子搖頭。

行昭眉心蹙得越來越深，再問：「三十萬兩？」

六皇子再搖頭。

行昭想起來六皇子曾經同她提起過，大周每年稅銀收入近三千萬兩白銀。前幾年同韃靼打了那場仗，打得國庫都快空了，黎令清當時掌戶部諸事，只要有人問戶部要錢，黎令清永遠都是梗直脖子搖頭道：「沒錢！要錢沒有，要命一條！」

錢錢錢，百姓的命根，帝王的心眼，就像老虎的屁股，壓根兒就是摸不得的。

江南官場除非腦子被驢踢了，也不敢獅子大開口在皇帝腰包裡挖走更多的錢了。

行昭皺著眉頭看著六皇子。六皇子輕笑一聲，才回答道：「三千兩白銀。從十年前的帳冊，看到現在，年年皆是三千兩白銀，只少不多。」

三千兩能幹什麼？連皇城一年的出入都維持不了！

江南已自成一系，占山為王了！

行昭默了默，突然想起來問他。「十年前的帳目，你是怎麼拿到的？」

「一個戶部的小郎中偶然翻出的……」六皇子邊說，話聲邊漸小。

夫妻倆相視一眼，行昭一個苦笑。他們還沒動，陳顯倒將動起來，把東西放到老六跟前來，不怕老六動，就怕老六不動。

行昭卻覺得陳顯是不是一輩子文臣當慣了，想問題、做事情繞來繞去，繞來繞去，反倒把自己繞進了山路十八彎裡了？

如果換成方祈會怎麼做？

白刀子進，紅刀子出，老六解決掉了，老二直接就上位了，哪裡需要費這麼多事？

行昭剛這樣想完沒多少日子，也不曉得陳顯是受到了感知，還是早有圖謀，行昭竟然夢想成真了。

更深露重，行昭穿著綾衣盤腿坐在床沿上看書，外頭有人輕叩窗板，行昭做事凡事不能一心二用，耳朵邊過了過便裝沒聽見，反倒是專心謄書的老六聽見了，先朗聲讓人進來，又拿狼毫筆頭戳了戳行昭胳肢窩，小聲道：「別人長兩耳朵是聽音、聽話的，咱長兩耳朵純屬擺設。」

行昭眼風一橫，六皇子隨即坐得筆直。

六皇子剛坐直，蓮玉便從外頭進來了，福了福，容色很沈穩。「姑娘讓人盯著廚房的那個嚴姑姑，還有負責採買鮑參翅肚的買辦最近都有了動靜。昨兒個正逢宮中僕從們放假，有人來尋嚴姑姑，也有人來尋買辦。負責盯嚴姑姑的那個小丫鬟說嚴姑姑手裡頭塞了包東西進來，那買辦行事低調，愣是沒被瞧出端倪來。」

行昭眉梢一挑，轉頭看向六皇子。

六皇子點了點頭，以作知曉，蓮玉便佝身退了出去。

老六不說話，行昭便也把書冊放在腿上靜悄悄地看著他，可千萬別打擾了自個兒男人的思考。等了半晌，等得行昭胳膊都痠了，才等來六皇子一句話。

「妳說……把蓮玉配給妳哥哥身邊那個毛百戶怎麼樣？」

行昭只恨自己口裡沒含茶水，否則噴他個道貌岸然一臉！

第九十九章

既然露了相，緊接著就是順藤摸瓜查下去，鳳儀殿有多牢實，端王府就被治得多嚴實，幾下地就把那嚴姑姑的底全給摸出來了。藏了一小攥兒砒霜，行昭以為是陳顯的指令，哪知嚴刑拷打之後一問才知道是旁人的主意。

「早在幾年前，陳家就已經向昌貴妃王氏的娘家遞了親和帖子了。陳家旁支宗族，哦，也就是陳顯的侄兒娶了王氏的外姪女。陳家到底是名門世族，王家是什麼德行？靠著豫王和昌貴妃，總算是撈到個閒官做做。」

只是沒想到那嚴氏竟然是受了昌貴妃的指使。

方皇后手上掐了串佛珠靜靜地聽。

行昭便接著往下說：「我與老六都不打算把這次事件捅出去，緣由有三。其一，我與老六並沒有受到任何實質性的傷害，捉賊捉贓，我們沒有捉到給嚴氏和那個負責採買翅鮑的買辦遞東西的那個人，王氏完全可以倒打一耙，全然無辜。其二，就算捅出去了，根本沒人給我與老六主持局面，您是局中人要避嫌，皇上如今一顆心偏到了南海邊，事涉豫王和陳家，皇上未必能狠得下心腸來彈壓。其三，王氏是陳顯在宮中的應援，這步棋沒落到點子上，陳顯絕對不可能把王氏閒置於旁。毀譽門楣的廢棋女兒，陳顯都還想花心思盤活再戰，王氏這樣大一個助力，再過些時日，必定還有大動作。」

「妳和老六不僅沒準備將這件事捅出去，反而預備著壓下此事？那兩個內奸預備怎麼辦？將他們殺了，不也表明你們曉得了王氏這步棋了嗎？殊途同歸，同樣也是打草驚蛇了。」

什麼時候才能把對手打壓到最谷底？當她自己做死做到最谷底的時候。

這是六皇子一貫的策略和篤定的信念。

要收頭結大瓜，就得等得、忍得、靜得。

他們等著王氏的大動作，王氏的大動作便意味著陳顯的釜底抽薪，到時候一併打獲，才能算得了。

「是他們自找的，咱們手上照舊是清清白白的，什麼也沒做過。搞不好，外人看上去咱們還可憐得很呢！」

這是六皇子的原話，說得很人模狗樣，行昭就喜歡這人模狗樣的裝腔作勢，瞬間覺得滿足滿足六皇子的惡趣味也沒什麼不好。

行昭笑了笑。「對外加重端王府的防備和警惕，做做樣子的加重罷了。對內，讓他們都活著，至少在別人眼裡，他們是活著的。他們壓根兒找不到機會下手，又怎麼會事情敗露，事情沒有敗露，又怎麼可能有性命之憂呢？」

姨甥倆在裡間正說著話，蔣明英在外頭叩了叩窗板，通稟道：「孫貴嬪娘娘和七皇子過來請安了，您要不要見一見？」

行昭望向方皇后，有些意外，她從來沒見過七皇子，準確的說，應當是闔宮上下的人都沒怎麼見過這位傳聞中「體質孱弱」的最幼小的皇子——那個心智尚未長全的男孩，如今怕是有四、五歲了吧？

方皇后也很意外，先回蔣明英。「讓他們進來吧。」這廂起了身和行昭往正堂去，一路悄聲說著話。「瞧著老七總有些揪心，如今倒是一年比一年好了，兩、三歲的時候還不會說囫圇話，如今倒是能幾個字幾個字地往外迸了。也不是沒瞧見過心智沒長全的孩子，這孩子尤其惹人憐，安安靜靜、規規矩矩地坐在那處，想不過彎也不亂搭話。」

宮裡頭是不准說七皇子心智不全，皇帝喜歡這個幼子，更是四下裡封了口，只說了身體孱弱。

天家富貴，這麼經年的補品養下來，七皇子倒是不太像個傻子了，只是反應慢些，說話慢些，較之同齡人各處都慢一些，也笨一些，說傻子過了，應當也達不到往前的那個傻皇帝說出「何不食肉糜」的那種程度，但是比起正常人，確實是笨了很長一截。

孫貴嬪生了老七，不蹦躂了，也不和小顧氏爭了，安安分分地守著兒子過活，時不時感懷一下方皇后當日力挽狂瀾救下她的恩情。

她一見方皇后與行昭出來，先躬身行了禮。「皇后娘娘萬福金安。」又朝行昭主動行禮。「端王妃近日可安好？」

小姑娘時候見到的那個弱柳扶風的孫貴人，如今倒氣質沈穩了許多，也是，皇帝被五石散和小顧氏牢牢抓住，她生了兒子，甭管兒子是傻是愚，都是她後半輩子的依靠，有了依靠自然安分下來了。

行昭側身避開那個禮，即算是回禮。「貴嬪安好。」眼神從孫氏身邊的那個面白唇紅、眼神卻稍顯空洞的小郎君身上瞥過，笑著問：「七皇子有五歲了吧？」

這廂落了坐，那廂孫氏便溫弱聲氣地回行昭的話。

「今年五歲，生辰還未過。」孫氏讓七皇子叫人，七皇子小臉直往後縮，孫氏再一抬頭，眼圈變得紅彤彤的。「這孩子就是這樣，怎麼教也教不會，人說三歲看老，他的前程，臣妾連想也不敢想，這一顆心都快為了他操碎了……」

「好了好了，前兩歲，妳也是操心得不得了，孩子日漸大了，不也懂事起來了？雖說三歲看老，可哪裡做得準？」方皇后溫聲安撫孫氏。

行昭坐在左上首，聽這兩人來來去去地說著話。孫氏說道：「七皇子如今倒是會自己吃飯了，可手裡握著勺卻也要撒一地的米粒。常常一個人莫名其妙地哭鬧起來，揪著奶嬤嬤的衣裳不鬆手，又常常一整天都不愛搭理人，說話兩、三個字地往外迸，臣妾如今倒是猜得到點意思了，可每每看見孩子都想哭……」

方皇后安撫也是翻來覆去就那麼兩、三句話。

今兒個進宮獨個來請安也是個意外，閔寄柔頭傷還沒好，陳媛也抱恙，只行昭一個小輩兒媳婦兒進宮來問安，本是想這些日子的事全都和方皇后講一遍，哪曉得屁股墩兒還沒坐熱乎，孫氏倒來了。

聽孫氏的話，行昭明白過來，沒用晚膳直接從宮裡辭行。

回到端王府才發現六皇子早就到家了，便同他說起老七。「孫氏是個機靈的，一聽只有我一人去了，便哭哭啼啼地來示弱，話裡話外都是七皇子如何如何地反應慢半拍了，她教養得如何如何辛苦，咱們和陳家爭得個你死我活，孫氏急流勇退，倒是表忠心來了。」

孫氏今兒個來，無非是表明老七沒有任何競爭力，求放過的意思。

六皇子笑了笑，轉身將自個兒小時候用過的一塊麒麟玉珮送到行昭手上，只說：「改日送給七弟鎮邪，叫那些魑魅魍魎不敢近身。」

孫氏得償所願，放了一萬顆心。

行昭卻提起一萬顆心來——福建海寇捲土重來，賀行景向直隸中央求援兵力。

六皇子還沒回府，是閔寄柔一早遞的消息，老六被兵部軍權排斥在外，排斥得死死的，他一點風也不知道，那做為他的王妃，行昭被拘在內院裡就像沒了眼睛、耳朵，自然更是什麼也不知道。

信中侯閔大人到底從陳顯手裡挖了點權出來，給端王府和方家提早透個風、賣個好，既輕省又便宜，何樂不為？

行昭在內廂之中來回踱步，腦子完全靜不下來。

捲土重來？

這膘肥體壯的韃靼都被打趴下了，一支窮寇組成的隊伍，怎麼就一直打不死呢?!

行昭原本以為是行景一直以來找的託辭——沿海沒有安穩，鎮守的武將如何凱旋回京？

可如果情形都嚴重到地方要向中央直隸求援調兵了，行昭真是一顆心都吊起來了啊！

在家裡頭磨啊磨，趕緊給羅氏洋洋灑灑寫了三頁紙，蓮玉在一旁趕忙備下了米漿糊，行昭一擱筆，心裡頭反而平靜下來了。

她寫信能有什麼用？

旁人是不敢攔她的信，可就從定京城送福建去，快馬加鞭，只在大驛站停靠，七、八天能到。如今既是戰亂時節，拖拖延延的，怕是得拖到十五天之後了。

十五天之後是什麼樣的場景，天知地知，人不知，她不知。

蓮玉拿著米漿糊，糊也不是，不糊也不是，輕聲問：「拿了端王府的帖子走，不求安穩走水路，咱們走陸路，快馬加鞭頂多八天就能到。不過您寫這封信，是想說些什麼？」

行昭手裡頭攥著信紙。突然有些明白了母親當時的心態。

唯一的胞兄在外征戰，再驍勇善戰，他也是肉做的、血鑄的，一個大刀砍在身上，他會疼、會流血，也會……死。

行景尚不是生死未卜、下落不明，她便擔心得寢食難安，當日的方祈行蹤未定，甚至在朝野上下謠傳通敵叛國之罪名，她的個性較之方福堅韌一百倍，尚且如此。她那一向軟弱的母親，又該是處在一種怎樣的精神狀態下呢？

行昭轉身把信紙折成三疊，收在床頭的梨花木箱子裡。

她必須強迫自己找事做，給阿謹和元娘打絡子，配色、抽絲、穿線再一點一點地打下去，行昭很難一心二用，專心專意地打完兩條絡子，一瞧更漏，這一上午都還沒過完呢。

又摸摸索索找事做，先吩咐人交代下去。「嚴氏和那個負責採買的管事賞碗藥下去，王府裡全都警醒起來，下人們還是能見家眷的，可只限見家眷，往日舊識、故交好友都原處打發了，否則一旦府裡有個什麼閃失，就先拿這些人填坑。」

蓮玉心裡頭默默記下，又聽見行昭後語。

「把通州莊子上的那個張德柱調任回京，先放到蓮蓉她爹的鋪子裡去當個小管事，告訴他，他的起點與常人並不同，好好幹下去，是一步登天還是步步驚心，全看他的忠心。」

段如簫被放在通州莊子上一放兩年，張德柱不可能沒瞧見，可他啥也沒說，既沒給賀家人通消息，更沒給外人通消息，老老實實地待在通州一待就是近一年。

沈得住氣，會說話、會辦事，能來事兒也會瞅機會，是個能用的人。

奴才也是分個三六九等的，頭一等的是在主子身邊近身服侍、得臉的，最尾一等，便是被主子打發到遠地去，連正府邸的門框都摸不著。張德柱如今的位置一下子從最末等，躍升上了前三等。

奴才的命運全由主子們決定，那主子們的命運呢？

全由比他更勢大、更強大、更說得上話的人決定。

把自己的命運交到別人的手裡，任人搓揉圓扁，是個人都不會高興，所以才會有這麼多的爭鬥。奴才爭著成為主子們身邊得用的人，走仕途的人們爭著攥緊自己手上的權柄，再把眼睛盯到了別人的鍋裡，會投胎的、生來就比別人尊貴的天潢貴胄們爭著成為天底下最勢大的那個人。

可更多的時候，爭只是為了保住一條命。

蓮玉不問不答，應諾而去。

正午吃飯，大約是苦夏，這些日子行昭都沒胃口得很，如今被這麼一樁事堵在心裡頭，更是什麼也用不下，喝了幾口湯便把碗放下了，心裡像是有東西提醒似的，眼神直往窗櫺外瞅，沒一會兒便瞅見了一個還穿著朝服、戴著烏紗帽的人三步併作兩步走過來，眼神一亮可身上卻懶怠動彈。

六皇子朝珠都還沒取下來，一眼看見行昭盤腿坐在炕上，很沒精神的模樣，笑道：「是在等著我吃飯？」

被老六的情緒感染，行昭心裡頭陡然一鬆，心裡的那根弦鬆了下來，身上慢慢地就變得暖洋洋的了。

六皇子中午很少回府，一是八寶胡同離皇城遠，二是黎令清都在崗位上守著，老六沒這個資格要求特殊。

他是怕她心裡慌，特意來安她的底吧？

行昭朝六皇子努努嘴，示意他趕緊坐下用膳，給他盛了飯、盛了湯，他們兩個人吃飯從來沒顧忌過食不言、寢不語的規矩。若當真顧忌了，他倆這見天的能說上兩、三句話不錯了。

「豫王妃託人給我來了信，福建請求調兵支援？」

六皇子猜到了，嚼了兩口飯接著才點頭。「嗯，揚名伯請求調兵，說是戰事都燃到江浙一帶去了，戰線拉得長，江南官場沒武將，他一個頂三個，勉力支撐很是辛苦。」

行昭手都揪緊了，偏偏臉上的神情一點沒變。

不知為什麼，六皇子最喜歡行昭這個模樣，他第一次見她的時候，她就是這個樣子。

「不過朝廷裡哪來多餘的兵力啊？九城營衛司直隸的二十來萬人是不能動的，原有梁平恭、秦伯齡和方祈三方兵力，梁平恭身死，直隸所屬的兵權一部分歸置到了九城營衛司裡，一部分分到了秦伯齡所在的川貴之地，方祈手下倒是七、八萬名兵將縮在平西關內外，這幾年都沒有動過，父皇希望這五萬名將士改姓周，陳顯希望這些人馬改姓陳，當事情尚未塵埃落定之時，父皇會動這些人手嗎？」

行昭眸光更亮了。

如果要調兵，調哪裡的兵？

九城營衛司絕對不能動，只能調秦伯齡或是平西關內的兵馬。

無論調哪裡，都有好處。

行昭沒法子斷定秦伯齡與陳顯有勾結，可若是秦伯齡手上的兵馬弱了下來，事有突然之時，平西關內的將士能更好地衝破來自西南的阻絕。

如果調的是平西關內的兵馬，那就更好了，瞌睡遇到枕頭，把方祈的兵送到賀行景的手上，既使得順手，又能被重新擰成一條繩。

大將各司其職，絕不會擅離崗位四處亂竄，更何況，福建打的是海仗，秦伯齡縱然跟去，壓根兒無濟於事，甚至會將西南空出一大塊地來拱手送給西北軍。

「如果皇上不調任兵馬支援怎麼辦？」行昭問得很凝重。

六皇子卻答得很輕鬆。「那好辦，戰事會從江浙沿海一帶，繼續向北燒，燒到河北滄州、唐山，海寇十年磨一劍，今次可不是小敲小打，再燒，就要往裡燒了。」

往裡燒，是哪裡？

是河北府裡的定京城！

聲東擊西、請君入甕。無論皇帝再怎麼選，西有方家軍，東有賀行景，怎麼算，他們都沒虧。除非，除非陳顯他真有能力，整口吞下那二十來萬人的九城營衛司。

這是行景布的局，還是借勢打力？

大概是後者，行景跟在方祈身邊長成人生中最重要的那幾年，海寇凶險，搶起東西來更是不要命，行景不可能引狼入室，放任海寇坐大從而將戰線拉長。

他大概是將局面控制在了自己能一手掌握的範圍裡，再坐地起價。

行昭沒說話了，笑咪咪地看著六皇子三口兩口扒完了碗裡的飯又盛了一碗，這一碗細嚼慢嚥地吞下肚，再和媳婦兒坐在炕上說了通話，便修整行裝開工去了。

中午沒吃好，黃嬤嬤備了一小木案的零嘴，行昭這還沒來得及吃呢，鳳儀殿的林公公就來召人進宮了。

一進鳳儀殿，方皇后先從頭到腳打量了行昭一番，心裡頭落了定，轉頭問起蓮玉來。「午膳用得好不好？睡了午晌了嗎？妳家主子從一大早精氣神可好？」

行昭笑起來，方皇后這也是想起來當初方祈戰急之時，方福出的那樁事，這是怕外甥女步胞妹後塵。

行昭覺得方皇后多慮了，可仍舊使了個眼色給蓮玉。
蓮玉便佝著頭，一五一十全說了。
方皇后臉一下子就垮下來。
行昭趕快張嘴開脫。「每回初夏來，我都過得苦得很，睡也睡不著，吃也吃不下，這您是知道的。阿慎今兒中午特地回府來同我細析哥哥那樁事，我沒可能作踐自個兒身體的。」
方皇后愈加蹙緊眉頭。「妳苦夏這回事，早兩年就調理妥當了，嫁了人反倒被翻了出來……」話頭一頓，再想了想，揚聲道：「讓張院判過來摸把脈！」
張院判來得快，在行昭手腕上搭了塊布，診了半刻鐘，一張老臉笑起來說得模稜兩可。「端王妃這幾日甭動靜大了，好好用膳歇覺，等過幾日再看一看。」
小張院判一腔氣定神閒，小老頭笑咪咪地說完去瞧方皇后，不瞧不要緊，一瞧嚇一跳，小老頭趕忙神色一凜，扯起藥箱子就當扯個虎皮當大旗。「微臣去外廂給王妃開一張安神靜氣的藥方單子去。」
蔣明英最先反應過來，招呼蓮玉趕緊跟上，接著言笑晏晏地去送。
小老頭逃得飛快，像颳起了一陣風似的。
行昭愣在原處有些呆，真的是有些呆愣愣的，跟個二傻子似的。
她可不是正正經經的十六、七歲的新嫁娘，張院判那一番話說得十分隱晦，可她前世就嫁過人、生過孩子的，哪裡可能聽不懂！
整個胸腔被一股莫名的情緒湧入，瞬間就被填得滿滿的。

明明是坐著，腳下卻在發軟，像陷在軟綿綿又暖洋洋的雲裡，又像站在冰封的河面之上。

鳳儀殿靜悄悄的，連盛夏的風、晌午的光和門框下偷偷露出的那道縫都靜悄悄的，偌大的大堂沒有一個人說話，行昭手腕上還蓋著那張小絲巾，窗櫺大大打開，風一吹，小絲巾就被輕風一揚，小小地捲起了一個角，腕間暫態就有了種輕滑且癢癢酥酥的觸感。

好快啊！去年過完正月就嫁的人，今年盛夏就……

其實也不算快了，時人重子嗣香火，恨不得成親之後三年抱兩，只是在皇家這幾個小輩媳婦兒子嗣上都不太爭氣的情形下，行昭算是一枝獨秀、一馬當先、一鳴驚人、一枝紅杏出……

呸呸呸！

行昭靜坐片刻，發了很久的呆。

她發了多久的呆，方皇后就忍了多長時間的氣。

門被小小推開，光與熱從外傾瀉而入，是蔣明英送完張院判回來了。

「張院判個性向來穩重，同蓮玉問了，王妃月事的情況，說是六月分沒至，七月分已經是遲了快十來天了。」蔣明英笑吟吟地一五一十回稟。「饒是到了這個地步，張院判的話都還沒說實，只說日子還淺，頂多才上身兩個月。凡事穩中求穩，等過幾天他再去端王府請把脈，才好塵埃落定下來。」

話頭一頓，蔣明英隨即喜上眉梢。「可張院判偷偷摸摸告訴我，至少有九成九的把握！」

行昭月事一向很準，就這兩個月沒準時來，她其實是有些掛心的。可再一想，這麼各方勢力都浮出水面的節骨眼上，人啊，心力交瘁起來，生理和心理難免會有變化，便沒將這回事放在心上。

更重要的是，她實在是不相信，就這麼一年多的工夫，老六就輕而易舉地正中靶心了啊?!

看看行景是不是猛漢？再看看桓哥兒身子骨健壯不？最後看看正當年紀的二皇子！羅氏如今還沒什麼消息，歡宜產下阿謹之後也再無動靜了，豫王府一攤子爛事扯不清楚……

她氣運從上一世就不太好，這一世便盡力做到腳踏實地，哪曾料到氣運當真「噹」地一聲，一下子就砸到她頭上了。

阿彌陀佛，既有運氣，當然，也得感念感念孩兒他爹的努力和功勞。

大殿之內還是靜悄悄的，可明裡暗裡，氣氛卻一下子變得輕快起來。

有嗣，往小裡說意味著添丁進口，往大了說，便是宗族傳承，保證了血脈經營。

女人最大的功勞就是為夫家產下身強力壯的子嗣。

行昭不由自主地將手輕擱在小腹上，抬了抬頭，這才發現蓮玉和蔣明英兩個人眼圈都有些發紅，再望向方皇后，方皇后不像是極歡喜的模樣，眉眼板正得很。

「姨母……」

行昭喚得很輕柔還帶了點委屈。

方皇后回過神來，嘆了嘆，萬般怪責的話含在口裡，自家外甥女看起來可憐巴巴的，如今又金貴得很，她捨不得也不好意思說，對那沒輕沒重的六皇子便累積了一股子氣堵在胸口，到底還是悶聲埋怨。

「原本讓你們及笄之後再行周公之禮，也有等妳身子骨長開之後才好生兒育女的意思在。女兒家不好避開，男兒郎總要擔起責任來吧，老六倒好，什麼也不做……」

強詞奪理著，終究是奪不下去了。

誰家的姑娘誰家心疼，婆家只會恨兒媳婦沒更早生孩子！

十六、七歲生孩子其實說早也不算太早，十三、四歲嫁人之後立馬有了身子的比比皆是，可生孩子是過鬼門關，身子骨長好些再長大些，總比貿貿然懷上好闖過去一點吧？

人吧，都是有立場的。方皇后私心裡也想看見行昭產下嫡長子，可前提是行昭的安危必須要先得到保障。

既然木已成舟，就得竭盡所能地把這條船好好划下去！方皇后一向不喜歡鑽牛角尖，罵了六皇子兩聲「不懂心疼人！」、「自私自利」之後，情緒趕緊平復，很是沈著地著手安排下去。

先讓林公公去戶部候著。「人多眼雜先甭明說，只讓老六下了衙來鳳儀殿接自個兒媳婦兒。」又給蓮玉交代。「府裡不許種花種草，香料、水粉、胭脂一概不許妳家王妃用，怎麼舒暢怎麼來，若有像那個嚴氏一樣想要掀天的奴才，如今也不是顧忌的時候，亂棍打殺了就是，妳得立起威來！」

說著說著，轉身忙忙叨叨地吩咐蔣明英。「去六司尋摸個經事的婆子來！」蔣明英這還沒走出殿外，就聽見方皇后揚聲將她喚回來。「哎呀呀，先甭慌！前三個月不吱聲，先把事情掩下來，凡事聽黃嬤嬤的先，警惕，一定要警惕！」

說實話，行昭也摸不清楚方皇后說到最後，這是在囑咐誰了。

行昭這麼一天過得忙忙碌碌的，從一大早聽到戰事吃緊，再到中午六皇子出言解惑，再到下午，竟然被診出來有喜了！

短短一天，一波三折，喜憂摻雜，再加上一身懶懶的，行昭吃過幾口麵又喝了湯就爬到內廂的暖榻上睡晌午了，頭一挨著枕頭，眼一合，也不曉得過了多久，迷迷糊糊中，聽見外頭有人悄聲說話——

「景哥兒那頭，無論前方戰事如何，都先別給阿嫵說，你自己心裡有個數就成了，女人家有了喜，通常喜怒無常的，也煩勞你擔待著些。」

「揚名伯這一役，或明或暗全都算計到了，雖為避嫌未與定京互通信件，可這次動作倒是做得很有靈犀……這節骨眼上阿嫵辛苦，慎自當殫精竭慮也要護她母子周全，大風浪都經歷過來了，小小脾氣又有何懼？」

「淑妃那頭已經派人去說了，淑妃想趕過來瞧，被我給攔了。阿嫵這一胎先別慌，也別張揚，舊俗是要過了三個月才敢放出風聲來，這也是有道理的。年前老二那處失了皇嗣，若如今端王府反而有了喜，兩邊時間接得巧，就怕有人會做困獸之鬥。光腳的不怕穿鞋的，我們有所忌憚，旁人或許就要賭上全部身家，放手一搏。」

「黔驢技窮，圖窮匕見，最後一擊，才顯真章。」

行昭半瞇了眼睛，迷迷瞪瞪地聽。

還沒睡清醒的腦子裡只有一個信念，無論她是身懷六甲，還是年老發福，她都要一夫當關，萬夫莫開，這個男人是她的，什麼狐狸精、妖怪都別想搶。妾室她容不下，通房她也容不下，美貌丫鬟、妖嬈戲子、清秀小廝，全都滾開些。

迷迷瞪瞪地聽，迷迷瞪瞪地下狠心想著，想著想著眼睛又合上了。

等行昭完全清醒過來時，天快黑下去了，一睜眼，六皇子正坐在暖榻旁的杌凳上，拙手拙腳地削著蘋果，神情很認真，像是在描金繪銀，蘋果皮順著刀尖一溜兒掉下來。

聰明的人學什麼都學得很快，王孫公子削了兩下就熟悉了，削了一個坑坑窪窪的蘋果出來放在瓷碗裡，再削下一個時就熟練了很多。

好歹一個光滑的蘋果出來了，切成小塊小塊的，再插上小銀叉子。

六皇子手虛扶在行昭腰間，附耳輕喚。「阿嫵……」

行昭睫毛不由自主地輕顫了顫，六皇子便朗聲笑起來，邊將瓷碗端到行昭跟前，邊繼續喚。「快起來，咱們回家睡去。」

回家啊……

行昭靠在軟墊上，陡然很想哭出聲，家啊家，她原來的家是在九井胡同裡，後來搬到了宮中，再後來便是八寶胡同的端王府。

那是他們的家，他、她，還有一個小小的、還不知是他還是她的家。

行昭睜開眼，就著銀叉子吃了塊蘋果，蘋果脆脆的、甜甜的。

六皇子目光灼熱，手想從腰間順到肚子上來，可笨手笨腳地又怕碰壞了，隔著衣裳虛懸在行昭小腹之上，聲音壓得低極了，像找到了一座尚未開採的寶藏，帶著無限隱密的喜悅，小聲說：「阿嫵，我們要有孩子了。」

「嗯。」行昭也低聲笑道。「張院判說有九成九的把握，萬一呢？」

六皇子挺了挺胸，十分得意。「我做事，什麼時候有過萬一？」

嘖嘖嘖，男人得意喲，得意得像隻鬥勝了的公雞。

第一百章

運氣是什麼？

隔壁店小二會告訴你，運氣是今天八桌的客官落了三、五個銅板在客棧裡，而掌櫃的默許他私揣腰包。

府衙裡九品的小官吏會告訴你，運氣是上峰未至，而衙門裡終日無事，到了晚間卻仍可以拿到賞錢。

運之大道也，乃移徙也。

行昭覺得自己大概是時來運轉了。

懷著感恩與知足的心情，安安分分地過了十來天，等到了每月依例來請平安脈的日子。張院判親自出馬，如期而至，總算是給了一個篤定且準確的答案。

「王妃已有兩個月身孕，脈象平和，滑脈有力，想來會是一個極為康健的嬰孩。」

六皇子雖是自詡為「慎之又慎」，可到底歡欣起來，拖著張院判從內院走到二門，再送到大門，大手一揮笑咪咪地賞了兩尊白玉送子觀音像下去。

張院判一張老臉又紅又青，王爺親手賞賜的東西又不敢不要，一手捧一個紅木匣子上馬車，神情顯得既悲憤又複雜。

行昭聽蓮玉說起這事，哈哈笑得直喘氣。

既然是確定有孕了，照方皇后的說法——「先瞞下來，等過了三個月，胎坐穩了，再一把掀開。左右都是壓不了多久的，還不如留下一個月的時間來好好安頓妥當。防不勝防，還不如攻其不備。」

自然是要安頓妥當的。

行昭初上身，平日裡極易倦怠，外府內院的事，六皇子索性一把抓了。既要兼顧一直在跟查下去的江南一案，又要跟進東南沿海戰事明細，又要平衡外院掌事力度，最後還要顧及到內院的種種細節——得力的婆子是不是都用心？會不會再次出現像那嚴氏吃裡扒外的東西？會不會在清理結算的時候反而將忠心耿耿的奴僕掃地出門了？

不過二十天，六皇子就被磨瘦了，行昭也沒見豐腴，倒是跟著老六一起瘦了下來。吃什麼都吐，就意味著什麼也吃不下去，能不瘦嗎？

兩口子一起瘦，黃嬤嬤急得團團轉，又不敢上猛貨給行昭大補，看著自家姑娘忍住噁心把東西往嘴裡塞，塞完了又捧著痰盂吐個不停，吐完漱漱口又吃，吃完又吐，覺得自個兒心尖尖上都在疼。

只好每天守在小廚房裡，今兒個做個肉糜稀飯，明兒個再做個陳皮滷牛肉，翻來覆去地變著法做好吃的。這下可好了，行昭照舊吐，沒胖起來，老六反而精神頭好了很多。

連行景這個二愣子如今都磨練成一個懂得聲東擊西戲碼的老油條了，六皇子這個自小長在深宮中、算計在朝堂裡的小油條，將內院那碼子雞毛蒜皮的小事打理得倒是井井有條。

可行昭總覺得老六安安靜靜盤腿坐在炕上看內院名單的模樣，多多少少有一點內務府老大爺的感覺。

昏黃暖光之下，有個大男人為了妳也鑽營起來內院那點不足為道的事，想一想就覺得很窩心。

其實愛情很簡單，切成小塊的蘋果，已經查驗完畢的帳冊，被帶出正苑的那幾隻小犬，見微知著，如是而已。

內心的忐忑終究被壓了下去，慢慢淡成一股很輕很輕的知足。

一個月的時間說短不短，說長不長，端王府硬生生地瞞了過去，等三個月一到，端王妃賀氏有孕立馬變成了定京城內與皇城內外頂風迎浪的消息。

一石激起千層浪，跟著就是幾家歡喜幾家愁。

只有老皇帝不曉得他到底是該喜還是該愁，論親緣血脈，他是該歡喜的，老二家的那個兒子沒活著生出來，反倒讓老六家得了個好，硬生生地將皇家長孫的名頭搶到了端王府。

「老六和賀氏倒是緣分。」皇帝不鹹不淡地睇著眼同方皇后說著話。「原先是一個不想娶，一個不得不嫁，如今反倒琴瑟和鳴。朕記得端王府裡只有賀氏一個王妃吧？老二有一個側妃，連老四府中都有幾個姬妾，賀氏是在皇后身邊長大的，怎麼如今反倒落了下乘了？」

方皇后靜靜地注視著皇帝，然後笑著幫他斟滿了一盞茶，絕口不接話。「也全因您皇恩浩蕩。聖旨指下的婚事，兩個孩子能不用心過嗎？」

千穿萬穿，馬屁不穿，皇帝抿了口茶，便有些想不起來剛才自己想說些什麼了。

皇帝一走，方皇后轉身派人去給小顧氏傳話。「無論如何這些時日不許皇上去昌貴妃那處，是撒潑賣嬌也好，是強留強扭也罷，絕對不許昌貴妃近皇上的身。」

又派人去給昌貴妃王氏遞話頭。「豫王如今是膝下空缺，要不要請張院判去王府幫著把把脈？給王妃和側妃把一把平安脈，也給貴妃求個心安。」

昌貴妃王氏一口氣哽在心裡。

她和方皇后到底哪個更像從市井螻蟻中摸爬滾打上來的人？方氏怎麼就想得出來這麼缺德的招數！先說阿恪膝下空缺，再讓張院判去給閔氏、石氏把脈，若她們兩個沒問題，那有問題的是誰?!

把不能生育這盆髒水潑到老二頭上，老二是個男人啊，莫須有的名頭按上去，他還怎麼做人?!

王氏滿心眼的路數隨即如數收斂起來，連召豫王妃閔寄柔的帖子都被方皇后扣下，不能和皇帝接觸，不能見兒子和兒媳，更不能召見旁人，她沒有由來地被嫡妻禁足了，她像聾了、瞎了、啞了一樣，突兀而不顯任何生機地活在這朽木一般的後宮之中，正如同她初進宮時那樣，還是那麼無助和渺小。

這是王氏晉位貴妃之後，方皇后與之的頭次交鋒，一切的小聰明在絕對的權力面前都是以卵擊石。

行昭經過方福之死，看透了這一點。

如今的昌貴妃王氏怕是也看透了這一點。

方皇后雷霆之勢。宮中風平浪靜，可宮外卻是暗潮湧動，哦，不對，如今已是能被稱為微起波瀾。

揚名伯賀行景八百里加急連上三道「增兵求援」的摺子，六皇子跟著發力，中途攔下急件，直接繞過內閣通過向公公遞到御前。

如今戰事已經從福建燒到江浙兩地，水路皆通，行景是鎮守將領，他的職責是鎮守住腳下這一片陸地，主場自然是陸地戰，可海寇卻是朝出夕收，早晨乘著船靠近岸邊來隔得遠遠的打兩發，等晚上再乘船回駐紮的小島之上。

大周開疆擴土已久，可無奈與人爭的皆是陸上那點地皮，廣袤海洋的莫測如今卻被只有幾萬人的海寇利用，從而順風順水。

皇帝昏了，可賀行景與賀行昭是什麼關係，賀行昭與六皇子和方家是什麼關係，他還是明白的，自然不批。

行景的摺子被擱置一旁，第二日便從東南前線傳出戰線往北延伸的消息。

前方戰事吃緊，中央卻無動於衷。

御史們又有事情可做了，可偏偏沒人來做這隻出頭鳥，又隔三日，行景以屯糧告罄，與其死守不如誘敵深入之名，將麾下行伍往內移三百里。

陳顯大怒，於廟堂之上怒斥行景。「揚名伯意欲何為？是以存心給仇寇可乘之機，其心可誅！先前平西侯一事尚未塵埃落定，我大周朝堂之上再容不得有此居心叵測之將領！」

方祈在後院花叢間喝著早茶，突然打了個噴嚏。

方祈不在那兒，方祈的兒子可是要上朝的，嗯……雖說身上只擔了幾個虛銜，可到底還算是朝廷命官。

忍了一個早朝的氣，一下早朝，將出儀元殿，桓哥兒便聲東擊西竄到陳顯跟前，一記老拳揮出手，打得馬臉眼淚流。

這下可算是齊活兒了，老子和兒子可以在後院花間一塊兒喝早茶了。

和方進桓面壁思過的聖旨一起下來的是——

「調任西北軍一萬兵馬、川貴秦伯齡麾下一萬兵馬齊往東南抗擊海寇！」

是陳顯陳首閣擬的旨意。

六皇子閒聊一般同行昭說起這件事。「父皇的意圖占三成，陳顯的思慮占七成。兵馬調任總算是得償所願，可陳顯卻在西北軍和川貴軍中找到了平衡點……在行景和西北軍中間摻雜了一萬兵馬的川貴軍，一旦有風吹草動，行景帶的兵馬本來就心不齊，又怎麼可能靜靜悄悄地做成大事呢？」

行昭捧著肚子認真聽。

這番博弈，無非是你做初一，我做十五。行景要坐地起價，陳顯憑什麼不能討價還價，又不是只有你一個人是聰明人。

論朝堂之上再風雲詭譎，行昭以不變應萬變，把事情都推給老六去想、去做，她老老實實地養胎、安胎。

外頭不太平，她就不出門去，在自家院子裡早、中、晚，每日走三趟，夏天的白日又好像特別的漫長，天亮得早，黑得晚，行昭愈加畏熱，可仍舊堅持走路，常常一個長廊走下來，後背全被汗打濕了。

這個時候不是講究規矩禮數的時候，初一、十五的請安，她能不去就不去，儘量不往宮裡那個大染缸走，饒是如此，昌貴妃王氏的話仍舊一字不落地傳到了行昭的耳朵裡。

「舊時今日，場面何其相似啊，先臨安侯夫人是在平西侯出征時歿的吧？」

拿行昭比方福，方皇后當場勃然大怒，親手甩了王氏一個耳刮子，雷霆之勢變為排山倒海之怒，王氏承受不起方皇后的怒火。

行昭自有孕之後，心氣好像比往前更靜了，同蓮玉風輕雲淡地說起此事。「頭一回見王氏的時候，她還是王嬪，不算正經主子，在外命婦跟前都拘謹安分得只坐半椅，小心得一步也不會行差踏錯。」

亂花漸欲迷人眼，宮裡的亂花就是權勢。

皇帝存心要捧，也不想一想狗肉到底能不能端上檯面。

行昭一轉眼就把這事給忘了，哪曉得豫王夫婦攜手到端王府說是串門子，實是賠禮致歉來了。

豫王夫婦挑了個休沐的日子，頭頂烈陽而來，長兄、長嫂頂著太陽過來串門子，做弟弟、弟媳的當然還將臉面給捧全了，故而行昭捧著肚子在長廊口等，雖是避在簷下，可熱氣卻避不開。

行昭一張臉熱得通紅，手裡捧著蓮玉遞上來的溫開水小口小口地抿，心靜自然涼，行昭覺著自個兒心從一大清早就沒靜下來過，談何自然涼？

昌貴妃王氏那番話才是真真正正的其心可誅，將方皇后這樣一個喜怒自知的人激得當堂搧了王氏一個清脆的耳光。

一個耳光足矣，足矣洩憤了。

昌貴妃王氏這輩子挨過的耳光也不少了，做宮人的時候挨過管事姑姑的巴掌，做了良家子也挨過上位嬪妃的耳光，等到有了名分生下皇長子之後，臉上的耳光沒人敢打了，心裡頭卻不曉得啪啪啪被人搧了多少個耳刮子。身分低微，出身下賤，學識不高，靠著一張臉和一條身段扶搖直上，哪個世家大族出身的女子瞧得上這種女人？

明明王氏伏低做小活了半輩子，偏這個時候張狂起來。

顧太后再蠢、目光再短淺，卻也知道該在自己親兒爬上皇位之後才跋扈起來，沒有塵埃落定之前，夾著尾巴做人才算是給自己留足了退路。

二皇子攤上這麼一個親娘，也不曉得是哪炷香沒燒好。

行昭胡思亂想，再抬頭卻眼見那頭六皇子領著二皇子與閔寄柔走了過來，行昭笑著迎上前去。

「昨兒個二哥下了帖子，驚得我半宿沒睡好覺。二嫂是常來的，二哥卻是個稀客！」語氣很熱情，絲毫聽不出芥蒂。

二愣子，哦，不對，二皇子臉頰上卻升起兩團緋紅，躬身一鞠，兩手向前作了個揖。「原是我對不住你們……母妃……母妃……」母妃了兩遍也沒說出個名堂來，子不言，父之過，對於母親的過錯，做子女的看在眼裡就成了，甭宣之於口，更不能四下宣揚。二皇子話堵得有多麼厲害，一張臉紅得就有多麼鮮亮。

行昭趕忙往後退了一步，側身忙不迭地躲開這個禮數。

六皇子被媳婦兒這麼活潑的反應一激，登時嚇出了一身冷汗，趕緊一手將二皇子撈起來，朗聲笑道：「將才一見二哥，二哥也是這樣，平白無故地就同我作揖致歉，倒把我嚇得不輕。」又轉身和閔寄柔笑說：「今兒個煩勞二嫂過來瞧阿嫵了，日頭大，她又不方便出去，您能來瞧她實在是感激得很，昨兒個夜裡她哪是嚇得半宿沒睡好啊，分明是喜出望外得半宿睡不著覺。」

三言兩語給豫王夫婦此行定了性，解了圍，把下坡的梯子遞了過去。

無論朝堂上爭鬥得如何慘烈，只要二皇子把他當兄弟一天，他就將二皇子當作長兄親近一天，血脈親情亦是初心。

二皇子看起來也同老六有話說，這廂和行昭再寒暄了兩句，兩個男人便往外院走。

行昭把閔寄柔請到正院內廂房裡，親手斟上茶水又讓人上冰鎮過的瓜果，便如舊日一般同閔寄柔閒話家常。

「瓜果是拿到水井上用澎過再放在冰上鎮了幾個時辰的，閔姊姊嚐一嚐，聽阿慎說今年的葡萄就該這種吃法，最是解膩爽口的。」

兩串葡萄上還沁著小水珠粒，擺在碧璽荷葉果盤上，遠遠看過去像幅明麗精細的工筆畫。

閔寄柔笑了笑，將手上的茶盞擱在一邊，騰出手來摘下一顆葡萄，素指纖纖俐落地剝了皮遞給行昭，卻忽然想起什麼，又將手收了回來，把葡萄重新放在瓷盤裡，邊拿絲帕擦手，邊輕言細語道：「我原是忘了，懷著身孕的人不好吃過冰過涼的東西。」

行昭將要開口答話，卻聽閔寄柔後話。「今兒阿恪非得要過來，說是貴妃說話口無遮攔，怕妳與老六吃心。」

閔寄柔在她面前一直稱王氏為貴妃，幾乎沒喚過她母妃。

行昭搖搖頭。「一碼歸一碼，昌貴妃說的話、做的事都是出自她的意願，和二哥有什麼關係？二哥直愣愣一個人，就衝他將才同阿嫵作的那個揖，這回的事也同他和閔姊姊沒關係。」話頭一頓，行昭到底意有所指的說出了口。「貴妃膽子越大，二哥的日子怕是會越為難。」

可不就很為難嗎？王氏口無遮攔，行事沒章法，又四處得罪人，受罪的、遭白眼的，還是二皇子這個兒子。二皇子不合適當帝王，閔寄柔這個枕邊人都看得明明白白，她不信王氏這個親娘會看不出來。還是已經被奼紫嫣紅迷了眼，便什麼也看不見了？

閔寄柔沒接話，內廂裡便登時靜了下來。

安靜常常是一段最讓人難熬的時光，人們能從話裡、神態裡、動作裡找出蛛絲馬跡，可當一個人安靜得僵持住時，便很難看出端倪。

行昭這才有了機會認真直視閔寄柔。

較之年初，閔寄柔胖了許多，臉龐圓潤起來，嘴角不自覺地向上揚起，可眼神很堅定，甚至帶著一股被雨水沖刷之後的清明。

行昭放下心來，閔寄柔一直都是很聰明的女人，前世被逼到牆角尚能手握權柄、絕地翻身，她一向懂得怎麼樣才能讓自己活得更舒服。

隔了半晌，閔寄柔軟聲開腔——

「阿嫵。」

行昭應了個「是」。

「揚名伯求援調兵，方進桓拳打陳顯，至此東南調兵成功。」

閔寄柔沒頭沒腦的三句話，卻直擊要害，將零零碎碎的三件事連繫起來想，便勾勒出了一個大致的輪廓。

連方祈那個火爆性子都沒和陳顯有過正面衝突，偏偏較之方祈，個性稍軟的桓哥兒卻一記老拳打向陳顯，桓哥兒被勒令免職靜思半載，免職令一下，緊接著就是調兵東南的諭令。

桓哥兒不上朝，朝堂上便再無方姓大員了。

如果這樣能讓皇帝更放心地調兵遣將，那就這樣做吧。就算方家如今兵權沒有了、發言權沒有了，身上只留了個光禿禿的平西侯虛銜，也這樣做吧，把籌碼全都推出去，才有贏雙份的機會。

生即是死，死即是生。

事情走到這一步，誰不是在賭呢？

在方祈以凱旋之歌洗刷罪名後，陳顯仍舊敢以「居心叵測」四個字形容方祈，旨在勾起皇帝對方家的忌憚，從而達成東南維持現狀的局面，這同樣也是在賭罷了。

行昭腰上有點瘦，往貴妃榻上一靠，等著閔寄柔的後言。

「阿嫵，六弟到底想要做什麼？」閔寄柔連輕聲說話都帶著世家女子的自矜。

行昭長長嘆了口氣，他們想要做什麼？最開始很明朗的那個目標，現在卻漸漸變得模糊起來。

「想要活下去。」行昭也輕聲答。「自尊、自強、自愛地活著，不仰人鼻息，不寄人籬下，不忘卻初心地活著。」

閔寄柔無聲笑開，笑了很久，這才斂笑輕言。「阿嫵，妳我相識近十載，我如今只求妳一件事。」

行昭靜靜地看著她。

「若老六上位，放過阿恪和豫王府吧，不需要趕盡殺絕，也不需要忌憚他，內院都理不清的男人，就算有外力扶持，也只是一個劉阿斗而已。妳想一想，這個世間哪裡還容得下一個忠義睿智的諸葛孔明呢？」

行昭沒想到閔寄柔會說這樣一番話，不禁大愕，閔寄柔著實是放寬心了吧？當心中沒了恨意與怨憤，說起那個人和那些事的時候，語氣便會變得很平靜，也很置身事外。

眼中的清明是被迫的涅槃而生，可內心呢？腦子裡很明白自己應當怎麼做，理智與情感卻常常是背道而馳的。

行昭身形輕輕往前一探，輕笑起來。「所以老六確實是長了一張道貌岸然的偽君子臉嗎？」

笑得很溫和也很無奈，笑著笑著，行昭慢慢變得欲言又止，囁嚅了嘴唇卻到底什麼也沒說。

閔寄柔看在眼裡，手拿到案上來握了握行昭的手。

行昭回握住她的，弱下聲調。「好好地過日子吧，從此無愧於心地過下去，人這一輩子只有這麼一次。妳若覺得還放不下，便努力試一試，兩口子敞開了說，將妳的苦、妳的心酸全部說與二哥聽，妳若想打攻堅戰，再來一個亭姊兒也無濟於事。若放下了，便更好，女人一輩子圍著男人轉，沒了希望就不會有絕望，就像……」

就像方皇后一樣。

閔寄柔抬了抬頷，神色很平靜。「沒用的了，回不去了，敞開了說……」話到此處，閔寄柔「嗤」地一笑。「若阿恪知道是我將他的長子……沒用的，手上沾的血洗不淨了……我並不是無辜的那個人。」

行昭手一緊，隨之而來的就是一嘆。

女人清明起來，這其實是下下策，更是無奈之舉。

二皇子其實是一個很平凡、很普通的男人，他喜歡正室，喜歡閔寄柔，可他也喜歡亭姊兒，哦，也有可能不是喜歡，只是一種男人對女人最初的憐憫和憐惜。當閔寄柔讓人很安心的時候，二皇子多出的心力便會向亭姊兒那方傾斜。

會哭的孩子才有奶喝，定京城裡多少大家士族的主母便折在了這個上面。

可二皇子這樣的喜歡卻讓人憎恨，如紙薄、如風雨中枯枝般飄搖的喜歡，又能稱得上什麼喜歡？

有時候婚姻就是婚姻，請您別披著喜歡的外皮傷人傷己。

這是兩世加在一起，她們說得最深的一番話。

——未完，待續，請看文創風195《嫡策》6完結篇

文創風 171-173

重為君婦

全套三冊

筆潤情摯，巧織錦繡良緣／花樣年華

前世錯嫁薄倖丈夫，
重生為公府小姐自然得好好挑一門好姻緣！

老天爺真是愛捉弄人，
當她重生為定國公府三小姐後，
自己前世的身軀竟被另一縷靈魂給鳩佔鵲巢，
還陰錯陽差成了對手……
當她想挑一門好親事平穩度過一生，卻接連遭到悔婚告終，
未料，與她一向形同冤家的權貴大少爺歐陽穆莫名轉了性，
不僅一改對她的無禮傲慢，還情真意切地說只對她一人好，
本以為他是犯了怪病或不小心磕壞了腦門，
才會對她這式微的公府嫡女感興趣，
然而，他真立了誓、鐵了心要待她從一而終，
全心全意與她「執子之手，與子偕老」，
她當自個兒這一生覓得了良好姻緣，
誰知，他與她其實是兩世「孽緣」不淺……

詼諧幽默・輕鬆搞笑・字裡行間藏情／莞爾

田園閨事

全套六冊

穿越到這古代窮兮兮的崔家，她叫天不靈叫地不應，
在這兒，女兒身命賤不值錢，她偏要自己賺錢給自己鍍金身。
在這兒，家家戶戶不是打雞罵狗，就是家長裡短的……
她偏要把心思全放在自己身上，她要有房、有錢、有閒、有好日子，
再可以的話，就考慮找個靠譜的好男人嫁了！

文創風 165 1

一覺醒來她竟成了一個名叫崔薇的七歲小女娃兒，
這崔家窮得連吃雞蛋都要省，而且崔薇的娘還重男輕女得很過分！
以前她可是十指不沾陽春水，現在卻得從早到晚幹活。
如果她不想被折騰到死，最好能藉機從這個家分出去……
她打算靠自己掙些錢，經營起她自己古代田園的小日子……

文創風 166 2

有了自己的房子後，接著就是杜絕娘想侵吞她房子的念頭，
她打算出錢向娘把自己買下來，理直氣壯地擁有自己的所有權！
一切似乎都按著她所想要的發生，都在她掌握之中……除了聶秋染！
他是這個村裡的年輕秀才，聰穎、斯文、好看……可她就覺得他很腹黑，
即便他骨子裡詭計一堆，但憑她這個穿越來的，就不信他能將自己算計去！

文創風 167 3

都已經獨立一戶過生活，她還是不得安寧，她打算買隻靈性又凶猛的狗顧家。
她能求的，只有那個聶家的腹黑秀才聶秋染……
明知這樣要欠腹黑又難拿捏的他天大的人情，她也認了！
於是他偷偷帶她出城買狗，回來時卻被大家發現她私自跟男人出城……
聶秋染倒是挺身而出說要娶她。唉，這下她得賠上自己了……

文創風 168 4

原以為聶秋染這腹黑秀才說要娶她是為了幫她解圍，沒想到他是認真的，
唉！她也算是聰穎過人，還是穿越過來的人，
但一面對他，不管她再怎麼說，情況好像全照他的意思走。
而且自從他說要娶她之後，他便大搖大擺地常往她這兒跑，
賴著她、愛吃她做的菜，連她的賺錢大計都插手管起來了……

文創風 169 5

兩人成婚後，她過得挺好，只除了他的怪癖——她懷疑他是白色絨毛控！
每次從城裡給她帶禮物，從耳環、髮飾到披風全都是帶著白色絨毛的，
還硬要親自把這些絨毛玩意裝扮在她身上，當她是他專屬的芭比娃娃，
嫁了他後，他更是名正言順地玩起妝扮她的遊戲……囧！
幸好，除了這項癖好之外，他好得沒話說，不然她可不在意休夫呢！

文創風 170 6 完

兩人本來和和美美地過起有名無實的小夫妻生活，直到——
她癸水來了，不再是娃兒的模樣，眉眼開了，身段婀娜了，
偏又遇上她之前的傾慕者上門，他終於忍不住醋勁大發！
之前她覺得他將自己當妹妹一樣的照顧著，她一直過得很安心，
現在他大吃飛醋，一心想佔有她，圓房這事兒看來是逃不掉了！

文創風 194

嫡策 5

國家圖書館出版品預行編目資料

嫡策 / 董無淵著. --
初版. -- 臺北市 : 狗屋, 民103.06
冊 ; 公分. --（文創風）
ISBN 978-986-328-313-3（第5冊：平裝）. --

857.7 103008955

著作者	董無淵
編輯	王佳薇
校對	曾慧柔　王冠之
發行所	狗屋出版社有限公司
地址	台北市104中山區龍江路71巷15號1樓
電話	02-2776-5889～0
發行字號	局版台業字845號
法律顧問	蕭雄淋律師
總經銷	知遠文化事業有限公司
電話	02-2664-8800
初版	103年6月
國際書碼	ISBN-13　978-986-328-313-3
原著書名	**《嫡策》**，由起點女生網〈http://www.qdmm.com/〉授權出版

定價250元

狗屋劃撥帳號：19001626

網址：love.doghouse.com.tw　E-mail：love@doghouse.com.tw